吕明　吕明凯 ◎ 著

黄土魂

职田人民综合治理
山水田林路村纪实

中国文史出版社

图书在版编目（CIP）数据

黄土魂：职田人民综合治理山水田林路村纪实 / 吕
明，吕明凯著 . -- 北京：中国文史出版社，2024.8.
ISBN 978-7-5205-4759-8

Ⅰ. I25

中国国家版本馆 CIP 数据核字第 2024GK0695 号

责任编辑：牛梦岳

出版发行：中国文史出版社

社　　址：北京市海淀区西八里庄路 69 号院　　邮编：100142
电　　话：010-81136651 81136602 81136603（发行部）
传　　真：010-81136655
印　　装：廊坊市海涛印刷有限公司
开　　本：787mm×1092mm　　1/16
印　　张：18.75　　字数：264 千字
版　　次：2024 年 10 月第 1 版
印　　次：2024 年 10 月第 1 次印刷
定　　价：68.00 元

▲ 20世纪50年代的旬邑县城
（旬邑县档案馆提供）

▼ 20世纪50年代的汃河
（旬邑县档案馆提供）

◀ 1972 年 8 月，时任旬邑县委副书记的王伟章在照庄农建工地与打埂班讨论质量问题

▶ 1972 年冬，时任公社党委委员的吕明（执笔者）在照庄研究财务管理问题

► 1975 年冬，时任旬邑县委书记的刘书润在职田公社马家堡农建工地劳动

◄ 1977 年冬，时任公社副书记的吕明（左二）在新杨村农建工地劳动

▲ 2001 年 4 月，刘书润（左）摄于家中

▼ 2001 年 9 月，职田公社 20 世纪 70 年代的三位书记李忠贤（中）、傅世芳（左）、吕明（右）在旬邑

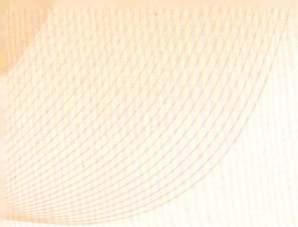

▶ 车村梯田
（张康/摄）

◀ 青村梯田
（张康/摄）

▶ 恒安洲梯田
（张康/摄）

◀ 职田街反修沟
（张康 / 摄）

▶ 照庄水库
（张康/摄）

注：张康所摄以上图片均摄于 2023 年。

楔子

常言道，民以食为天，食以土为本。《周易·离卦》有言："百谷草木丽乎土。"这些都说明，土壤对于人类的生存和发展具有决定性意义。

因为土壤是农业生产最重要的物质基础，毛泽东主席1958年提出农业增产技术措施"八字宪法"（土、肥、水、种、密、保、管、工）时，"土"就被排在了首位。

土壤能够为动物提供栖息地，也为植物生长提供必需的营养和水分。同时，它又处于山水田林路、日月风雨霜的自然大系统和政治、经济、文化、科技的社会大系统之中，它的形态和构成要素，或者说它的生产力时时都会受到这两大系统多方面的影响。

由于雨水冲刷、风沙侵蚀、植被破坏和土地滥用等多种因素，导致水土流失和土壤肥力下降，历来都是人类发展农业不得不面对的现实威胁。历史上各国政府和人民也都在治理水土流失方面做出过多种积极探索。

欧洲文艺复兴之后，阿尔卑斯山区各国都采取了以恢复森林为重心的森林复旧工程，并取得一定成效。1882年，奥地利维也纳农业大学开设了荒溪治理学专业。1886年，日本明治维新以后，以治理关东山洪及泥石流灾害为契机，在以"治水在于治山"为传统思想的基础上，吸取欧洲荒溪治理经验，诸户北朗1928年创立了具有日本特色的砂防工学。另外，随着土壤科学及山地农业利用技术的发展，开始形成土壤侵蚀及其防治学。

20世纪30年代，美国由于肆意大面积开垦天然草原和原始森林，百年时间里出现严重的水土流失，迫使农民采取各种措施进行治理。1936年2月，美国政府通过《土壤保护和国内生产配额法》，授权州政府和联邦政府采取联合行动开展水土保持，以"保持和提高土壤肥力"，"促进对土地资源的合理使用和保护"，"减少对土地的榨取和滥用"，"防止河流港口淤塞"。

我国在约公元前10世纪颁布的《吕刑》中就有了关于"平水土"和"平治水土"的记载。《诗经》中也有"原隰既平，泉流既清"的诗句。史籍中还常有合理利用土地，保护森林的表述。如《国语》记载太子晋曰："古之长民者，不堕山，不崇薮，不防川，不窦泽。"宋代魏岘提出"森林抑流固沙"，明代徐贞明提出"治水先治源"等。

20世纪30年代，中国土壤科学工作者结合有关土壤的调查，对全国的土壤侵蚀现象和防治方法进行了研究。1940年，黄河水利委员会的科技人员针对治理黄河工作的需要，提出了防治泥沙问题，并成立了林垦设计委员会，为推动水土保持工作，先后在甘肃天水、陕西西安、福建河田等地建立水土保持实验区，对水土流失规律、水土保持措施及其效益进行实验研究，并取得一定成果。

新中国成立后，人民政府对水土保持工作更加重视。1952年，政务院印发的《关于发动群众继续开展防旱、抗旱运动并大力推行水土保持工作的指示》指出，"由于过去山林长期遭受破坏和无计划地在陡坡开荒，使很多山区失去含蓄雨水的能力，这种现象不但是导致河道淤塞和洪灾的主要原因，而且由于严重的土壤冲刷及沟壑的增加，使山陵高原地带土壤日益瘠薄，耕地日益减少，生产日益衰退。"因此必须大力推广水土保持工作，逐步从根本上保证农业生产的快速发展。1957年，国务院发布《中华人民共和国水土保持暂行纲要》，并成立了国务院水土保持委员会。1964年，国务院又制定了《关于黄河中游地区水土保持工作的决定》。

党的十一届三中全会以后，国家工作重点转向经济建设，水土保持事业也得到空前发展。1982年，国务院发布了《中华人民共和国水土保持工作条例》。1991年，《中华人民共和国水土保持法》颁布实施，这标志着我国的水土流失防治工作走上了法制化、规范化和科学化的轨道。水土保持的教育和科研工作也不断取得新的进展和成就。

党的十八大以来，我国水土保持工作进一步取得显著成效，水土流失面积和强度持续呈现"双下降"态势。党的二十大更强调，要推动绿色发展，促进人与自然和谐共生，这就对水土保持工作提出了新的更高要求。2023年1月，中共中央办公厅、国务院办公厅印发了《关于加强新时代水土保持工作的意见》，明确提出要"牢固树立和践行绿水青山就是金山银山的理念，以推动高质量发展为主题，以体制机制改革创新为抓手，加快构建党委领导、政府负责、部门协同、全社会共同参与的水土保持工作格局，全面提升水土保持功能和生态产品供给能力，为促进人与自然和谐共生提供有力支撑"。

习近平总书记对水土保持工作一直非常重视，近年来，先后从多个方面反复强调搞好水土保持的重要意义。

在2013年12月23日的中央农村工作会议上，习近平总书记着眼保障国家粮食安全，强调要加强水土保持工作。他明确指出，"民以食为天，'洪范八政，食为政首。'我国是个人口众多的大国，解决好吃饭问题始终是治国理政的头等大事，中国人的饭碗任何时候都要牢牢地端在自己手里。""解决靠天吃饭问题，根本的一条是大兴农田水利。我们在农田水利方面欠账很多，很多地方还在吃上世纪六七十年代的老本，这个欠账要下决心补上。既要重视大型水利工程这样的'大动脉'，也要重视田间地头的'毛细血管'，解决好农田灌溉'最后一公里'问题。要划定永久基本农田，抓紧建设一批旱涝保收、稳产高产的高标准农田"。

2018年5月18日，全国生态环境保护大会在北京召开。习近平总书记在讲话中再次强调，"山水林田湖草是生命共同体。生态是统一的自然系统，是相互依存、紧密联系的有机链条。人的命脉在田，田的命脉在水，水的命脉在山，山的命脉在土，土的命脉在林和草，这个生命共同体是人类生存发展的物质基础。""要深入实施山水林田湖草一体化生态保护和修复，开展大规模国土绿化行动，加快水土流失和荒漠化石漠化综合治理。"

2019年9月18日，在黄河流域生态保护和高质量发展座谈会上，习近平总书记全面总结和高度评价了新中国成立以来黄河治理取得的巨大成就。在讲话中特别肯定了包括黄土高原综合治理所取得的成果："水土流失综合防治成效显著，生态环境明显改善。""黄河含沙量近20年累计下降超过8成。"

2021年9月13日，习近平总书记前往曾经的黄土高原生态治理样板，榆林市米脂县高西沟村考察调研。村党支部书记姜良彪向总书记详细汇报了上世纪六七十年代以来，他们治理40座山峁、21道沟岔、4553亩耕地，造生态林2300亩、经济林1000亩，建淤地坝126座的有关情况。总书记对此给予高度评价："你们坚持不懈开展生态文明建设、与时俱进发展农村事业，路子走的是对的。"

习近平总书记所说的上世纪六七十年代，正是国家为改善农业生产基本条件，开展大规模农田基本建设的时期。陕西省旬邑县职田镇的各级党组织和人民群众，也是在这一时期奋力推进山水田林路村综合治理，使山乡面貌发生了翻天覆地的巨大变化，使职田一度成为陕西省农田基本建设和水土保持事业的一面旗帜。

职田的十年农田基本建设是一段苦战史、奋斗史，人民群众重新安排山河所创造的人间奇迹和迸发出的伟大精神，将永远与历史同在。

目 录

1

第一章

历史的回声

路遥知马力，日久见人心。不少事只有经过岁月的不断磨砺和洗涤之后，才能显现出它的意义与价值。

要全面再现 20 世纪六七十年代职田人民大搞农田基建，推进水土保持，从根本上改变农业生产基本条件的十年奋战历程，首先应该听听当年的参与者和见证人的回忆和感悟，听听历史的回声。

一、西安聚谈

从 1978 年到 2023 年，45 个春秋，职田和中国其他地方一样，人们的生活发生了翻天覆地的变化。当年叱咤风云的先辈们大都已经先后告别人世，走进历史；当年为全家吃饱穿暖而费神操劳的当家人，今天都已过上衣食无忧的日子；还有许多当年做梦都走不出家乡的青年人，如今已经以各种缘由，融入一个个城市，成了新时代的城里人。

联系当年职田农田基建的建设者，吕明首先想到的是当时全社最年轻的村党支部书记，车村的刘有权。

刘有权，1954 年生人。1974 年高中毕业后回村劳动。由于有文化、待人真诚、热爱集体、办事精心、手里出活，而且正直持重、敢作敢为，他很快担任了村里的会计兼文书。1976 年任寺坡大队党支部副书记，1977 年 23 岁时，被任命为大队党支部书记，成为寺坡、车村、新庄 3 个自然村、5 个生产小队、300 多户人家，近 1200 人的大当家。他任职不久，寺坡大队在全社农田基建大会战中就成了标兵。改革开放后，他带领群众发展致富产业，车村的民居和村容村貌，群众生活水平等方面很快成为全县的先进典型。年近五十，他南下咸阳创办了超洁物业公司，经过 20 年发展，他的企业已成为行业翘楚。

吕明当年是职田公社党委副书记，是刘有权的重要举荐人。听说老领导约他聊农田基建往事，刘有权便立即邀上也常住在咸阳的吕明，当年的老朋友、老同事井玉珂，还有他的弟弟刘有贤，于 4 月 27 日一块儿赶往西安。

很长时间不见，相逢自然无比欢欣。说起当年的农建，记忆的大门一下子就打开了，十年苦战的一幕幕场景立即闪现在大家眼前。

刘有权说："我们车村过去村里村外都是千百年洪水冲刷出的一条条斜坡地。天一下稍大点儿的雨，洪水就很容易把地里的土和肥冲进胡同①，因而村里到处都是烂泥，路根本没法走，天一晴人们常常就得先修路，不然很难进出村子。农田基建彻底改变了我们村的自然面貌。

"职田的大规模农田基建是从 1968 年开始的，所以我完小毕业以后，每年寒暑假都要参加修水利的劳动。可以说，农田基建就是自己青少年时期最为重要的人生记忆。

"1968 年前后一段时间，修水利基本上是以大队为单位，等于是自己为自己修地。1976 年分几个战区搞大会战，我们寺坡大队由于地处职田原的东南原边，斜坡地和坡咀地很多，因而几个大队在会战中共同为我们修地，地修的质量也都很高。职田街和早池村相对在原中心，他们在会战中修的地就很少。所以我们村受益于这种社会主义的大协作。这一点村里的男女老少都非常清楚，大家也都非常感恩。

"我担任村里领导后，就遇上了大会战。那时候我们的条件非常艰苦，修水利靠的全是人力。1975 年，我们村分到 42 副架子车轮子，车厢全是组织村里木工自己打造的，这就是当时最现代化的工具。修地能够保土保

---

① 胡同，黄土高原上的乡村小道多为土路，并且大都与当地的雨水汇流槽重合。由于缺乏有效保护设施，每逢天雨，不断汇集的流水持续冲刷和侵蚀着路面土层，致使路面不断被切割塌陷，久而久之，道路便成为断面为 U 型、宽度不一的深渠，这就是所谓的"胡同"。胡同的终点多为沟头，越接近沟头胡同就越深越宽。胡同的流水长期切割沟岸，造成沟头不断延伸拓宽，原面不断缩小，这是黄土高原水土流失的主要形式。

水保肥，因而群众都能理解。加上山水田林路综合治理，地平了、路端了，村周围栽上了很多树，群众的生产生活都方便了，社员们都懂得修水利是正事，是好事，大多数人上工劳动很积极主动。此外，相对于其他农活，农建的基础工分比较高，并且一直是按土方记工分，收方小组量土方，谁完成的土方量大谁工分就高。队里分粮分钱分柴火凭的就是工分，所以这个多劳多得的政策，实际上调动了群众农建的积极性。

"当年的农田基建能够大力推进，还因为各级干部带头干。我当村干部时期的公社党委书记李忠贤是全社农建总指挥，每天早上5点钟就在广播上布置工作。他的家就在不远的张洪镇，但一年到头回家的时间加起来也只有七天。他亲口跟我说过，由于起早贪黑地和群众一起大干，有一次从公社来车村检查工作的路上，实在乏困瞌睡得不行，只好靠着一棵树打了个盹儿，醒来后继续赶路。公社副书记傅世芳的妻子患有癌症，他每天晚上都要给妻子熬药，早上还是照常出工。那时的干部们对自己的要求都非常严格，也都非常廉洁。公社革委会副主任席永哲在车村驻队期间，给自家买了些化肥，发票在我们村里保存了几十年。有这样的一批领导干部，群众怎么能不听干部的，怎么能不跟着干部一起干？"

曾经先后在职田担任过信用社会计、营业所主任，以及后来的公社革委会副主任的井玉珂说话总是有条有理。他接着说："当年搞农田基建群众之所以有积极性，最根本的原因有这么五条：一是农田基建的好处群众能看得见，早修地的村子大都早早尝到了甜头。二是重视制度建设，在落实按劳取酬、多劳多得政策方面想了许多办法，采取了许多措施，形成了很多比较好的具体制度，如修地任务按家分，包干到户；早上分任务，晚上量土方，既看数量，又看质量，主要看是不是保住了表土。三是像有权所说，社队各级干部都能坚持发挥模范带头作用。比如，当时公社给男劳力规定每天完成的土方量是10方，市上的下派干部觉得任务太重，专门让公社干部现场试一试，结果参加试验的干部都完成了任务。这说明公社干部绝不只限于组织领导和检查督促，而是实实在在地和群众一起脱皮掉肉地大干苦干。那时的干部早上还要催着群众上工，晚上要组织开会学习，确实是格外辛苦。这些，群众都是看在眼里，记在心里的。四是相信科学，尊重规律。全社各村的农建工程都是公社水保员乔彦儒带着各村懂技术的村干部反复测量规划的，要科学确定开挖线，认真测算挖方和垫方的土方量，确保修地后耕地完全平整，田块大小要与地形地貌相适应，尽量不造成窝工和返工。照庄书记任天祥、早池副书记刘应奎、车村干部刘怀英等一批村队干部，都在农建实践中成长为测地水平很高的土专家。五是关心群众生活，重视解决群众的实际困难。那些年，由于水土流失严重，农村耕地普遍比较瘠薄，加上没有化肥和优良品种，粮食亩产一直徘徊在 200 斤左右，因而群众吃粮问题非常突出，每年青黄不接时，总有 30% 左右的群众粮食不够吃。当时的公社书记刘书润冒着政治风险，动员有条件的村子组织远耕队到山里垦荒种地，扩大粮食生产，并组织劳力外出去临近市县的工矿企业打工，多方面增加群众的口粮和收入。刘书润书记每年冬天还要带领公社干部去山里给烈军属和五保户打柴，给这些特殊群体送去党的温暖。这些都是非常得人心的。"

刘有权的弟弟刘有贤比他小两岁，也有过从小参加农建的经历，因为当时修地任务是包到家庭的，所以常常是全家老少一起上工。

有贤几乎抢着说："那时候党组织的动员力比较强，只要是公社党委和村党支部决定了的事，一般情况下群众几乎没有二话。这也可能是毛主席多年教育的结果。

"另外，大兵团作战的氛围本身就很能感染人，包括根据不同农建任务，在不同时期召开誓师大会、动员大会和表彰大会等都能起到教育人、激励人和鼓舞人的作用。这种精神力量的作用确实不应该轻易否定。不仅农建，为了提高粮食产量大搞的各种积肥运动，各村都搞得轰轰烈烈、有声有色。很多劳动场面，现在想起来还都是很让人感动的。"

大家也一起议论道，现在看起来，当年的农建工期总是赶得太紧，在群众生活还比较困难的情况下，人们长期处于紧张状态，缺乏应有的休养生息。加上催得太急时，干部的工作作风容易简单粗暴等，但总的来说，没有那十年打下的非常厚实的农田基建基础，后来的粮食稳产高产绝对是不可能的。

二、职田之行

为了深入了解几十年之后职田干部群众对十年农田基本建设的记忆和印象，2023 年 4 月 29 日和 30 日两天，笔者连续走访了职田镇（共 16 个村子）的 11 个村子，多位已年逾古稀的社队干部和骨干社员从不同侧面回忆往事，谈了自己的看法。

4 月底正值仲春时节。早上 8 点左右，金色的阳光洒满一望无际的原野，公路两边和一个个村子周围密密匝匝的树木，一块块已经拔节的长势旺盛的麦地，都不断闪烁着耀眼的绿色光芒。习习春风，从平整如镜的农田里送来阵阵泥土的清香。

我们的第一站是恒安洲村。当年的老书记前几年已经过世。当年全公社最有思想也最有干劲的年轻副书记王京合，叫来当时的党员和骨干社员王喜怀、王经元和王党玲，大家就在王京合家宽敞的院子里坐了下来。看到几十年没有见过面的吕明突然来访，一帮老伙计都有点儿喜出望外。

王京合虽然年近八旬，但身板依然非常硬朗，经常开着那辆停在自家院子里的小电动车跟集下县，去邻村看望老朋友。

王京合很自然地首先打开话匣子："公社革委会 1968 年成立不久就开始搞农建，因为我工作积极、干活卖力，经常受到表彰。革委会成立后第一批发展的党员就有我和吕明。1971 年我就当了三队生产队长，后来又当大队副书记。1968—1978 年，可以说我们都是没黑没明地大干苦干。我们村在职田镇的东北原边，坡咀地最多，所以开始修地主要是修坡咀地，后来才和其他村搞连片大会战。开始修地时连架子车都没有，主要靠地轱辘①车子推，靠担子担。1972 年以后才陆续有了架子车。地轱辘车子还是吕明在我们村蹲点时，帮助画图、量尺寸，指导我们制作的。为了让挖出的土方和垫上的土方相等，确定开挖线是个关键，心灵手巧的吕明还特别设计制作了确定开挖线的土仪器。"

王喜怀插话说："吕明当年还请来公社水保员、下墙人乔彦儒帮咱们统一培训各队的水保员，由水保员再具体负责各队农建工程的丈量、规划和设计。"

王京合接着说："那时搞农建主要靠落实土方责任制，然后每月都评先进，再一个就是批评帮助后进。咱们村当时最穷的人外号叫'睡神'，他就是经过多次批评教育发生了转变。因为严格落实责任制，一方面保证了工程进度，另一方面也减少了矛盾和是非。1976 年一个夏季四十天施工时间，咱们就把王家岭一条梁修成了小平原，开挖的土方最高达到四五米。而且咱们村的表土保留得是最好的，一般保表土都达到了 1 尺。咱们村由于修地任务完成得好，修的地质量高，省级领导李登瀛看了后很高兴，回去后专门拨了两门防雹的高射炮，让咱们每年打冰雹。"

王党玲说，"要说咱们村，最特殊的还是当年修农建时家家都有吃的。这是其他村都非常羡慕的。"

王京合说："你说得对。这主要是因为三年困难时期受过灾。老书记王德义让社员放开开荒地，咱们村土地宽，谁开的荒地就属于谁。所以到70 年代家家还都有余粮。3 个生产队的 5 个土圆仓也都装满了粮食。队里500 多口人，养了 200 多头猪、170 多只羊，大牲畜还有 120 多头。这是其他村根本比不过的。当年武家堡就借过咱们 1400 斤储备粮。县上干部

---

①　地轱辘车子，即小独轮木车，由于车身贴近地面，当地群众称为"地轱辘车"。

文建国、赵进儒也都给自己家里借过粮。当时的公社书记刘书润还曾写条子给在原底公社的一位同学借过粮。当然，干部个人借的这些粮第二年都还清了。"

王经元是当年青年突击队的骨干。他对吕明说："你那时还写过夸我的快板，特别是你在壮观台写的那首诗，当时我们不少青年人都背过：'壮观台，多壮观，环顾茫茫是陕甘⋯⋯'"

由于王经元说到壮观台，吕明一行人谈话结束后便驱车去恒安洲下支党河的山坡路上寻访旧址。东西走向的支党河是陕甘两省在这里的界河，由于两边山坡都比较平缓，举目四望，朝霞中的支党河确实是一派苍茫气象。吕明对这里自然熟悉，但壮观台原址周围除能看到一层层依然平整的梯田外，当年修建的壮观台的看树土台和上面的看树亭已了无踪迹。

旧杨村曾是吕明的小家庭住过十几年的地方，是职田之行的第二站。原来的村子在沟畔，不少人家住的是沟边的土窑洞。现在的村子里一排排新房，平直的柏油路通往一家家门口，条条街道旁的一行行绿树，院子内外的簇簇鲜花，让静谧的村庄处处生机盎然。

由于村主任张虎娃事先给大家打了招呼，村党支部原副书记、赤脚医生周俊成，曾经担任过村干部的任长民、任富强，原公社农技站的任彦民，回村的老工人赵志兴，原小学教师任耀峰，以及当年的骨干社员孙草儿、王润娥、任福田、任群雁等人，早早就来到宽敞明亮的村党支部会议室。

人们一坐定，张虎娃首先对着吕明说，你离开咱们村几十年了，老人们一拉起话总常常念叨你。大家都认为你对村里的群众关心照顾很多，千方百计办了很多实事，特别是在自己农田基建工作非常忙时，还帮助村里编农谚，给街道两旁的墙上画宣传画，写大幅标语，等等。群众因为生产生活找你贷款，你总是热情周到地帮助办理，给很多乡亲解了燃眉之急。

谈到农田基建，任长民和任富强先后说，以前，多少辈都是种着趄洼子地，走着胡同路。由于那些年的农田基建，咱们下大功夫修地、修路、植树造林，改善了生产和交通条件，也改变了村容村貌和荒山秃岭，给后来的各方面大发展打下了非常好的基础。

任耀峰、孙草儿、王润娥、任福田和任群雁等人你一言我一语地说，那几年为了农建，群众确实吃了许多苦头。1968 年、1969 年就开始搞农建，早上四五点多就得起床，三晌变五晌，两头不见天。每天要完成 4 方半到 11 方土的工程量，劳动强度非常大。1976 年参加青村的林菀山大会战，旧杨村上工的妇女就有 20 多名，村小教师星期天也都参加了，大家都住在破窑洞的麦草铺里。由于那时经常听广播、学文件、评先进，宣传先进，奖励馍头、铁锨等农具，虽然劳动很苦，但大家聚在一起还都很高兴。

曾在公社农技站工作的任彦民回忆说，那几年粮食非常紧张，不少人家里粮食不够吃。公社为了解决群众的生活困难，默许村里搞远耕队，有四五个人长期在山里务庄稼，农忙时再集中劳力去抢种抢收。这样，每年每口人可以增加 30 斤粮食。此外，为了增加群众收入，村里还有 17 人的副业队在铜川 194 地质勘探队修路，每年可收入 2.2 万元左右，这就把村里的劳动日价值由平常的 3 角提高到 7 角。副业队的人挣 1 元可以提成 3 角钱，每天再给记全劳力的 10 分工。

任彦民说，公社为了从原面由高到低，逐步修完各村耕地，1976 年以后搞了大会战。旧杨村给青村、车村和寺坡都修过地。如果各村一直各自为战，原面高处的地先不修好，一场洪水下来，低处修好的地很容易就被冲垮。

村党支部原副书记、赤脚医生周俊成还特别回忆起当年村医疗站的工作。那时自己主要靠采挖中草药增加站里的收入，给群众看病就能够免注射费和诊断费。不论谁家里有人有病，一个招呼我马上就会赶过去，最多时一天给一个孩子打了 6 次针。因为有医疗站的及时服务，村里人很少外出看病，医疗站也连年被评为先进。

老工人赵志兴感慨地说，前人栽树，后人乘凉。没有那 10 年那一茬人拼死拼活地苦干，把那么多的斜坡地修成平展的原面，把坡咀和沟坡地修成一层层水平梯田，60 年代的 100 多斤粮食产量咋能提高到 1978 年的 400 斤左右？特别是有了充足的化肥和优良品种以后，现在的小麦亩产上了千斤，玉米上了 2000 斤。不论咋说，没有当年农建打底子，后面这一切恐怕都难以实现。

说到当年的问题，任富强说，那时候最主要的毛病就是把任务压得太急，而且一级压一级，惹得群众经常抱怨。

旧杨村的会议还没有结束，吕明在农行工作时招录的职工、现已退休在家的张治民就打来电话，催着去他在东棚村的家中吃午饭。他专门约来当年的大队副主任张相贤，四队队长张相贤和农建骨干张怀禄、张旭民，大家一起边吃边聊。

张相贤首先开了口："当年咱们东棚的地形是鳖盖式斜坡，水根本存不住，经过修地，现在可以说地平如镜，搞农建修地无论咋说都绝对是好事。当然，那时的群众确实吃了苦，现在农民体力劳动比过去大大减少，就是那一代人给后辈打下了基础。现在的老年人常说共产党比媳妇儿子都强，就是因为共产党领着咱们踏实苦干，收成才一年比一年好，日子一年比一年强。"

张一贤接着说，职田当年工作力度大，主要是干部总能做到吃苦在前，享受在后，真是做到了"俯首甘为孺子牛"。5 点多就起来走街串巷地叫群众上工，晚上人多还要加班开会学习。没有强硬的干部，地就不可能修好。

张怀禄和张旭民你一言我一语地相互补充着说，当时公社检查组评比，北片的东棚、岭南和恒安洲地修得最好。主要是表土处理好，不少人常常为保表土一直忙到深夜 1 点。恒安洲大队老书记王德义参加过公社的巡查，他对比各片修地质量，认为咱们北片战区保表土坚持得最过硬，可以说表土一锨都没有乱，这其实是非常不容易的。多年来，你只要在职田和太峪的大原上走走，就能感受到太峪修的地明显不如咱职田，粮食的长势也比不过咱们。

午饭后一行人直接去了离东棚最近的岭南村，问过几户人家，当年的村干部要么已过世，要么去了外地。正在一家大门口打听时，女主人认出了吕明，热情地招呼他们进她家院子喝茶，并叫出老头王德贤一起说话。

王德贤也年过八十，腿脚已不大方便，但思路清楚，表达也还顺畅。他是曾经的记工员，有时也会给会计帮忙。

王德贤说，岭南村当年有 400 多口人。搞农建会战时，武家堡、小峪子、文家川的人都要过来，村里支起大锅给上工的人统一做饭，每天天不亮就要起来上工。完成土方量会受表扬，完不成任务就要扣工分，甚至罚工分。所以，大家基本上都能完成土方量。虽然那时候村里有些人青黄不接时会到处借粮，但还是靠瓜菜硬撑过来了。过去村里的地都是斜坡地，靠那几年的农建，确实把地修平了、修好了。

说到底，还是中央的政策好，没有那几年的拼命苦干，就不会有现在的粮食高产量和群众的好日子。

他还略带遗憾地说，不好的方面就是有些政策没有坚持下来，比如，岭南村下功夫修的水库因为后来没有人妥善管理，现在已经废弃。当年栽的不少苹果树，也由于管理不善，群众就没有得到收益。

马家堡当年的大队副主任张启民家就在路边，吕明等人路过打听当年村干部时，碰巧遇到了他。张启民七十五六岁，很是健谈。

提起当年的农田基建，他要说的话题很多。他介绍说："马家堡是职田较大的村子，有 1700 多口人，九个大姓。大规模修地前，全村是七条胡同八条碥①，所以开始修地时主要是填平胡同，当时上下村的高差有 3 米

---

① 碥，指黄土高原地区的一种台田。

多，修地的工程量很大。因为连续几年大规模搞农建，可以说把全村的耕地翻了个个儿，有几年正月初二就开始修地。那时候，除了原面上修地，北沟还有引水工程，我就曾经在北沟里一次钻了七天七夜，最多的时候一天要移动12方土。冬季天黑了还要给地里送冬肥。现在的年轻人很难想象那时候庄稼汉的劳动强度。

"那些年不光生产队有农建工程，县里还先后组织了汃河改造、县城北门坡公路、七里川水库等大型工程，这些工程各队都要抽调强壮男劳力参加。所以，各村农建工地的男劳力很少，妇女一般都占到65%以上。那时男的主要是干一些测地、量方和记工等需要点儿文化的轻松活，那时的女社员因为大多没有文化，很多土方实际上是她们完成的。好在是按土方计算工作量，因而男女还容易实现同工同酬。

"那时我们村还有文艺宣传队，主要是宣传方针政策，宣传工地上的好人好事，为大干苦干摇旗呐喊、撑腰鼓劲。参加宣传队的人主要在阴雨天和晚上排练节目。排练期间男劳力每天7~10分工，女劳力每天5~7分工。宣传队演出的节目由于贴近群众生产和生活，很受大家欢迎。

"搞农建那些年农村整体上还都缺粮，我们村有10%~15%的人家青黄不接时缺粮，但因为有7个远耕队在山里种庄稼，每人每年可以多分一百斤左右粮食。加上有30多人副业队常年给铜川的新川水泥厂装水泥，给队里增加点儿副业收入，群众的劳动日价值也就相应地有所提高。由于基本生活相对有保证，马家堡群众大多认为修地是大好事，没有多少怨言。"

张启民谈完后，自告奋勇地把吕明等人带到职田街大队马志杰家。马志杰是六二级旬邑中学学生，高中毕业后回到家里，成为一名民办教师，1973年回到大队任副书记，主持工作。他自己有文化、爱学习，家里的房屋建造格局和建筑质量，包括室内陈设和生活用具等，和城里的居民家庭已经没有区别，甚至更加整洁，更有文化品位。

马志杰特别强调，因为那时农村高中毕业生很少，是公社书记刘书润亲自点名要他担任副书记。他的谈话主要说的也是刘书润。

马志杰说，刘书润在职田公社任书记期间，长期在职田街大队蹲点，职田街的原面治理、南北两沟治理，他都是亲力亲为。抓工作抓得非常实，很少在公社停留，主要是到各村检查调研，注意发现和总结工作中的一般规律，同时也帮助村队干部解决一些突出矛盾。刘书润的突出特点是眼界宽、思路活、点子多。他虽然也常常和群众一起劳动、一起苦干，但总是善于发现问题，找出规律。农田基建要先治原后治坡；整地要大平小不平，倒桃子深翻，千方百计保表土；山水田林路村综合治理要尽量做到"三端一平"，就是路端、树端、埂端、地平，职田农建的许多工作要求，都是他在我们职田街蹲点时总结出来的。

由于书记蹲点下功夫抓，职田街的五条胡同全部被填平，南北沟修成了层层梯田，南沟还成了种菜的好地，所有耕地被整修一遍。几十年来，知情的群众一直都念叨刘书润，大家都知道，是刘书记领着咱们确实把地修好了。

记得当年省委书记李瑞山看过职田之后，说过"下雨天不出职田可以不打伞"的话，就是因为综合治理搞"三端一平"，树栽得非常好。

当然，那时候由于层层抓"农业学大寨"，任务都压得很重、很急，刘书记对干部和群众也要求太严，催得太急，比如三出勤两加班等，弦子一直绷得太紧。这也是后来一些群众有点儿怨气的主要原因。

走出马志杰家，天已擦黑。离开职田的路上，几十位村队干部和群众的形象还不时地闪现在眼前，他们回忆当年农建生活的一段段话语，还一阵阵地重重敲击在心头。

4月30日又是一个天朗气清的日子。迎着初升的朝阳，吕明等人来到当年农建的先进典型照庄村。

由于知道老书记任天祥已经去世多年，他们直接进村找到当年的村团支书任志奎。他已经78岁，腿脚还不大好，见到当年的老朋友吕明来访，立即招呼老伴过来端茶倒水，要老伴去村里叫来当年的村干任树辉、唐根哲、老书记的儿子任存年，以及当年的青年任双虎和从部队当兵回来的任纪彦。

任树辉首先说，照庄 1965—1966 年就开始搞农建，那时叫"上水利"。当时是三个生产队，1200 多口人。大队领导班子里有一个书记、一个副书记、一个革委会主任。当年驻队干部是县农行行长刘兴西，他动员村党支部一班人带领大家共同努力，把黄家岭 60 多亩背搭子坡地修成水平台田，这些台田建成后粮食亩产明显提高，后来成了全公社大规模搞农建动员时的样板田。要说起来，刘兴西行长对咱们村农田基建的贡献是很大的。

唐根哲接着说，1972 年前后，咱们主要是填了两个胡同，按"三端一平"修完了 1000 多亩原上的漫坡地，沟里修起了水库，并修了 50 多亩水浇地，这在当时非常不容易。那时每个劳动力每天根据运距不同，要移动 8～10 方土。特别是咱们村的女子打埂班，16 个姑娘干得特别欢，多次在公社大会上受到表彰。

任志奎对吕明说，你那时有几年都在照庄蹲点，在指导村里财务管理方面下了很多功夫，咱们村一直都是全社的财务管理先进，每年都能及时兑现劳动日分红，而且队里没有拖欠过贷款，集体也还一直有存款。这在当年也是很不容易的。

年轻一点儿的任存年、任双虎和任纪彦相互应和着说："1976 年以后，全社搞农田基建大会战，咱们给新旧杨村、景家、恒安洲、万寿咀和那坡子咀都修过地。那时候还要经常学文件，搞斗私批修，经常批判懒汉懦夫思想。我们那时年龄小，家里的事都不太管，总是参加生产队的农建劳动和各种活动，倒是觉得非常热闹红火。当年的农建推动的山水田林路村综合治理，彻底改变了咱们职田群众的生产和生活条件，我们这些人都是实实在在的受益者。"

因为没有下墙村原来村队干部的联系方式，进村后只能是边走边问。在年近八十的董双维家门口，大家很自然地攀谈起来。说到当年的农田基建，董双维说："以前要进我们村就要走一丈多深的胡同，农田基建首先把这些胡同都填平了。另外，我们村的耕地主要是到林菀山去的一个漫下坡长梁，就是靠大会战，才修成一层层平展展的梯田。由于地修平了，这几年加上化肥充足，粮食自然打得很多，玉米亩产2000多斤，小麦也在1000斤以上。这在过去连做梦都梦不到。另外，那时的干部真好，总是想尽办法给老百姓办实事。当时在下墙驻队的是文教局王一帆局长，为了提高我们村的粮食产量，在当时化肥非常紧缺的情况下，利用他个人的关系，一次就给村里从甘肃拉回来四车硝铵。"

非常让人心疼的是，会战时林菀山栽了满山的树，后来由于没有人管理，林子全让人偷伐完了。

去青村，吕明等人直奔当年的大队会计兼团总支书记穆义儒的家。老两口正好都在家，他们对吕明非常熟悉，因而一坐下来就直接进入了农建的话题。

穆义儒说："青村1969年开始修地，当时每天每人平均要完成12方左右的土方量，晚上回来还要为秸秆还田准备碎秸秆，主要是用铡刀铡，用切面刀切玉米秆，铡好切好后运去撒到地里。可以想象每天劳动强度有多大。"

"1976年全社搞大会战，东片各村主要给我们修青村咱的1000多亩地，这些地原来都是斜坡地，最后都变成了一层层的水平梯田。其他村无偿地给我们修地，吃饭只有自己的开水泡馍，所以有些人也确实有点儿意见。现在的坡咀地每亩玉米产量可以达到2400多斤。这确实应该感谢当年的大会战。当年的刘书润书记是实实在在地给老百姓把实事办下啦。"

在职田街的小餐馆简单地吃过午饭后，吕明等人径直到了新杨村当年的副书记马友民家。马友民和吕明年龄相仿，当年也是很要好的朋友。突然见到多年没有谋面的吕明，一下子就聊到"文革"后刹住乱砍滥伐风的往事。他对吕明说："那时实际上就是树权不清，所以乱砍滥伐没人管，也没有人能管得住。你和大家一起讨论研究，明确了哪些树属于队里，哪些树是个人的，又明确了保护责任和处罚办法，很快就把这阵风给治住了，后来新杨村的做法还上了《陕西日报》。农建推进中职田大搞山水田林路村综合治理，其中栽树、护树和管树的许多规定，最早都是出自咱新杨村。"

"咱们村修地以前是四五条胡同，原面也基本上都是斜坡地，现在胡同全部填平，地也全部修平了。当时就是任务赶得太急，群众太累，一些群众有意见。"

马友民感慨地说，"其实不论啥事，群众都有个认识过程。当年大家对化肥就认识不清，上面给队里分来磷肥，社员运到地里像农家肥一样用锨扬，给荞麦地上乱撒，后来才逐步认识到化肥的作用。包括对粮食新品种，开始也都不大接受。土地承包以后粮食产量提高得很快，提高幅度也很大，不少人这才又想起刘书润那一茬领导，如果不是他们下功夫领着群众把地修好，即使后来有了化肥，有了优良品种，以前那样的斜坡地，遇上一场大雨啥都冲跑了，哪来粮食和水果的好品质和高产量。"

马友民还特别对当民办教师的儿子说，人常说前人栽树，后人乘凉，你们年轻人就是得了过去那一代人苦干、实干、拼命干的益处，这些事还应该设法让后人都知道。

吕明一行人在职田的最后一站是万寿村。进村后很方便地找到了当年村革委会主任乔宗彦家。乔宗彦上过小学四年级，21岁就开始当队干，连任大队革委会主任。赶来他家的乔喜平也已经80多岁，曾参加过中印反击战，复原回村后也积极参加了农建修地。

乔宗彦和乔喜平介绍说："万寿是2000多口人的大村子，由于坡咀地相对较少，1976年以前，基本上已经把自己村里的地修完了。1976年全社分片大会战以后，万寿给车村、恒安洲和下墙等村都修过台地，每年冬天都要给其他村修 100 多亩地。职田公社在 1978 年以前能完成原来计划的农田基本建设目标任务，基本修完原面、坡咀和部分沟壑中的耕地，大会战起了决定性的作用。虽然当时也有村和村之间相互还工的安排，但后来由于承包到户，很多安排自然无法兑现。但从全社看，农建还是办成了一件职田人世代得益的大事情。"

乔宗彦还补充说："虽然当年农村吃粮紧张，但由于当时公社默许，万寿既有远耕队，也有副业队，包括盖房的大木匠、做家具的小木匠以及其他各类手艺人都是副业队的成员，村里对这些人实行统一管理，村里也就有了一些额外收入，群众的吃饭问题也就解决得比较好，劳动日价值相对其他村也比较高。所以，万寿的干群关系一直是比较好的。"

告别乔宗彦一家人，已到太阳落山的时分。考虑到干部群众对于农建这件往事要说的话基本都说了，吕明等人的职田之行也就画上了句号。

共产党人有一句常说的话：群众的眼睛是雪亮的，20 世纪六七十年代职田的农田基本建设到底应该怎样看？职田当年的干部群众最有发言权，他们的回忆和评价也应该是最中肯、最公道的。

三、调查者的回忆

1978 年 4 月，国家农林部和陕西省委曾派联合调查组前往旬邑，调查过职田公社工作中的问题。联合调查组的两位主要负责同志后来对职田问题都有过回忆和评说。

农林部带队赴旬邑调研的是徐兴处长，4 月 27 日上午，他在咸阳地委组织部领导的陪同下到职田，先在公社党委副书记吕明的全程陪同下，去各村田间地头转了三个多小时，重点看了看职田山水田林路村综合治理的情况。回到公社机关后，正巧遇上全社 300 多名生产组长以上干部会议，安排麦秋田管理工作。吕明便请徐兴顺便给大家讲几句话，鼓励各级干部抓好生产。

徐兴处长谈了他对职田的初步印象，既指出问题，也几次对职田的工作给予肯定。

他说，"我第一次来职田，不了解情况，不好多说。看了你们公社，原坡地平整得不少，沟坡树栽得不错，这是谁都看得见的成绩，没有浮夸，的确来之不易，是干部群众大干社会主义的结果。"

"农村，主要任务是把粮食产量搞上去，有了粮吃，啥矛盾都少了。社员就怕两件事，一是怕分粮少，吃不饱；二是怕分钱少，买不到东西。没粮没钱，群众咋能说社会主义好。斗资本主义要有一定的物质基础。职田地平、路宽、树密、卫生好，但如果群众收入上不去，说这好那好人家都不服气。"

"你们的原坡地修得好，沟坡树栽得多，人们都承认这一点。但你们也是有两个缺点：一是产量低，二是收入少。要改善这两个缺点，就要在这两个方面再下功夫。"

徐兴在职田调研期间，吕明陪同查看时二人交流讨论比较多，对一些问题的看法也很有共同点，所以后来还常有联系。2002 年 5 月底，吕明给徐兴寄去自己的诗集《豳原战歌》和问候信。徐兴 6 月 18 日回了信，信中写道：

"五月底收到你的信和大作（指诗集《豳原战歌》），愉快地拜读之后感想很多。知你后来的途程较顺，我特别高兴。你信中对我在旬邑工作的评价，我十分欣然。在职田工作时，我就发现你是个才子，你写在'壮观台'上的诗，我曾一字未漏地抄录下来，现在仍在案头。望你在有生之年，再写一些时代的颂歌和对丑恶现象的鞭笞，这也是人生的一大乐趣。

"我记得，当时从旬邑回北京以后，向中央提交了我和陕西省委的同志以工作组名义写的调查报告。我们的调查报告总体思想是，旬邑的山、水、田、林、路、村等农业生产基本条件的改造搞得很不错，成绩显著，应当肯定，但工作任务过重，出现命令主义的问题，建议纠正。

"历史是什么？历史像江河，时而温和宁静，有序可循；时而惊涛骇浪，难以应对。你是个历史的弄潮儿，在旬邑创下了历史的绝句，可以自慰。历史既是过去，又似未来，有时朦胧，有时渺茫，有时也会戏弄人。那一段历史，让后人去评说吧！"

联合调研组的另一位重要领导，就是陕西省委组织部副部长任应斌。

1979 年 12 月 6 日早晨，已经在咸阳地区银行工作的吕明，利用开会间隙，专门去西安建国路省委家属院，拜访了任应斌部长。

听到吕明的名字，正准备出门上班的任部长立即迎了出来，很热情地接待了他，并且和吕明谈了两个多钟头。

谈到职田，任应斌感慨地说："旬邑，尤其职田一带土地面貌变化的确很大，你看园林埂路，治理得比秦川的大田还平坦。职田的老面貌我是记在心里的，不比就不知道变化之大。解放前，我在边区新正县工作，县政府在阳坡头，经常跑职田一带农村，那时满原的渠梁胡同，坑窝圪塔，小道弯曲，群众多住在沟圈子的土窑里。能把那样的荒凉状况变成现在的样子，的确要有科学的设想、过人的胆识，要流一番汗水，作一奋斗争的。看看许多坡咀的梯田，沟壑的树木，那个宏伟劲儿，完全说明了职田的干部群众花费的力气。这些实绩，有创业经历的人一看，内心是佩服的，对工作中出现的一些毛病也是可以谅解的。

"据说旬邑去年秋季和今年麦秋粮食都收成不错。我相信肥牛壮地绝不是一日之功。地修平了，地务壮了，与多年前刘书润领导大干有直接联系，当然天雨合时也是个重要因素。老百姓说，前几年旱、涝、霜、雹，天不扶助也是事实。

"我最近在党校学习。看见你来了很高兴，因为我对你们大干的实绩记忆很深。前边的事已经过去了，你要着重思考和干好今后的事。"

当时的这一番谈话，让吕明有了如沐春风之感。任应斌解放前曾在旬邑革命老区工作过，旬邑的老人对他评价都很高。他对职田工作的回忆和评价，完全超出了吕明的预期。

20世纪80年代前期，吕明曾多次翻看这次与任应斌副部长的谈话记录。每看一遍，心里就多一份温馨和感动，久久难以平静。

四、专家们的评说

2005年，当时地处杨凌的中国科学院水利部水土保持研究所，向社会发出庆祝该所成立50周年的资料征集函。吕明便寄去了他撰写的回忆职田十年农田基本建设的书稿《十年苦战》。不久，水保所党政办就寄来回函如下：

吕先生：

随信寄来的《十年苦战》已经收到，迟复为歉。您的著作我们已经拜读，从中我们清晰地看到了一位老水保人的身影。您对水保事业的热衷我们深感敬佩，您当年的水保实践是我们至今仍在坚持做的，而您以一个非专业人员的身份，承载着一种专业人员的敬业精神，这是值得我们广大水土保持工作者学习的。我们已经决定把您的著作《十年苦战》作为我所建所50周年所庆纪念文史资料予以保存，我们将妥善收藏您的著作并以适当方式使用和展出。

非常感谢您对我所的关心，对您能抽出宝贵时间支持我所50周年所庆，表示诚挚谢意！

水土保持研究所党政办公室

2005年10月25日

其实，收到书稿后，水保所还特别将书稿送给我国著名水利专家、中国工程院院士李佩成审阅。李院士读完书稿后，深情地写下一段话，高度评价了以职田为代表的旬邑人民于 20 世纪 70 年代在黄土高原上展开的农田基本建设这场惊天地泣鬼神的艰苦卓绝的伟大斗争。

他写道："能在上世纪 70 年代的大环境中，克服政治动荡、思潮冲击、经济困难，并在一个县的范围内干出治理黄土高原的大事业，非大智大勇大志者，莫能为之。

"治理黄土高原，是中国农业发展、生态建设中的大事业；认识治理规律，掌握规划原则，是治理科学上的一门大学问；组织一个乡、一个县的数万数十万农民，十年如一日治理的成果，是一个历史性大贡献。

"人民群众的实践，是黄土高原治理科学的知识源泉；人民群众的苦战奋斗，是把认识成果转化为改造成果的力量源泉。群众认识的成果、改造的成果，是要高素质的干部调研、组织的。'群众是真正的英雄'要肯定，'干部是决定的因素'莫否定。

"旬邑人民顺从规律治理的原、坡、沟，每年增加的雨水蕴蓄量达到 1 亿多立方米，相当于把本县汃河引上各条高原整年轮流浇灌。十年治理的结果，使全年排入泾河的泥沙量比 60 年代末减少三分之二。

"瑕不掩瑜。干这项事业的缺点错误至多是'三分'，'三分'缺点不应当掩掉'七分'成绩。'七分'往往是用'三分'的代价换来的。不干事业的人才没有'三分'缺点，但他绝不会有'七分'成绩。

"'十年苦战'的精神特别感人，它和'红旗渠'精神一样，同属于中华民族精神的瑰宝。"

李佩成院士从旬邑农业生产条件根本改变和国家黄河中上游生态环境综合治理两个方面，从量和质两个维度，对旬邑农田基本建设的巨大历史功绩做出了客观、准确和科学的评价。

李院士还辩证地剖析了群众贡献和干部引领的关系，工作成绩和缺点错误的关系，对人们如何看待和评价旬邑县 20 世纪六七十年代的农田基本建设十年历史，指明了方向，给出了方法。

"'十年苦战'的精神特别感人，它和'红旗渠'精神一样，同属于中华民族精神的瑰宝。"至哉斯言，旬邑人民应当为当年那代人的奋斗精神而感动、自豪，更应当永远珍视这份精神瑰宝，努力使之世代传承，发扬光大。

第二章

曲折中起步

一、旬邑水土保持工作的发端与发展

旬邑县位于陕西省咸阳市北部，东南西北分别与铜川市耀州区、咸阳市淳化县、彬州市，以及甘肃省正宁县接界。这里曾是夏末商初周人先祖公刘所建古豳国的腹地。随着岁月沧桑变迁，周封邑，秦置县，史称栒邑县。汉字简化后，"栒"改为"旬"，旬邑从此成为县名。

旬邑地势由东北向西南倾斜，东部子午岭最高峰石门山，海拔为1885米，平均海拔1300米。全县总面积1811平方公里，分为东北部土石山区和西南部黄土高原沟壑区。1949年后，水土流失面积1430平方公里，占土地总面积的79%，年均土壤侵蚀量1103万吨，为黄河中游水土流失重点县。本县导致水土流失的自然因素主要是黄土高原沟壑地貌，土质疏松、透水性强，加之降雨主要集中在夏秋两季，降水时间集中，暴雨和连阴雨易造成泥石流、滑坡和崩塌。

新中国成立后，随着社会主义制度的确立和生产条件的变化，农业生产力得到较大发展，但减灾、抗灾、防灾能力仍十分脆弱，很难摆脱靠天吃饭的窘境。从20世纪50年代起，为改变农业生产面貌，旬邑县委、县政府针对黄土高原沟壑区的地貌特点和水土流失严重的县情，在推动土地改革和农业合作化运动的同时，动员千军万马，开始大搞农田水利建设。先后修建了汃惠渠、涧惠渠（跃进渠）、赵家洞渠等引水灌溉工程。启动了乔儿沟陂塘、七里川水库、潭沟水库和苍儿沟水库等蓄水灌溉工程建设。全县还打旱井（蓄水窖）万余眼，以图雨时收水，旱时浇地，但因起不了作用而废弃。此外，还曾反复实施了汃河防洪的工程治理，为河滩造地和保护农田发挥了一定作用。

1957年，国务院发布《中华人民共和国水土保持暂行纲要》。为贯彻纲要精神，县人民委员会决定加强水土保持工作，强调对坡度15～20度的耕地要修地埂、做田间工程；对接近沟边的坡地要进行沟头防护；陡坡地上要修梯田；50 度以上的土地分批分类逐年退耕还林；对沿河川修成的小型渠两旁要加强整地等。1957 年冬，全县动员 90% 以上的男女劳力，掀起群众性水土保持、兴修水利的高潮，到 1958 年 3 月，全县共修坝地 1132 亩、墕地 4142 亩、梯田 6.9 万亩、地埂 13886 条、谷坊 18 处、防洪沟头 33 处、坡地田间工程 708 处、原地田间工程 914 处，人工种植苜蓿 873 亩，植树 23.2 万株。

1962 年，县政府制定了《1963—1982 年水土保持二十年规划》。规划提出的主要措施有修水平梯田、田间工程、原面工程、沟壑工程、推广新耕作技术和生物措施等六个方面。修梯田主要是不断扩大梯田面积；田间工程主要是修地边埂、软墕、补豁豁、填陷穴等；原面工程主要是修涝池、修沟头防护和修胡同坝等；沟壑工程包括淤地坝和谷坊；耕作技术主要是深翻、倒茬、轮作等；生物措施主要是植树造林、种草、封山育林，不断扩大宜林、种草、封山育林面积。

规划到 1982 年的农业生产面貌是，"原坡山地不走水，荒山荒坡披绿装；河沟四季清水流，粮油木果用不完。"规划还要求层层抓重点，努力在点上取得经验以推动全盘。当时确定县政府直接抓的重点是原底公社的西头和太峪公社的杏坡两个生产队。

1964 年，县政府下发《关于大力开展今冬明春水土保持运动的通知》，要求水土保持坚持"因害设防，就势设施"的原则，进行大连片套小连片，大集中套小集中，社与社、队与队联系，一个流域、一个原面、一个山头集中力量治细治好。工程提倡适应县情的椽邦墕、路埂结合、划分田块、分阶平整和围埂等方法。在做好工程措施的同时，要大力开展造林、种草、封山育林和育草，做到工程措施和生物措施相结合。在兴修水利的同时，还加强已成工程和生物措施的管理养护工作。

也是从 1964 年开始，全国"农业学大寨"逐步成为运动，县上成立建设大寨县指挥部，下设办公室，主要任务就是推动农田基建和水土保持工作。

二、刘书润第一次职田任职

位于县城东北的职田镇，一度是古旬邑的县治所在。当地群众中关于唐代大将军敬德在此屯垦的传说极为丰富，并有与此相关的许多地名。镇北的敬德爷墩，生长的糜子，每壳里全是双粒，产量比任何地方都高。自古以来，这条原面中心的耕地全是公田，分为军田、职田（官田）和学田，职田的名字由此而来。

1928年，在中共陕西省委策动下，旬邑爆发了震撼渭北的"旬邑起义"。起义失败后，党组织领导部分起义农民在石门、马栏山区打游击，职田因离石门和马栏较近，成为游击队活动最活跃的地区之一。不久，陕甘游击大队也把这一地区作为重要的根据地。中央红军到达延安后，陕甘宁边区的关中分区党政机关就曾设在距职田街只有两华里的马家堡，职田因此成为陕甘宁边区的南大门。在为建立新中国而奋斗的各个历史阶段，职田人民都为革命事业做出了重要贡献。中国共产党是为贫苦农民谋利益的党，这样的认知也在职田人民群众中深深地扎下了根。

从自然环境看，职田属于黄土梁峁丘陵沟壑区，为山区向原区的过渡区，水土侵蚀的主要方式是水力和重力侵蚀。出版了多部旬邑革命历史著作的职田人田润民先生，曾是中国对外演出公司高级项目经理。他在回忆往事时说道："我小时候对家乡因地形和水土流失带来的灾难印象极深。每年春节前后，大雪封路，出不了门，有时候连家门都走不出去。雨季，更让人头疼，道路泥泞不堪，实际上在暴雨面前，路根本就不存在，出行十分困难。那时候，职田、湫坡头、太峪镇之间有很多胡同，每逢穿行其间总感到十分恐惧，担心遇见狼。我在湫坡头上初中，在旬邑县城上高中，那泥泞的胡同，不是上坡就是下坡的土路，让我吃尽了苦头，尤其是下雨天下北门坡，常常摔倒，到了旬邑中学，疲惫不堪，累得坐在床沿上半天都缓不过气来。农田水利建设后，道路平展，村村互通公路，胡同不复存在，这种巨大变化只有经历过的人才深有体会。"

田润民先生 1964 年离开旬邑外出上大学。他上初中和高中的时期，正是 20 世纪 50 年代末 60 年代初。他的回忆表明，虽然自 50 年代起全县就开始抓农田水利建设，并且取得不少进展和成效，但直到 1964 年，职田和旬邑的自然面貌都还没有发生根本改变。受到水土流失侵蚀破坏的山水田林路，给人民群众的生产和生活带来许多困扰和不便。

1965 年，旬邑县委要求各级领导大抓粮食增产，特别号召要发扬自力更生、艰苦创业的精神，大力开展农田基本建设和水土保持等工作。

1965 年 7 月，全县全面动员开展"农业学大寨"运动，在大力开展农田基本建设和水土保持工作的大环境中，刘书润走马上任，成为职田公社党委书记。

刘书润，旬邑县太村镇人，1934 年 12 月出生。12 岁上太村高小时，还是地下党员的校教导主任李树森看他机灵勇敢，让他当了我党的交通员。当时太峪还属国统白区，从原上向东走 20 里的杨坡头，是共产党新正县委的所在地。李树森经常把白军行动的情报以信件形式，向新正县保安科焦志兴报告。送信人就是十二三岁的交通员刘书润。当时原上的大路被白军封锁，不被敌人注意的儿童翻沟送信就不容易暴露。刘家是贫农，土地很少。爷爷和父亲都是自学的兽医。父亲经常走南闯北，国共的优劣常看在眼里，因而一直支持儿子的行动。有时不放心孩子翻沟路，还陪着一起去送信。

解放后，刘书润考进旬中简师班上学一年，在本县教师极度缺乏的情况下，被分配到排厦等地教小学。小学任教期间，因为勤于自学，又喜欢配合当时的查田定产和婚姻法宣传等政治运动，在街道上写横幅标语、出黑板报、组织学生排活幕剧、扭秧歌、带头讲演等，时间不长便调任城关高小校长。刘书润当校长期间还经常喜欢给报纸写一些农村通讯，因而 1962 年调往县委当通讯干事，接着调县委办公室工作。1964 年，29 岁的他出任共青团旬邑县委书记。仅一年后，由于工作出色，深得县委书记李德馨的认可和赞赏，经旬邑县委任命，刘书润再次走上新的领导工作岗位。

三、新官上任的三把火

教师出身，校长经历，县委机关锤炼，团县委书记岗位淬火，刚到而立之年的刘书润，突然站在被称为旬邑四大镇之一的职田公社党委书记岗位上，要负起全公社万余父老乡亲生存和发展的主要领导责任，他对全新的工作和生活充满着憧憬，更深深地感受到了极大的压力。

压力首先来自和他的经历、习惯及素养极不适应的几种现象：

一是干部队伍作风涣散。不少机关干部每逢下乡必和队干喝酒，机关内部也三天两头有人安排聚宴，不时有人烂醉如泥，在公社院子里大喊大叫。一些村队干部也有样学样，逢集就聚众在职田街食堂吃喝。社员猪下猪娃领补助饲料要吃，媳妇生娃加口粮要吃，红白事更要吃。公社机关一些干部还习惯睡懒觉，早上吃饭得靠炊事员叫醒。有的干部甚至还参与聚赌，群众对这样的风气非常反感。

二是环境面貌脏乱差。街道两旁的机关单位院墙参差不齐，没有多少绿化美化措施，也很少有宣传标语和宣传画。街道卫生也常常无人打扫。

三是经济发展和农田基建的底子不清。制约农业生产发展的主要矛盾是什么？农田基建的主攻方向在哪里？近一段时期的发展目标如何确定？对这些主要问题，领导班子里没有人能够说得清楚。

在这样的情况下，不要说全社的经济发展，也不要说按照县委、县政府要求大抓农田基本建设，就是机关的正常运行都难以维系。

人们常说新官上任三把火。面对一系列突出问题，刚走上公社党委书记岗位的刘书润，也深深感到自己必须扑下身子，率先垂范，下大力气先烧起几把火，争取把工作局面尽快打开。

第一把火是转变干部队伍作风。因为他非常清楚，干部作风不改变，其他一切都无从谈起。为改变干部队伍软、懒、散的不良作风，他每天早上6点半就起床逐个敲窗子叫人，要求所有机关干部都必须统一做早操，他还亲自一一点名。为了迅速改变公社机关和村队干部的吃喝风与赌博问题，每逢集日，他就带人上街，一个个去查大吃大喝或参与赌博的干部，对其进行严肃批评教育。几周下来，大家都知道新来的公社书记动真格、下硬茬，慢慢地就适应了新制度和新要求，一些不良风气逐渐得以遏制。在此基础上，他又要求所有公社干部，包括各企业单位的工作人员都必须到村里去蹲点，主抓农田基本建设。

第二把火是改造职田的大环境。干部队伍面貌有了变化后，刘书润觉得大环境也直接影响着人们的精气神。他首先想到的是下决心整改直职田街一段曲里拐弯的街道。在当时的条件下，要把街道裁弯取直绝不是件容易的事。因为有近百堵临街的烂墙需要推倒重建。当时的公社根本没有钱按实际成本支付打墙的费用，只能象征性地给农民付点儿报酬。任务定下来之后，公社干部分别联系各队支部书记，全社十多个大队书记，几乎没有一个人愿意接受这个任务。看到新来的年轻公社书记干的都是正事，有着多年党龄的照庄大队支部书记任天祥不声不响地带领20多名社员，用几十天时间，高质量地把这排土墙建成了，老街道一下子变得敞亮起来。接着公社又发动机关干部和职田街群众，在街道两旁栽上了冬青和竹子，又在旬铜公路职田段的路两旁，各栽上两行杨树。公社还成立文化站，调来马家堡的张积民，在街道两旁的墙上刷写了大幅标语，画上和中心工作联系紧密的宣传画。街道面貌的重大变化和宣传氛围的逐步营造，让职田人的精神面貌也焕然一新。

第三把火是对职田自然地理状况和农业生产基本条件进行大调查。县上统一部署大搞农田基本建设，职田到底该怎样规划布局？怎样才能有计划、有步骤地抓好落实？刘书润认为，公社党委首先必须把职田农业生产基本条件的家底弄清楚。经过党委研究讨论，大家一致同意，根据分工各自带领工作人员和相关社队干部展开大调查。刘书润亲自带上照庄任天祥、青村姚占奎、小峪子张怀禄、职田街张民生和下墙的水保员乔彦儒等比较得力的村队干部，走遍了所有村子。综合自己的调查数据、直接感受和各位领导的调查结果，刘书润对职田的农业生产条件有了更加清晰的认识：一条东高西低的"士"字形斜面高原，南北两侧沟川各流出一条河，纵横深沟27眼泉水，原面耕地2.8万亩，坡咀地1.5万亩，宜林荒沟5万亩，原面和沟坡经年流失着来自天上的雨水和源自地下的泉水，水带土、土带肥，严重的水土流失使耕地十分贫瘠，劳动工具依然是秦汉以来的镢头铁锹加耕牛，运输也仍要靠人担驴驮手推车。在这样的条件下，原面土地好年景亩产也只有一百多斤，平岁则多在一百斤以下，沟坡地亩收只有四五十斤。农民群众缺粮吃，没钱花，这就是眼前不得不面对的现实。

其实，从一踏上职田的大地，刘书润就在不停地观察、不停地思考，稍有空就翻阅能够找到的关于职田历史和发展历程的文字资料，利用在职田街蹲点的机会，进家入户和不同年龄、不同经历的群众拉家常、听意见。从1965年7月到1966年8月的一年间，刘书润时间安排的重心，就是调查认识职田的社情民意和经济社会发展的历史、现状和问题，在此基础上梳理和思考自己的工作目标、工作重点和工作着力点。

按照县委统一部署抓农建、抓林业的同时，经过一段时间大范围的调查和深入研究思考，以及与领导班子成员的反复讨论交流，刘书润对职田的发展逐渐形成了一些基本思路。这就是，充分发挥一万八千口老区人听党话、跟党走、易发动、好组织，能够吃大苦、耐大劳的优良传统，坚定不移地突出四方面重点工作：苦干搞农建，坡田变平地；保住天上水，粮食促自给；用钱靠林畜，副业提效益；用好劳动力，着重抓管理。核心就是把农民群众有效地组织起来，实施山水田林路综合治理，大力改善农业生产基本条件，为实现林茂粮丰，多业兴旺，群众生活方便、温饱问题尽早解决奠定坚实基础。

就在他打算和职田干部群众进一步甩开膀子大干的时候，1966 年 9 月，"文化大革命"之火延烧到各地农村，职田也乱了起来，干部群众迅速分成两派，公社党政班子也都无法开展正常工作。只是由于刘书润工作作风比较实在，也干出了一些看得见的实事，群众对他的总体评价比较好，两派群众组织都没有过多地批斗他，职田的形势总体上一直比较平稳。

四、刘书润的第二次职田任职

"文化大革命"乱了近两年，1968 年 4 月，在县人民武装部的协调和推动下，职田的两派群众组织率先实现了大联合。4 月 26 日，"职田人民公社革命委员会"在全县第一个召开成立庆祝大会。刘书润被结合进革委会，成为革委会主任，这也标志着他第二次任职职田。

与三年前的第一次任职完全不同，这次他首先要面对的已经不是经济社会发展和农田基本建设，而是如何迅速稳定局势，下决心治理"文革"后遗症，为发展生产、改善群众生活创造必要的环境和条件。动乱两年，老百姓已经被派仗搞得十分厌倦了，大家都希望尽快过上和平安宁的好日子。

几年的无政府主义泛滥，使不少人私心膨胀，山头林立、自由散漫的风气到处弥漫。革委会成员来自各个山头，加之县上两大派不时也有干扰，使这个新班子的内部对很多事缺乏一致想法，很少有共同语言。很显然，班子的思想统一问题不解决，什么工作都难以开展，刘书润对这个问题也很忧心。他和几位同志认真分析了形势发展和职田实际，主持举办了革委会成员学习班，反复分析批判派性的"五种思想病毒"：我有群众，我有功劳，我最正确，我为中心，我说了要算。经过学习讨论，多数革委会成员从派性的思想迷雾中解脱出来，基本能服从革委会党的核心小组的决策。后来的多次风波考验证明，大多数革委会成员还是能够识大体，顾大局，能够努力维护党的核心小组的权威的。

为了保证革委会领导班子能够保持团结统一，刘书润还主持制定了《职田人民公社革命委员会关于实现作风革命化的十条规定》：

一、建立过硬的学习毛主席著作制度。革委会成员要带头学，坚持在斗争中学，在斗争中用。坚决反对学而不用、口是心非、表里不一、阳奉阴违、为我所用、断章取义的恶劣学风。

二、永远保持同群众的血肉联系。不怕群众，热爱群众，凡事多和群众商量，敢于依靠群众，发动群众。善于用毛泽东思想说服教育群众，不要随便训人骂人。革委会成员要坚持阶级分析，热情接待革命群众来访，亲自处理人民来信。

三、树立阶级斗争观念和路线斗争观念。时刻注意调查敌情，确定敌情分析日，不断掌握阶级斗争新动向、新特点。

四、主动接受群众的批评与监督。善于听取不同意见，尤其要听得进批评意见，不能好听奉承，好大喜功，闻功则喜，闻过则怒，老虎的屁股摸不得。

五、坚持原则，加强团结，为无产阶级掌好权。全班人的思想行动，在毛泽东思想基础上统一起来。人民给权力，掌权为人民。坚决抵制资产阶级派性、个人主义、山头主义、小团体主义和无政府主义。

六、以足够的时间，参加集体生产劳动，和贫下中农坚持"四同"，要能上、能下、能官、能民。

七、严格遵守纪律。克服久假不归、擅离职守、消极怠工倾向。开会要有准备，反对烦琐哲学。下队工作要事事带头，早起床、早下地、早到会，彻底改变各种庸俗的不健康习气。

八、"十不准"——不准给革委会成员歌功颂德，贴恭维的大字报；不准走后门和搞特殊，多吃多占，损公肥私；不准请客送礼，搞庸俗的"礼尚往来"；不准接受别人的礼物，严防糖衣炮弹袭击；不准参加武斗，搞资产阶级派性；不准搞小圈子制造分裂；不准虚报浮夸；不准乘机出风头，突出自己，宣扬个人；未经集体讨论，革委会成员不准以革委会名义，随意到处讲话、表态；不准铺张浪费。

九、谦虚谨慎、戒骄戒躁，防止胜利冲昏头脑，打掉四气（官气、骄气、暮气、娇气），杜绝官僚主义的莠草滋生。

十、革委会每月进行一次"小整风"，总结经验，发扬成绩，克服缺点，纠正错误，批评不良作风。

很明显，这十条规定有着非常鲜明的"文革"印痕。但在当时的条件下，强调密切联系群众，严以律己，反对官僚主义等要求，对端正干部作风，加强班子团结，治理混乱局面等，还是有着非常积极的意义和价值的。

在领导班子的思想基本统一后，大家都感到必须尽快启动几个方面的整顿。

首先是整顿社会风气。几年的无政府状态使社会状况特别混乱。先后发生的市管员被杀、银行营业所数万元被盗等恶性案件，对革委会开展工作造成许多被动和威胁。经革委会讨论，为了使公社革委会能以实绩在群众中树立起威信，决定在全社发动群众扫除盗窃公产风、破坏林木风、投机倒把风、斗殴赌博风和封建迷信风等"五风"，并就如何纠正"五风"作出了具体部署。5月14日，全社召集一万多人举行扫"五风"誓师动员大会，接着组织工作队，下各大队调查处理"五风"案件。由于东风吹得猛，队员抓得狠，从村队这个底层挖掘了动乱的基础，全社风气开始好转。

其次是整顿村队。主要是在同各村的派性作斗争中，组建各大队革委会，并扶持生产队干部开展工作。在整顿村队、攻克派性顽症中，革委会副主任陈杰山出了大力。他体形高、大、胖，50岁的年纪，秃顶，白脸，大胡楂，一只眼仁偏斜，外号叫"陈斜子"。他解放前当过游击队员，识字不多，"大跃进"时代当过管区主任，抓工作，搞强迫命令出了名。传说那时有个队的牛喂得太瘦，犁地时常常趴在犁沟不起来，犁地的人老远瞧见陈斜子来了，失声大叫："快，陈斜子来了！"趴着的一溜溜牛听见，都会忽地站起来拉上犁往前硬挣。他不读书，也从来不记笔记，到上面去开会全凭脑子记，回来却往往能抓住要害传达得大体不差。他的语汇基本上都是农民的口头语，生动通俗，说脏话不论场合。刘书润用人，很能用人的长处，哪个队出了棘手问题，就专派陈主任挂帅带一帮人去捅马蜂窝，往往一捅就开。照庄大队在"文革"前是县上著名的先进大队，大队书记任天祥是工作得力、作风正派的好干部。"文革"后多数农民希望他重新上台，但大队的造反组织坚决不同意，给他整写的"罪行"订了几大本。公社几次派工作组下去解决，造反派都翻开材料同工作组逐条质对，使任天祥一直解放不出来。陈下到该队以后，抓住材料中最大最空的一个问题私下做了调查，掌握了不实的依据。然后召集群众大会与造反头儿当场质对。对方说了几句，便被陈问得张口结舌。群众一听罗列的"罪行"落空，会场一下子哗然。陈便站立起来，抱起几大本材料，大声喝叫："让这些黑材料见鬼去！"忽的一下，一齐扔出院外。不到半天，把解放任天祥的难题给解决了。照庄的难题解决带了头，各大队的领导班子也陆续得以建立，逐步稳住了全社的局势。

再次是遏制派性的余风泛起。由于当时县革委会尚未建立，县武装部"支左"也只能是向两边造反派说好话。因而，县上的两大派还不断向乡镇施加影响，一些群众的派性观念也就自然难以完全消除。公社革委会成员的山头影响也还会时不时地发生作用，结合进班子的原公社领导也各有想法。这意味着革委会分裂的可能一直存在，重新陷入两派对峙甚至再次发生武斗的危险难以完全排除。事实上在有的邻县已经出现这种实例。公社革委会成立以来，从正面讲大局、消派性、破私念，做团结工作的人，一直在日夜兼程，忙个不停。而从反面搞拉拢、挑事端、传谣言，做分裂工作的人，也一直未曾休息。

1968 年 6 月上旬，据说县上两派头头在省上的谈判进入艰难的相持阶段。县城两派组织中的一些极端分子听见从西安传回"不平等条件"的消息，捶胸顿足地发誓要和对方干一仗。于是有的人便走出县城，到农村串连原来的派头头，想把已经解散的"文攻武卫"班的农民重新收罗起来。他们来职田几个村，甚至直接到机关单位，做原来派头头的工作。做不通就大骂"投降、招安"，鼓动农民另选头头。机关单位流传着县上某派不日就要攻占职田的谣言。而且谣言越传越逼真，不少人都信以为真，借故跑回了家。机关失权的少数人盼望将革委会推倒重组。刘书润和革委会的部分同志分析了这种形势，认为事到如今绝不能示弱退让，要硬撑打主动仗。

在有分有合地做好原来两派头儿工作的基础上，刘书润再次主持召开革委会会议，让大家表态亮心，共议对策。矛盾摆在桌面上，大家也就容易形成共识，一是以革委会名义发出《关于维护职田地区安定团结局势的通告》（简称《通告》），针对各种动乱表现，分别提出治理政策；二是在逢集日，组织宣传队搭台演出，在宣传革委会《通告》的同时，由原两大派组织头儿同台发言，表示维护职田安定团结的决心；三是革委会主要成员带领几个工作队，分赴受内外因素干扰严重的大队和单位，调查了解、团结群众，做重点人的工作。经过一周时间的紧张工作，掀起来的风波总算逐渐平静了下去。

1968 年 7 月 15 日是县革委会成立的日子。刘书润作为公社革委会主任的代表，做了县革委会委员。县上将要建立合规、合法、有职有权的政府，这对被动乱搅厌了的老百姓，对担忧动乱复起的公社、大队革委会成员来说，都是一件久久盼望的事。职田公社因为掌握并主动及时地平息了上述的"六月风波"，公社革委会的号召力大大增强。公社为了支持县革委会成立，提前一天培训了赴县城参会的千名群众。每百人一个小方队，每小方队一名大队干部负责，10 个小方队组成全社的游行队。每个小方队举一块两米见方的红底大标牌，每牌一字，"热烈庆祝县革委会成立"十个大字恰好列完。另外集中训练了唢呐队、军号队、锣鼓队和彩旗队。小方队间展开纪律评比，大方队由三名公社革委会成员带领。7 月 15 日一大早下县，准时进入会场。职田农民队伍的气势在会场里显得特别注目，给整个会场增添了庄重庄严的氛围。别的公社虽然也都派来农民参加，但明显准备不足，组织乏力。从此，职田在县上集体活动中的气派，成为各社争相追赶的标杆。

五、稳住"清队"方向

1968 年 5 月 25 日，中共中央印发了"清理阶级队伍"的通知。到了 8 月，又把"清理阶级队伍"作为"文化大革命""斗、批、改"阶段的一项任务提了出来，要求把这种做法向下一直贯彻到村队。现在看来，这样的做法实在是全面搞乱党历来强调的阶级划分政策，是用民主革命的做法搞社会主义革命，在阶级分析上更"左"于当年的民主革命。把老共产党和老国民党搅和在一起清理，把老地富和老贫农搅和在一起清理，从清队"牛棚"里可以看到这种混乱现象。

刘书润在"清队"部署上的基本策略是"雷声大，雨点小，搞生产"。所谓"雷声大"，就是应付好上头部署，凡上头介绍下来的"敌人"，下头举荐上来的"敌人"，都进公社"清队"学习班，搞得队伍很庞大。所谓"雨点小"，就是不安排抽人搞内查外调，只教本人谈认识，不急于定性，定性也不在原有基础上提高。所谓"搞生产"，就是不浪费掉这近百名农民的劳动力，让他们为职田的农田基本建设干点儿实事。从 1969 年 2

月起，公社用职田完小的空房举办清队学习班，为时约一个月。学习班的最大实绩就是栽树。"清队"学习班的学员由陈杰山带领，首先选大树苗，高质量地栽植了旬铜公路职田段十多里路两边的树，并且每边植了两行，又安排相关队抽人日夜看护。这条林带的成功栽植和管理，为后来治理黄土高原，实现园田林网化竖起了第一道标杆。

对职田的"清队"，大家只记得浩浩荡荡的栽树场面，记不得给哪个新的清理对象戴了敌人帽子。像万寿信用站会计吴天义、早池刘志林的父亲，这些知名度较高的人，大家都知道没有多大问题，便按本人所谈，经过领导讨论，较早地让其解脱回家。何修杰是位离休老干部，曾在当地打入敌人内部做统战工作，清队中上边从南京的国民党中央档案中抄出他的特务名字，经本人谈了当年的实际情况，也就没有安排外调，学习班后期即宣布解脱。

由于刘书润坚持稳住了"清队"工作的大方向，职田的"清队"一直没有造成新的矛盾和斗争，也没有出现大的折腾，还成功地修成了十多里公路林带。

六、以文收心

"文革"动乱搞得派旗林立，不少人也习惯于盲目跟风潮大轰大嗡。公社为了树革委会这面旗帜，立革委会这个中心，以便推动社会生活回归正常，实施了"以文收心"的策略。

首先是推动中小学复课。在当时强调地方党的一元化领导的社会背景下，公社革委会借中央"教育革命"大潮，把中小学学生这个造反性较强的不稳定因素，先从社会招回到学校，抽调队干部配合教师抓紧思想纪律教育和知识就是力量的教育，并组织文艺宣传、参观调研、集体劳动等多种活动，吸引他们把心收回到学校，坐下来一心投入学习中去。

其次是组织文艺宣传。公社指定由吕明负责，以职田街、马家堡大队为核心，组织起公社文艺宣传队，排演革命样板戏，结合职田稳定与发展的需要编排小演唱。刘书润一度带上公社宣传队跑遍各大队，连牙里河、文家川的偏僻山庄都跑到了。每次演出之前，刘必结合公社中心工作作演讲。其间，吕明总结了公社"文宣队"的做法与效果，由社革委转印各大队仿效，使各队、各校、各机关都活跃起来。每逢农贸大集，各大队都来街市演出。每逢节日，全社组织大会演，并组织车亭、抬亭、柳木腿、花花棍、马故事、体操等方队，游行表演。在1969年元旦的全县大会演中，职田夺得第一名。

最后是开展体育竞赛。公社组织有农民特色的拔河、摔跤、骑车、担水、跳绳、篮球和赛跑等竞赛。先是各大队组织生产队之间竞赛，后是组织全社各大队，各机关单位竞赛。为了推动职田各机关单位职工加强工作纪律，正常上班营业，由公社组织每早七时统一上操，点评机关工作状况。

如上活动，比较有效地把全社被"造反"搞散的人心吸引到各级革委会的旗帜下来。加之县上和地区表彰了职田抓稳定的做法，《陕西日报》也报道了职田抓稳定的经验，使公社革委会的权威逐步树立起来，这一切，就为后来紧接着的农田基本建设热潮奠定了较为扎实的思想、工作和群众基础。

七、对农业生产条件和管理工作的再调查

经过一段时间的治理和整顿，全社形势基本稳定下来。两年前对职田发展形成的基本思路，很自然地涌上刘书润心头，只是现在需要考虑的问题已经是如何将工作思路转变为具体的工作部署。

习惯于从当时当地实际出发考虑工作部署的刘书润，认识到要推动当前工作，还必须组织专门班子，对职田的农业生产条件进行更加深入具体的再调查和再认识。

1969年上半年，在青村搞整团试点的基础上，全社恢复了共青团组织。在早池搞整党试点后，全社又全部恢复了村队党组织，同年10月恢复了公社党委。当年10月12日，全县整党建党经验交流会在职田召开，会议介绍了职田经验，也让职田公社党委增强了发挥党支部战斗堡垒作用、进一步搞好工作的信心。

整党整团期间，刘书润引导同志们反复探讨的一个问题是，党委成立之后重点抓什么？他说："报纸讲不断革命，但老百姓最迫切的吃、穿、住咋办？革命导师强调，生产实践是人类的基本实践，我看不管别人抓啥，职田今后必须着重抓生产！"

他引经据典，列举事实，反复强调今后着重抓生产的重要性。为了不和"继续革命"的大潮相抵触，他特别叮嘱，必须坚持喊响"抓革命，促生产"的口号。他的这一思想，班子成员一致表示赞同。

为了摸清底子，制定好规划，公社组织了由刘书润总牵头，公社领导分工负责，水利水保技术人员和贫下中农代表共47人参加的5个勘测调研和规划小组，勘测调查的主要任务分别是：原面治理、坡咀治理、荒沟治理、畜牧业发展和经济管理。刘书润明确提出，要通过广泛深入的勘测调查，进一步厘清思路，并在此基础上研究制定更加系统、具体和可以操作实施的原面沟坡治理规划。

勘测调查小组用40多天时间，跑遍全社17个大队、63个生产队，通过组织大小队干部与有经验的老农座谈，深入地头做各类实地调研，弄清楚全社44000多亩可耕地，分布在6坳9坡21个原咀上，共有集流槽84条，3条大的流槽自东向西纵贯原面，42个支毛沟延伸原边。这实际上也就弄清了雨水在原面上的基本流向，摸清了各个沟头的延伸程度。

对原面的调查还基本明确了六个方面的情况。一是职田原面的倾斜度。15 里长的原面东北到西南的落差达百米。二是原面的洪水流槽分布。职田原面东起上墙村西到寺坡村有一条三五丈宽的主流槽，有马家堡到青村咀、马家堡到恒安洲咀、职田街到万洲咀、职田街到旱池、职田街到景家的五条分流槽。这些流槽上接坳间田块的小流槽，下接各条沟壑的沟头，降中等以上的雨，洪水便带着农田的土、肥冲下深沟。三是原面斜坡与沟壑的关系。通过前两个调查看到，职田的原面，并不是人们心目中的水平原面，而是一面斜坡，这个斜坡让雨水冲成田块中的小流槽，小流槽汇成大流槽，大流槽汇成小沟渠，小沟渠崩成大沟壑。水冲沟头崩塌延伸（年均约伸 1 米），不断切割原面，使原面最窄处（马家堡）南北两沟头之间仅距 1 里多，若干年后，职田原将被切断。四是原面的水害史。职田许多村庄沿着沟圈分布，许多农户沿着胡同居住，挖土洞，打地坑，一遇暴雨，流槽起洪，胡同涨水，住户往往惨遭水灌，伤亡人畜，冲毁财物。1960 年一场大雨，原上流槽涨水，使得岭南村沟头崩塌，三家农户随山崩全被冲走。1968 年一个暴雨之夜，地处职田原心的职田街因原面主流槽涨洪，配种站等机关单位和农户遭受水灾。五是土和肥流失情况。每逢暴雨，原面上的雨水顺着大小不同的流槽倾泻而下，造成沟壑扩张，原地塌落，冲走坡地，卷走肥料。据测算，每平方公里平均每年流失土壤达 1 万吨，每吨土含氮量为 0.8～1.5 公斤，含磷 1.5 公斤、钾 20 公斤，每平方公里总流失氮磷钾 20 多万斤。六是保水增产史。原心最宽处的旱池大队坳心的井中水位距原面不过 10 米，而坡咀恒安洲的井中水位距原面超过 80 米。同样肥料同样管理下的原心堰窝地，比坡咀地的亩产高三五倍。这充分说明，黄土高原上，水平田有蕴蓄天上水的极好功能。同时也说明，黄土高原上水分蒸发量较小，只要保住天上水，平常年景下，旱原作物的水分需求量就可基本满足，只要足肥细管同样可以获得较为理想的亩产。

这次对职田原面的全面系统调查，意义特别重大，首先是启发人们进一步深入研究了"天上水"与"原面土"的对立统一关系，从而初步掌握了治理黄土高原的基本规律。其次是科学认识了黄土高原的治理顺序：先治原、后治坡、再治沟。最后是引导人们下定决心突破"原平没治头"的顽固观念。在治理实践中先搞治原规划，先打治原战役。这一步，是职田人探寻科学治理黄土高原的一个重大突破。

对坡咀的调查发现，人们在"文革"之前就认识到坡咀田治理的必要性，已经在零敲碎打地搞修补，但总是前修后毁，很难巩固。这次调查，人们认识到职田坡咀有两大类型：一是原面两侧的大片缓坡，二是原梢的陡峭梁峁。两者在治理上的共同点是都要修路、筑埝、平田。两者规划上的不同点是，前者田块宜大，后者田块宜小；前者以直埝为主，后者以弯埝为主；前者填流槽，后者堵沟头。调查组还正面典型调查了"文革"前照庄治理黄家岭的坡田，它规划宏伟，田埝结实，地面平坦，外高里低，便于蓄水。调查这个典型为后来的治坡提供了多方面的经验。

在对沟壑的调查中同老农现场研究了以下几个问题：沟头原畔来路水（流槽）的拦截问题；沟渠两岸来路水的防治问题；支沟渠底的治理问题；主沟泉眼以上陡坡的治理问题；泉眼以下缓坡的治理问题；泉眼以下打坝蓄水，抽水上原的问题。对于支、毛沟的治理措施，重点调查了青村、恒安洲各一条沟的整片造林对于固土蓄水的作用。

对养畜的调查发现，在当时的生产力条件下，集体农业本来对农民群众就缺乏吸引力，加之"文革"动乱，使绝大多数猪场解散，生产队大家畜乏瘦死亡。但是普遍中总是存在特殊，照庄的猪场没有散，武家堡一队的牛驴、恒安洲三队的牛羊不但膘肥体壮，而且数量增加。汃河川的牙里河大队李家洼生产队的山坡放养，牛羊数量也稳定增长。这些队的共同点是体现了畜多、肥多、粮多的良性循环，主要是队干部对饲养员实行了一套严格的责任制办法。在当时巩固集体经济的大潮下，其中的秘诀值得探寻。

对管理的调查本质是经济政策问题。抓生产中遇到的最大问题是经济政策混乱。60年代初，中央制定的老《六十条》，本来就超越当地生产力水平，执行起来很是费劲，而"文革"动乱中，各队又盲目搬用外地的更"左"做法，普遍坚持"四否定"：否定按劳记工，实行按响记工；否定按劳分配，实行按人分配；否定分组定责，实行兵团作业；否定林权归属，实行乱砍滥伐等。调查后的结论是，要策略性地顶住极左大势，否定各种过于"平均"的做法，回到老《六十条》的经济政策上来，并以此为基础，结合职田实际，重新考虑和组织拟定各个方面的责任制办法。

完成勘测调查后，公社把相关资料交给群众，发动群众提方案、议措施，采取两上两下相结合的方式，研究讨论和制订全社"农业学大寨"规划方案。1969年5月27日公社印发的学大寨规划提出，要重新安排职田山河，五年内达到山坡地亩产400斤、原地600斤、川地700斤，全社平均亩产600斤。奋斗口号是：头年大动员，二年打基础，三年见眉眼，四年跨黄河，五年上纲要。具体措施是：全社各队抽调15%～20%的劳力，组成1000名劳力的专业班子常年连片治理，做到大忙专业班子不停，农闲社员积极参加集中会战，力争1971年实现全社2344亩大寨田，全社6000劳力，每劳力4亩大寨田，1973年实现全社耕地全部成为大寨式的高产田。要下决心做到干部带头，艰苦奋斗，不达目的，誓不罢休。

此外，规划还提出要采取"蓄、引、提"的方法，发动群众，更直流向，固定河岸，向河滩要地，向河滩要粮，争取实现5年内全社每人一亩水浇田。还要狠抓肥料，大办小型工业，促进农林牧副全面发展。

在勘测调研制定规划的过程中，全社还涌现100多名土技术员和土专家，不少基层干部也学会了调研规划的办法，给各队进行具体规划和指导施工打好了基础。下墙大队青年社员乔彦儒经过刻苦学习、主动请教和反复实践，很快掌握了测量、计算、定线、绘图等技术，他还用废药瓶制造出土水准仪。除给本队规划外，还经常主动到外队帮助规划。

1969年6月12日，公社的夏季农田基本建设安排意见要求，通过自下而上的讨论，制定生产大队和生产队夏季农田基本建设规划，做到思想、时间、任务、劳力、标准、组织领导"六落实"。要坚持集中力量打歼灭战，做到集中时间、集中劳力、集中治理的"三集中"。各队至少要把50%的劳力集中到农田基建上，麦子一上场就要安排抽人，要保证夏季集中两个月时间搞农田基建。治理上关键是要连片，要治一片成一片。保证做到"三不"：不搞形式，不出废品，不留尾巴。各大队和生产队还必须抽出15%～20%的劳力组成农田基建专业队，并且把劳力和领导都尽可能固定下来，实行常年施工。各队还要做到"胸中有全局，手中有典型"，通过树立样板的方法，不断把农田基建推向前进。同时要开发水源，兴修水利。有水力资源的川道地区，一方面对过去修建的水利设施要修复完善，另一方面要按照"蓄、小、群"的水利建设方针，积极新修建一些小型水利工程。

领导干部有了认识，全局工作有了规划和安排，公社领导和干部都下到各村蹲点包抓，各村各队都先后动了起来，组织农田基建专业队，农忙过后立即进行集中会战，全社上下都忙了起来。

八、用班子整风引领干部队伍

进入1970年，结合多半年和干部群众一块儿奋斗的实践，刘书润又在思考一个问题：要使改造职田客观世界的思路和规划变成现实，将是一场要比抗战还持久的恶战。公社党委和各大队支委的干部是否能真心接受这个思路？是否能在政治、经济条件困难的大环境下，愿意长时间跟着自己吃大苦、耐大劳、受大怨？是否能围绕这个目标长期团结共事？打这场旷日持久的恶战，光自己一个人有设想当然不行，必须得有公社、大队和生产队三级领导班子一齐下定的决心。

1970 年 4 月 26 日早晨，刘书润骑自行车来旧杨村找到几位同志，说他想出一个办法，就是领导班子开门整风，以群众来促领导。初步想法是召开一次全社人民代表大会（和后来的"人代会"不同，实际上应该叫作群众代表大会），在系统阐述思路和规划的基础上，让人民群众谈认识、表决心，促进领导干部的思想统一。他对吕明说，"你参与了思路形成、规划调研的全过程，可以代表机关干部职工首先发言，围绕工作思路讲公社领导目前精神状态上的不足，批评对象直指党委一、二把手。只有这样，下面的代表们才敢放开说话，才有可能真正达到促领导的效果。"

吕明当即说完全赞同书记的想法，并表示愿意带头发言。其实公社领导班子的"开门整风，"在 1968 年 4 月革委会成立之后不久就曾搞过一次，那时是召集村队群众代表帮助整风，主要是促进革委会成员反派性、搞团结、正作风、讲廉洁。从那次整风会看，只要一把手组织引导得好，就可以达到群众促领导的目的。

4 月 27 日，全社人民代表大会召开，参加的有公社和 17 个大队的党支部和革委会一、二把手，生产小队队长；有老红军、老八路代表，老贫农代表，共青团和妇女干部代表，中小学教师代表，下乡知青代表，机关干部代表和水土保持员代表等，共计 300 多人，会期 5 天。

刘书润首先在大会上宣读了毛主席 1949 年 10 月给延安和陕甘宁边区同志的《复电》。这个《复电》于 1970 年 4 月 10 日第一次公开发表，电文倡导"在发展经济建设和文化建设"中，要永远保持"艰苦奋斗的作风"。电文作为这次整风大会的精神支柱，正好可以抵挡"左"的干扰和右的畏难情绪，把大家的思想统一到新的大干目标上来。接着刘书润谈了党委和革委会工作中心向改造农业基本条件转换的长远思路。陈杰山谈了改造职田原、坡、沟的长远规划。两位领导的讲话既激动人心，又给人们以压力，大家激动的是其美好的前景，感到有压力的是即将面对的苦战。

随后，会议组织代表们分批观看了马家堡有美术和雕塑特长的张积民精心制作的职田原面坡沟治理规划沙盘，听取了对规划的具体解说。

接下来的会议内容，就是公社三位主要领导围绕实施规划目标找思想认识差距、工作作风差距和工作方法差距，并表示诚心接受代表们的批评。刘书润书记找的差距是学习思考不够、调查研究不够、开创的胆量不够、典型培养不够、带头实干不够。陈杰山、李述青二人虽文化水平不高，却用具体事例暴露自己怕学习、不想事、少带头的差距。大家听得出来领导都是真心找差距、作检讨。

再下来是代表发言。发言之前，刘书润和部分同志就特别商定了发言名单和顺序，让会议主持人围绕整风的中心目标作了必要的提示引导。大会开始后吕明首先发言，他主要谈了领导思路的科学性和实施规划的必要性，谈领导作风上的不足，谈全社群众对公社领导带头实施规划的期望。接着发言的代表基本都能各有侧重地围绕会议中心议题作批评、谈希望。

大家印象最深的是几位回乡老红军、老八路的发言。这些老革命都有着非常光荣的革命历史，每个人都有许多故事。

青村孙文珍延安时期曾在中央警卫团工作，参加了由毛主席出席并讲话的纪念张思德大会。他说毛主席讲话比较慢，他自己只是扫盲的文化，但也基本能用铅笔记下来，主席讲话的意思都很明白，他们这些当兵的也都能听得懂。

姚占奎到陕北后被分配在林彪的部队，为了上前线打日本，从旬邑出发经淳化再到泾阳。一路上，老百姓见红军穿得破烂，几个人拿着一支老步枪，说红军这装备，咋能打个日本？到云阳后，部队改为八路军的编制，大家站在操场上，要换上国民党军的服装，同志们都硬顶着不愿意换。林彪呼喊了几次："同志们请脱帽"！大家总不愿脱下红军的红五星帽，许多战士一脱帽都难过得哭了，大家不愿意戴国民党军的青天白日帽。最后经林彪讲国共合作打日本的道理，大家才勉强服从了命令。接着到山西参加了平型关大战和烧日本飞机的突袭。

刘宏斌在中央开七大时是便衣警察。七大期间，他担个"货郎担"在延安街上转，有时也在街上摆地摊，一有动静就向团部报告。一天下午，毛主席在街上散步，他认得也装作不认得，一直看着主席走过来又走回去。

下墙的董跃进曾跟着彭德怀打过马匪。他说，"有一次我们一个连行军到一条胡同，突然被敌人包围，事情来得太突然，大家都有些慌乱。着急处，我朝天猛放一枪，高声喊'冲呀，跟我来！'大伙一鼓作气，顶着敌人的乱枪，硬是跑出了敌人的包围圈，后来与马匪军打了大半天才取得胜利。"

老革命们都是用战例讲当年创江山的艰难困苦，讲部队领导总是带头实干的作风，讲自己做营连干部时的牺牲精神。他们用历史事实作比较，对社队干部的领导作风作了不留情面的批评，并提出恳切的希望。孙文珍和刘宏斌还特别讲述了当年陕甘宁边区军民在敌人政治军事上包围、经济交通上封锁的艰苦环境里，紧跟毛主席，自己动手，开展大生产运动，做到耕三余一，耕二余一，丰衣足食，胜利粉碎敌人的反革命阴谋的革命英雄事迹。他们说，现在的条件无论如何都比延安时期要好多了，领导们应该带领群众发扬革命军队和老区人民的光荣传统，努力把农业搞上去，让群众的生活更加好起来。

老红军们的发言，使与会人员都受到很大的心灵震撼。大家从心底认识到，确实要发扬革命传统，努力响应毛主席"农业学大寨"的伟大号召，团结一心，艰苦奋斗，要通过自己的努力，让职田尽快有一个全新的面貌。

老红军们发言之后，三个先进大队介绍了经验，三个相对后进的大队寻找了差距。这样的学习和讨论发言整整持续了三天，每晚还要加班三个钟头。学习讨论中，群众代表还尖锐地提出公社党委在党性与个性、一把手与其他领导成员、批评和工作方法、轰轰烈烈与扎扎实实、抓新典型与扶植培养、新工作与老路子、全局与本职、当前与长远、公社工业与农副业，以及点和面等十方面关系上处理得不够科学合理，并提出公社党委和革委会每月搞一次小整风，半年搞一次有群众代表参加的大整风，以及领导要重视抓典型，公社的各个事业单位也要抓各自的典型等建议。

通过学习讨论，大家对群众在经济上翻身的渴望感受更加强烈，对推进农田基本建设的意义和目标认识更加明确，对干部队伍改变作风迫切性的理解也更加清楚，一种团结奋战、大干快上的热气被切切实实地激发了出来。

刘书润作总结讲话时就是借着代表们的这股热气，再次强调了实施改造职田原、坡、沟规划的紧迫性和可行性，正式向全社人民下达了动员令，号召大家要充分发掘和利用好"农业学大赛"的政治资源、革命传统的红色精神资源、集体合作的劳力组织资源、历经捶打锻炼的优秀干部资源，以及可以优化利用的黄土高原天然资源，通过几年苦干实干加巧干，力争改变职田的山川面貌，让人民群众尽快过上更好的日子。

九、开展群众性大宣传大动员

干部的思想认识基本统一后，公社党委抓住有利时机，立即在全社农村开展了大宣传和大动员。

对于社员群众，关键是要用他们听得懂的身边的事实说话。公社和各大队、各生产队的干部迅速深入群众之中，以层层召开学习和动员会、与重点人个别谈话等形式，引导群众广泛开展了查原面流槽、查沟头延伸、查水害之苦的"三查"活动，用身边的一件件事实教育社员认识搞好农田基本建设的重要性。

过去，每逢暴雨，全社境内沟头延伸，沟岸塌陷，损失耕地，冲走土肥，地越种越瘦，沟越冲越深，原面坡度越来越大，产量低而不稳。这些是每个社员都能看到的事实。在宣传教育中，一位口才好的群众把这种现象形容为"黄土高原地没唇，暴雨冲走金和银；高处上粪，低处打囤（指高处的肥料冲到低处囤积起来），暴雨原变沟，大雨地筋抽"。正是因为严重的水土流失，职田这里年年有洪灾，年年有旱情，严重影响着农业生产发展和人民财产生命的安全，粮食亩产一直徘徊在一二百斤左右。1960 由于暴雨成灾，全社倒塌土窑百余孔，损失几万元。职田街大队的50 多只羊、20 多头猪也被洪水冲走。武家堡大队贫农社员曾德来一家 5 口人，由于沟岸塌陷，被洪水冲走了 3 口。经过这些查摆活动，社员们一致表示，"要变水害为水利，必须缚住水龙，让它为社会主义大农业服务"。

在查水害的同时，公社党委还遵照毛主席关于"用心寻找当地群众中的先进经验，加以总结，使之推广"的指示，引导群众谈水利建设带来的甜，总结农田基本建设成功的经验，用来启发大家，以提高广大社员大搞农田基本建设的自觉性。职田公社照庄大队的黄家岭有一块 60 多亩的背搭子地，治理以前，丰年老三斗，平年二斗半，遇到暴雨，种子都收不回来。1966 年，该社社员群众积极响应毛主席"农业学大寨"的伟大号召，把这块背搭子坡地变成了水平台田，当年就获得了丰收，当年小麦亩产达到 280 多斤。他们还用春季平整深翻后的土地大幅度增产的事实教育干部和群众，经过平整深翻的 6000 多亩大秋作物普遍增产三成以上。5 个大队、24 个生产队上了《纲要》。早池大队还在经过深翻的亩产 670 斤高粱的大田中，开了现场对比会，群众因此把这块田称作"教育田""解放思想田"。

经过深入而又贴近实际的思想教育，干部和社员群众在思想上得到四个方面的解放，树立了四种新的意识：从小农经济思想束缚中解放出来，树立了社会主义大农业的全局意识；从困难面前无所作为的消极思想中解放出来，树立了自力更生、战天斗地、彻底改变家乡落后面貌的奋斗意识；从因循守旧、坐井观天、故步自封的落后思想中解放出来，树立了胸怀大志、着眼长远、敢于创新的进取意识；从不调查、不研究、不注意掌握水土流失规律的蒙昧状态中解放出来，树立了坚持学习、尊重实践、乐于探究的科学意识。思想教育使大家投身农田基本建设的自觉性普遍得到提高，决心和信心也明显增强。一些群众说："大寨人能在虎头山上夺高产，咱们就能在职田原上建良田。"

中国共产党人能够领导人民打下江山，并在获得政权以后，走出一条经济社会快速发展的社会主义建设之路，重要的经验就是善于动员和组织群众。因为共产党人一切工作的出发点和落脚点，都是为了人民群众的根本利益和长远利益，但这些根本利益和长远利益与群众的局部利益、当前利益往往会有一些或多或少的冲突，应当通过扎实细致地摆事实、讲道理，引导群众弄清了两者的关系，人们联系跟着党走不断取得胜利的亲身经历和实际感受，就会坚定地响应党的号召，落实党的工作部署。因而思想政治工作历来是我们党的法宝之一，在公社这样一个基层党组织，这个法宝同样可以发挥无可替代的重要作用。

人们认识到搞好农田基本建设的重要意义，经过一段时间的群众性建设热潮，取得较为理想的进展和成效也是必然的。

据 1970 年 11 月 13 日的《职田公社关于冬季农田基建开展大检查情况的报告》记载，"公社从上月 30 日开始，组织社队 21 个干部组成检查组，由公社革委会领导率领，花 9 天时间，对全社 17 个生产大队的农田基建情况进行了一次大检查。检查表明，我社学大寨运动有了新的发展，出现了一个队队、人人学大寨的生动局面，推动了冬季农田水利建设的飞速发展。全社从原到坡，从坡到川，到处呈现一片改天换地、征山治水的战斗场面，形势非常鼓舞人心。截至现在，全社农田水利基本建设上劳 2858 人，占全社总劳力的 60% 以上，已修好竣工的大寨田 498 亩，6 处提水上原工程正在凿洞打坝，日夜施工，抓得比较紧的寺坡大队已接近完工。特别是恒安洲大队第三生产队队长王京合冲在前，干在前，动员组织 70% 的劳力参加农田基建，20 多天修成大寨田 26 亩，平均每人每天移土 4 方"。

49

还必须指出的是，当年元月，县革委会给职田公社分配引汃河水上原工程出劳1515人，架子车253辆。要求正月初七上工，劳力半年或一年轮换一次。职田全社6000名劳力，在已经上汃河工程1000多人的情况下，还能抽出2858名劳力上农田基建工地，可想而知有多不容易。更何况当年全县农业战线统一部署的工作，还是要打好粮食、养猪、林业和水利四场硬仗。农田基建充其量只是四场硬仗中的一场。由于当时县上对四个硬仗推进情况的检查督促也非常频繁，在同时兼顾四项重点工作的前提下，农田基本建设还能取得这样的成绩，这是多么的难能可贵。

十、再一次自加压力

1971年的春节是阳历元月27日。即使是过年期间，刘书润也没有停止对职田农建思路的再思考。

1970年是实践他关于改造职田农业生产基本条件整体设想的第一年，虽然干部群众已经初步发动起来，基建上劳的目标也已经基本实现，但上年5月20日，公社党委研究通过的"四五规划"［指与国家第四个五年计划（1970—1975）相应的职田公社发展五年计划］中规定，1970年的水土保持治理面积为3000亩。这个任务并没有完成。1969年11月13日的冬季农田基建开展大检查情况的报告还明确指出，"有的队农田水利建设就很差。如早池大队共有男女全半劳力450多人，每日上劳仅120多名，且大都是男女辅助劳力，大小队主要干部未亲自上阵，由组长或社员带工，月余时间，修地不到4亩，最差的第二生产队，日上劳力只有十五六名，40多天，移动土方不到30大车"。按照这样的状态和进度，1975年要全面完成全社4万亩耕地治理的任务根本不可能。怎么办？他再次想到了利用每年一度的三干会，把问题交给全社各级领导干部来共同研究。

刚过正月十五，公社就召开了三干会议。会议的主题是，领导带头找差距，动员群众学大寨。参加会议的有各大队党支部书记、革委会主任，生产队长，妇女主任，民兵连长，机关单位负责同志和公社下乡宣传队同志，共 156 人。

会议首先传达了地区学大寨会议精神，刘书润接着代表公社党委、革委会，找出"满、低、怕、懒、慢、偏、浮、批、稳、守"十个字的差距，批判了吃粮靠国家、花钱靠贷款、建设靠外援的"三靠"思想。

会议随后分组进行了深入讨论。参会人员对"三靠"问题进行了认真分析，大家都感到"三靠"思想造成的影响就是"劲绽了，心散了，队乱了"。2 月 20 日，大会举行了有干部、社员和学生 4300 多人参加的"农业学大寨"誓师大会。刘书润代表公社党委和革委会，宣读了"职田公社大战七一年农业学大寨规划"。会上，照庄、职田街、马家堡等大队的代表表示了决心。大家都表示要用新思想、新方向、新行动、新干劲和新成绩来落实规划，立下愚公移山志，突破万道困难关，敢叫职田换新天。

三干会议结束后，公社又组织全社大队、生产队、各村蹲点干部和公社党委成员翻了三条大沟，步行 80 多华里，去全国"治黄"的一面红旗——甘肃省正宁县永政公社参观学习。大家一路上吃冷馍，饮河水，白天参观学习，晚上分头利用各种人际关系，深入当地社员家庭聊天拉话，了解实情。在永政再次办学习班，对着先进找差距，进一步研究讨论回去后的落实措施。照庄大队革委会副主任吕万兴，原来觉得自己年老体弱，准备交班，参观学习后坚决表示："赶不上永政，照庄面貌不改变，死都合不上眼。"小峪子妇女队长肖改英，看了永政公社组织了 40 名妇女打埝突击队，当即表示，回去后一定立即把全队的妇女组织起来，把打埝提锤的任务包下来。今冬农田修不好，天寒地冻也决不下火线。

思想认识进一步提高，奋斗热情进一步激发，预示着职田农田基本建设的又一个热潮即将兴起。

吕明当年的几首诗作，反映了职田农田基本建设在探索起步阶段，人们的认识过程、实干场景和心路历程：

农建规划调查（墙头诗）
1971 年 8 月 15 日于职田

农建成败在规划，着眼视角应放大；
不限一块田，眼望整个原。
要识规划艰难字，需以实事去求是；
唯有勤调查，思路才通达。
逐村逐队查社情，地形地貌掌握清；
原坡反复看，沟梁几度翻。
三十六村边勘察，理论认识边升华；
提炼晓规律，规划不逾矩。

职田北临支党川，向南伸到汃河边；
东高西南低，流槽倾向西。
南北二十三条咀，中间二十七泉水；
原坡干旱田，沟里泉水闲。
沟头一年塌十米，百年千年十几里；
原面平又阔，塌成丘与壑。
治原着力于治土，规律着眼于天雨；
雨水聚成流，水土冲下沟。

原面规划村为点，路为主干画田园；
雨水不汇渠，台田分层蓄。

坡咀规划路为先，梁峁为基修梯田；
弯直因地定，埂树相呼应。
治沟以埝封沟头，梯田林带因坡修；
筑坝蓄流泉，抽引灌良田。
村庄改造街与巷，沟圈住户挪原上；
水电通到家，街院齐绿化。

依据规律先治原，再治坡咀再沟涧；
土肥与林水，综合来治理。
一次规划十年干，组织万户齐苦战；
创业十载难，受益几千年。

表扬马徐娃（工地诗）
1971 年 11 月 22 日于新杨村

喇叭开，竹板响，听把徐娃作表扬。
他是四队记工员，农建服务走在前；
工前按劳划土方，工后记工不迟延；
工间劳动查质量，思想工作到社员；
多劳多得落得实，群众愿把力出完。

日落收工下了地，家访工作做得细；
各家情况掌握准，明日上劳有根底：
人有困难帮解决，思想问题多鼓励。
保证四队上劳足，标兵带动全大队。

第三章

对原面的大规模治理

一、历史上对原面的治理

从人们对职田原面治理的历史痕迹中观察，对黄土高原上的雨水流槽，前人不是没有关注和研究，问题是人们往往只看到部分，看不到整体。有的只看到毛梢没有看到主干，有的只看到主干没有看到毛梢。有的只看见排水，没有看见蓄水；有的则只想到蓄水，却没有想到排水。前人也不是没有治理，而是限于历史条件和社会环境，大多只能治理枝节，难以进行系统的规划和治理。

实际上人们一直进行着护村、护路、护田的原面雨水流槽治理。一般来说，没有人工治理的原面流槽都比较短，大体上一个村落自成一个流槽段，雨水分头流注入附近的沟垴。由于护村护路护田的人工治理，才形成了原面的主干长流槽。

自古以来职田的村庄都是沿着沟圈借崖打土窑，每逢大雨，原面雨水流槽的洪水冲刷着各个沟垴，造成大小不同的土方崩塌，屡屡给村庄造成窑洞垮塌的灾害。通村、通镇的道路也多经过沟垴，流槽中雨水冲刷促使沟垴不断崩塌延伸，道路因而越绕越远，给人们出行带来极大的不便。为了护村、护路、护田，各村都把相关沟垴打坝加高，把水流改到原心。这样，村与村之间大都要通过原心流槽相连，从而形成原面上的主干雨水流槽。这些流槽晴天是沟渠，是胡同，又或者是道路，雨天就都成了大大小小的河道。不说雨雪天，就是在晴天，走在一个个深浅不一、弯弯曲曲的流槽形成的胡同里，你总会担心野狼会突然蹿出。事实上，20世纪60年代以前出生的人们大都有过野狼从胡同里蹿出伤人的见闻或经历。流槽形成的胡同给农业生产带来的困难也是多方面的，除过水土肥的大量流失外，农田作业的许多程序都因田块和村庄之间的多条胡同而增添了许多障碍。主干流槽里的雨水，最终会从不直接影响村庄和道路的沟垴里排流下去。主干雨水流槽有的甚至可以长达百里左右。后掌公社的原面雨水流槽就连接着职田公社的流槽，职田又连接着太峪、赤道、张洪和原底公社。暴雨或久雨过后，农民的田块多被冲成大小不同的渠道、陷坑和水槽。为了能够正常耕种，合作化以前，个体农民每年都要以"填窝窝，补壑壑"的方式来治理自家的农田。这样的治理，当然不能解决根本问题，只能是前治后毁，年年路照断、地照冲、沟照塌、村照崩。形成的后果就是"治理年年搞，原面年年小；沟头年年伸，土地年年冲；胡同变成沟，小沟变大沟"。年复一年，虽然花了很长时间，费了大量劳力，但由于没有掌握规律，治标不治本，仅20世纪50年代末以来的十多年里，全社每年因水害损失耕地就达1000余亩，大小沟头延伸十多华里。据科学推算，全社耕地每年要流走20多万吨黄土，冲走大量肥料。

1958年"大跃进"时期，国家号召开展水土保持和兴修水利，有了这一政治机遇，又有集体农民大兵团作战的组织优势，当时的乡镇政府便组织群众进行大会战，在原面主干流槽上打坝挖库，企图积蓄天上水来浇灌耕地。1960年7月一场史上极其罕见的暴雨，把各个原面主干流槽上修建的土坝几乎尽数冲垮。坝垮库溢以后，洪水沿着流槽直奔各个村庄，在旬邑全县造成多处窑塌物损、村崩人亡的重大灾害。几乎各个村子都被洪水浸泡，不少农家因窑洞或屋子进水，只好长时间借住在亲族家中。其根本原因就在于缺乏顺从自然规律的科学规划，不动流槽周边的原面，只在雨水流槽里筑坝修库，遭遇大雨成灾，迟早都会坝垮库毁。

实际上，原面雨水流槽当然不是不可以治理，而是必须从雨水流槽分布在各个田块的根梢治起，下笨功夫打埝平地，使原面的每个田块都成为一个能够渗水和蓄水的黄土库，这样"分而治之"，从根治起的办法，才能让所有耕地都按照人们的意愿蕴蓄天上来水。

二、治原先要修路

职田原面具有原大坡缓、主流槽长、汇水面宽、水害集中的特点，通过发动群众反复勘测论证，公社确定了治理原面耕地的总体规划，基本原则是："便利机耕，因地制宜；改土保水，综合治理；以村为点，路为主干；林埂结合，方田连片；填平胡同，平整地面；水不下沟，变'三保田'。"而每一田块的具体治理办法则是："高挖低填，定准等高线；表土尺五高，起填两头保。"其中，道路就成了原面治理规划的大小骨架。

道路，包括通乡公路、通村大路、通生产队小路、通田块生产路。这些道路基本都以通村道路为主轴，南北东西交叉形成一个个大的方块。田块平整规划，就要在这些大方块中搞小勘测和小规划。

职田全社各片通村道路的原貌是：沿沟圈，顺胡同（实际都是原面的雨水流槽），一步宽，弯弯扭。做道路规划当然首先要考虑尽量少占耕地，尽量减少修路所带来的各种矛盾，同时又要着眼长远，考虑社会进步、经济发展和人民生活方便。按照这些原则，规划中的各片通村大路，基本都是以两头的村庄为两点，中间按直线来进行规划，直线两侧的村子，又从主干线上分叉画直线到村。通村大路由公社负责画线和组织施工。通生产队小路和通田块生产路，依据公社规划原则，由大队画线并组织施工。

经过层层勘测规划，全社形成了道路骨架体系。公路干线1条，社队之间的支路21条，生产路108条。道路比原来减少29条，腾出耕地100多亩。通村大路一般6米宽，通生产队小路一般4米宽，通田块小路一般2米宽（要保证拖拉机能够单行）。当初一些社员觉得新路太宽，路修成后拖拉机会车时，又都觉得有点儿窄。

这样的道路规划冲决了历史遗存的现状，从坳心而过，打乱了原有的老道路，打乱了村与村的地界，打乱了生产队与生产队的地畔，打乱了原有道路所占耕地的所有关系和占地多少。这些打乱，也似乎打乱了一些队干和社员的头脑，一时间激起很大风波。

1970 年春，实施通村道路工程时，因兑地质量不均等，不少大队和生产队队长想不通，不愿意上趟，最后逼得公社只得采取"硬"措施：动员公社拖拉机站的 4 台大拖拉机、6 台推土机，集中从一个片来开通通村大路。在开通北片通村大路的时候，武家堡几十名老汉老婆坐在推土机前头不准推，机子只得停下来。到了晚上，公社驻队干部一边集中队干做思想工作，一边夜间突击开通，终于突破了道道难关。公社其他 3 个片，先后都遇到过同样的情况。待全社大路、小路都开通以后，各片再组织丈量插花地，在公社主持下，统一评估土地质量，反复协商协调相互兑调，从而形成了新的大队与大队的地界。

生产队与生产队之间的地畔风波，经过了认真细致地协商协调，加上大生产现实的教育和时间的推移，都逐渐归于平息。

三、打埂班的英雄们

纵横交错的生产路中间划出的方块，一般有耕地 100～500 亩。根据地面坡向和坡度，调整地畛子并规划出若干台梯田以后，每台梯田约 30～50 亩。由每台梯田的上畔与下畔中间测出本台的地平线（也叫开挖线），然后组织劳力从开挖线开始，挖掘拉运高处的土填压低处，以达到整台地面一平如镜的效果。为了防止雨水冲刷新填的松土，各台地的下畔要顺着地畛子并折过两个地头，打一道高出本台地平线 20 厘米、宽 80 厘米的端直地边埂，埂高因台高而定。打埂工序如同搭木椽夯打土墙。这样，使各台地面形成中间平、四周高的盘子形，多大暴雨，都能做到水不出田。

地块规划也注意到移土省工和作务方便，讲求实效，块块不追求过大，遇到坡咀沟头等复杂地形时，也不"一刀齐"地要求"三端"（埂端、路端、树端），以免花工过多和甩掉边角地块。

按规划施工时，打埂是最重要的工程。为了保证打埂质量，每个生产队组织四五个打埂班子，长年负责打埂，每班五六名劳力。可以说，打埂班子实际上是治理原面的攻坚队，他们长年提铁锤，天天抓质量。全社春夏秋冬各安排一个月，组织大队人马以"开挖线"为起点，挖高填低，大量移动土方。全公社几年间涌现了许多英雄打埂班。

"提锤子打墙，割麦摇耧扬场"，历来被认为是传统农业生产中，技术含量高、劳动强度大的活路。这些活路也一直是青壮男劳的专属。但一方面青壮男劳经常要上县里的重点工程，农建工地上总缺少男青壮年；另一方面女青年的劳动热情被充分调动了起来，加上"妇女能顶半边天"的思想已经深入人心，原面治理开始不久，一些农村姑娘就提起锤子，加入了打埂班的行列，很快形成会战工地上一道靓丽的风景线。

小峪子大队12个姑娘组成的"刘胡兰战斗班"，冲破习惯势力束缚，主动背上干粮到5里远的山沟里，给队里修地育苗3亩。在农田建设中她们苦练打埂技术，手震裂了不叫苦，身上受伤继续干，打成地埂2000多米，平整深翻土地350多亩，被评为全社妇女的一面红旗。

恒安洲大队第三生产队的9个姑娘也组成"九女打埂队"，不会打埂就白天学，晚上练，手冻裂流血也不叫苦，一个月时间就打成地埂640多米。

1971年，吕明曾写诗颂扬了"新杨村"的"唐会芳打埂班"。1972年吕明在照庄蹲点时，又将16个女青年组成的3个"铁梅打埂班"的事迹编成文艺节目组织大家演唱。各个村组男女青年打埂班，顶烈日，冒风雪，磨破手，冻裂脸，在田野上苦战的形象，在当年那一代人的记忆中，铭刻下永难磨灭的印记。当时每年春节前，公社总要召开大会表彰农田基建中的英雄模范，这些英模队伍中，也总有一批打埂班的成员戴上大红花。

青年妇女成了农田基建的主力，小孩子们没人照管就成了突出的矛盾，一些老年妇女们自发地组织起了工地托儿所，支持青年妇女全力投入农建。吕明就有一首《农建托儿所》的"工地诗"，记录了这一令人感动的新气象。从这一现象也可以看出，当年的劳动潜力挖掘得多么充分。

怎样提高打埂质量？各打埂班还注意在实践中不断地探索规律。治原工程开始不久，公社发现一些队的打埂质量较差，出现了"蛇形埂""背褡埂""扁担埂"，便组织大家到一些打得好的队请教。职田大队的标杆定线先清基，早池大队的"三方一园"橡保坡，照庄大队的夯实填膛等经验，对大家启示都很大。公社领导便把这些队的骨干打埂人员召集在一起，通过分析讨论和归纳总结，综合出"保、清、填、实、坡、平、直"的七字打埂法。"保"，就是保表土，表土两边豁，熟土不打埂。"清"，就是打埂先清基，草根、冻块一齐去，高挖低填一线起。"填"，就是埂过紧填膛，膛面跟埂走。"实"，就是埂要打实，九六锤子三声响，锤窝紧密不露梁，三点一锤，黄土把边。"坡"，就是坡边要有一定的坡度，收分要留够。"平"，就是埂面水平不留窝，稍向里斜保埂边。"直"，就是橡跟线走定标尺，安橡定板一线齐。这个七字打埂法推广后，很快提高了全社的打埂质量。

其实，围绕"要不要打地埂"，一开始还曾引起过争论，后来用地边软埝容易被雨水冲垮，地埂坚实不跑水的事实教育了大家，各社队干部对组织强劳扎扎实实地打好地埂，认识更加明确，组织措施也更加切实有效。

四、联片会战的组织

要吸取历史上对原面治理屡治屡败的惨痛教训，从根本上治理好职田原面，就必须着眼全社原面，遵从雨水从高处向低处流，从毛梢流槽流入支流槽，从支流汇入主干流槽的自然规律。施工工程面也必须系统规划，按照从原面高处向低处的原则，依次顺序推进。这就客观上决定了治理原面工程的劳动组合必须打乱村队界限，组织全社统一指挥的联片治理大会战。

原面治理的工程量很大，至少需要几年时间，而每年夏季的暴雨，秋季的久雨，包括春季的雪水融化，都有可能不同程度地形成洪流。从原面高处雨水的大小支流开始治理，经过治理的田块，雨水都能随时渗入治理过的平整台地里，因而不可能再有其他来路的雨水，这就完全可以避免下雨时形成太大的水势，从而确保治理一块就形成一块全部蕴蓄雨水，保水、保土、保肥的"三保田"。"同一流域内，治理联成片，洪水分层蓄，联片工程坚"的目标就变成了现实。这样做，还可以避免分散治理时，处于原面相对低处的治理过的耕地，被原面高处的暴雨洪流冲垮地埂、冲毁田块。大兵团的集中会战，可以较快地呈现治理效果，也有利于不断增强干部群众对积极参加治理工程的自觉性和主动性，有利于干部群众对治理效果进行反思，进一步理解原面治理总体规划和具体工作部署的科学性，增强大家对搞好农田基建工作的信心和决心。

当然，组织集中会战对社员们来说，也必然有人人都会考虑的给别人修还是给自己修，先受益还是后受益，离家近便于兼顾部分家务，还是离家远无法考虑家务等多重矛盾。好在经过前面的多次学习讨论和思想教育，加上各村队干部反复做工作，组织集中会战并没有形成太大的阻力。

职田公社当年的联片会战启动时的工程面，首先安排在旬铜公路职田段的两侧。这样的摆布不是为了宣传效果，也不是为了上下工时交通方便，首先是因为这条公路恰好处在职田的原心，是职田原面由东向西的一条脊梁，北片自脊梁向北是个缓坡，东片、南片自脊梁向南也是缓坡。从公路两边开始治理，就顺从了"水往低处流，先从高处治"的客观规律。

其次是通过历代的人工治理，紧挨脊梁形成了一条职田原面的主干雨水流槽，这条流槽上端从后掌公社而来，穿过职田原面直下太峪公社。这条流槽也是职田历年受到洪灾威胁的第一大患。通过联片治理，把这条流槽中的雨水分段拦截，引蓄于两侧的几十里层层台田，流槽就会从此消失。所以，启动原面会战后的第一战，就是围绕这条脊梁，自东向西摆开工程面。下墙、青村、马家堡、职田街、旧杨村、照庄、旱池 7 个大队的劳动力都集中在这个工程面上，而东片、北片和下片的工程面，则是从职田原面的脊梁开始，逐步向北、向南、向西南拓展。

治理渭北黄土高原，职田主要搞的是渗蓄，但要不要考虑排洪？这也曾经是他们研究讨论过的重要话题。经过长期的治理观察，他们得出结论：在按照雨水流动规律，实施先原后坡的治理以后，层层台田形成的黄土库，完全可以容纳大量雨水的持续渗蓄，因而不再存在排洪的问题。

五、园田林网化也是重要目标

实现大地园林化是毛泽东主席的伟大号召。1958 年 8 月召开的中共中央政治局北戴河会议上，毛主席提出，"要使我们祖国的山河全部绿化起来，要达到园林化，到处都很美丽，自然面貌得到改变。种树要种好，要有一定的规格，不是种了就算了，株行距，各种树种搭配要合适，到处像公园"。

专家们对黄土高原实现园田林网化的研究结论是，林网化可以对来自大西北的风暴沙尘起到"五大屏障作用"：阻风速，减损害；引沙尘，增土壤；阻移尘，保土壤；减蒸发，滋土壤；润空气，良气候。由于园田林网的效果在空间上是宏观的，时间上是长期的，微观短期效果不够明显，所以一些群众不认为它有多少正面效果，只可能是劳民伤财。有的人甚至说，园田林网不过是"花架子"，好看不中用。职田人当时诚心实意地结合治原，搞大规模的植树造林，一是响应号召，二是相信专家。历史已经证明，伟人的号召是正确的，专家的研究结论是可信的。

1970年春，刘书润骑自行车去照庄，路过村南王家硙时，被路边的一排20多棵约一尺直径的柳树吸引，当时就发感慨说："旱池、照庄这么大的坳里已经没有几棵树了，这几十棵队栽树为什么能存活十多年到今天呢？"到了照庄后问大队书记任天祥，任叙说了多少年来他亲自对损树者调查、处罚和补栽的过程。刘恍然大悟地说道："在制度硬、干部管的条件下，有王家硙一条路上的树，就可以有全公社几百条路上的树。"这也是职田从治原开始，同步规划安排植树造林的一个重要缘由。

职田公社的所谓园田林网，就是在所有道路两旁栽树，在全社的北沟畔和南沟畔栽植防风固土的林带。旬铜公路从职田的原心穿过，两旁各栽植三行树，通村大路两旁各栽两行树，生产路两旁各栽一行树，村庄的街道两旁一般各栽两行树。沟畔原边防风固土林带上各栽植五行树。

整个职田的园田林网，是1969年育苗，1971年初栽，1972年大栽。1971年春，全社虽然发出号召，但还没有拿出范例，没有制订标准，所以部分路段所栽树木粗细不一，高低不一，深浅也不一，质量很不理想。1972年春节一过，公社即指定吕明在照庄抓点，要求拿出高质量栽植的样本，供全社召开现场会来统一标准。

吕明和大队任天祥书记商量，在照庄一队先选一条路，组织劳力，边栽植边针对以往存在的问题，议定预防和纠正的办法。最后总结出"四定、三统、两工序"的质量把关经验。"四定"：一是定线，在道路两边用白灰打出全路段端直到头的栽植线；二是按照两米的树距，在栽植线上划出栽植点；三是以栽植点为圆心，以80厘米为直径，用白灰画出栽植坑；四是规定树坑深度为80厘米。"三统"：一是全路段统一树苗品种；二是全路段统一树苗粗细；三是全路段统一树苗高低。"两工序"：一是组织劳力先挖全路段树坑，挖完后逐个验收坑窝中心点和直径，以及深度是否符合标准，不合标准的立即返工；二是全段坑窝合格以后，再组织栽植。栽植时也要着重抓两个关键点：一是全路段所栽树杆一线端直，二是用插杆逐树坑检查是否锤实。摸出经验以后，在照庄三个生产队全面推行。

栽植中实行"定数、定质、定酬和承包到户"：按照各户劳力多少和强弱包干路段。这样做便于查明挖坑和栽植的责任，便于劳动时间自行安排，便于强劳弱劳恰当搭配，也方便充分使用劳动力。这样一来，各户男女老少一齐上阵，晚上自行加班，中午送饭到地。为了便于栽实树苗，许多户都用打墙锤子锤坑窝。

与此同时，议定了以"确定管护人员，损一栽三加赔钱"为主要内容的园林管护制度。各主要路段，修建看树房，选定老年劳力做看树员长年看护，看树员为责任区树木锄草松土，打药除虫，负责举报损树人员，由生产队执行"损一栽三加赔钱"的制度；如找不到损树人员，由生产队对看树员执行处罚制度。

有了照庄园林绿化这个典型，全社生产队队长以上干部召开了现场会。参会人员认真考察了照庄的全套做法。会议之后，全社全面启动。由于公社抓得紧、落得实，全社原面治理中的植树造林都按照庄的做法，实行高标准栽植和管理。后来全社树木的长势证明，这批树是有史以来质量最高的。县委王伟章副书记亲自参加了公社的这次现场会，5天之后，全县又在职田召开了园林化现场会，推动了全县的园林栽植。

经过一年的实践，1973年3月20日，职田公社又发布了《护林公告》，从宣传教育、损坏赔偿、划清林权、专人管护、锄草剪枝、封闭林区、院落植树、计划采伐、大抓育苗和加强领导十个方面，明确了护林义务、工作责任、赔偿标准、权利界定、技术措施、管理办法等可操作性较强的制度性规定。职田落实林木管护制度的过硬作风传遍外社邻县，外县过路司机也待树如同待人，生怕撞损。这才使得满坳园林能够长期安然丛立。

六、村庄治理绕不过去

几千年来，职田的所有村庄都是沿原北、原南的沟畔摆布。这样选址一是距沟下的泉水近；二是借崖畔和胡同打窑洞成本低，住进去也冬暖夏凉。即使少数住户在原畔盖房而居，也是盖在入社前的私有土地上，村民居住零乱分散。直到20世纪70年代前期，农村这些旧貌基本没有改变。原面治理开始后，一方面由于农村有了架子车、小型拖拉机，有了抽泉水上原的管道，用电问题也得到初步解决，改变居住的条件和环境，成了公社集体和社员家庭的强烈愿望；另一方面，在各类道路重新规划整修，田块布局调整变化的大背景下，旧的村庄与住户布局也和道路整修、田块调整形成许多矛盾和冲突，不进行统一的规划和调整，田块、道路和林网布局的科学合理化就不可能实现。因而，对村庄的治理也就成了原面治理整体布局中绕不过去的一项重要任务。

经过反复调研讨论、深入测算和多次组织干部社员讨论论证，征求意见，最终确定了全社旧村庄改造的基本原则。这就是，村挪原面，规划新院；改造旧街，抽水拉电；集体出力，家家户户出钱。

职田街大队是职田镇所在地，被称为旬邑的四大镇之一，东为马栏山的出山口，北邻甘肃正宁县，由于甘陕交界的位置重要，加上交通便利，集市贸易一直比较繁盛。大队下属5个生产队，1500多口人，抗战时期曾是国统区的重要据点，与相距不到2华里的边区政治中心马家堡长期对峙。街上群众历来多从事卖吃食、开旅店、贩牛羊、倒货物的营生。部分中青年人对演唱秦腔戏兴趣浓厚，相对而言文化人也比较多。但丁字形的老街道又斜又窄，解放牌大卡车会车都很困难，丁字路口总是回不过车。解放后新建机关单位的院落，也随着旧式斜道参差分布。

公社下决心依老街走向，东西拉直，改造成一条12米宽的长街，中间与新规划的街道南北直角交叉。因为老街全是住户，改造过程中由集体拆房搜肥，新建房的用劳及工匠全由集体负责，所缺木料砖瓦则全由住户出钱增购。虽然对老街的规划改造，经过反复做工作，老住户们都表示了赞同和拥护，但一涉及每家每户的拆旧盖新，由于要自购砖瓦木料，有的人因为钱不凑手，有的家庭买不到合适的砖瓦木料，一时间工作难以推进。由于职田街一直是刘书润直接抓的点，他便带上协助抓点的公社干部刘林喜和周忠信，共同帮助协调解决群众的具体困难，终于使职田街的街道改造走在了全社前面。困难最大的职田街的问题一解决，调整改动较大的早池、照庄、万寿、青村、旧杨村、新杨村、武家堡等村也都很快赶了上来。

早池大队是职田公社的西大门，但原面住户借胡同两边打窑建屋而居，中间是一条"S"形小道。主街道要拉直，北边横一座老城高地。老城高地上居住着第二、第三生产队40多户人家。干部群众多年来想改直街道，就是被这块7米多高、200米长，近百米宽的高地阻碍而下不了决心。1975年春，在原面治理的大会战中，这个决心终于定了下来。村干组织劳力开工，经过半年农闲时间的断续挖运，街道终于拉直，两边还栽了两行风景树。

这次对村庄的整体规划和调整改造，为80年代的各队新村大建设打下了最重要的规划基础，园林和沟坡植树大战，则为80年代的新村大建设准备了木料。

七、大干快上绝不只是口号

要全面平地改土，全面整修各类道路，全面植树造林，全面整改村庄，需要的工程量和工作量，可能遇见的困难、阻力、矛盾和风险，任谁都可以想象得到。要启动和推进这项工作，决策者当然需要超越常人、常态来下最大的决心。

刘书润敢于作出这么重大的决策，靠的是什么？这从他多次动员会上的讲话中就可以找到答案。

首先，他靠的就是对黄土高原、对职田山川治理规律的坚信。因为这是他亲自组织干部群众，通过深入调查和反复讨论论证得到的，他坚信职田干部群众对这一规律的认识，有理论依据，有实践支撑，是科学的、可靠的，因而经得起实践和历史检验。

其次，他靠的是对人民群众力量的坚信。领导班子多次开门整风，他听到了老革命、老红军以及人民群众在党的领导下战胜敌人，不断从胜利走向胜利所爆发出来的惊天动地的巨大力量。他也听到了农村最基层党员群众对组织起来改变贫困落后面貌的强烈期盼。他坚信，只要科学组织，合理安排，职田的人民群众一定会被激发出重新安排山河的巨大热情和能量。

最后，他靠的是对党的号召力的坚信。中国农民从翻身解放的亲身体验中，早已习惯了听党话、跟党走。"农业学大寨"是毛主席代表党中央发出的伟大号召，大搞农田基本建设，努力改善农业生产条件，这是党中央、国务院的伟大战略部署，旬邑县委也有明确具体的工作要求，职田并不是标新立异，也并不是孤军作战，因此，只要按照党的要求把准方向，依靠群众，人民群众就一定能够把党的号召变成自己扎扎实实的行动。

有了超常的决心就能确定超常的目标，而超常的目标只有靠超常的大干、实干和苦干才能变为现实。

1971年春，公社形成"先原后坡再治沟"的黄土高原综合治理思路体系以后，刘书润把首先进行试点的任务交给了照庄的支部书记任天祥和蹲点干部吕明。

任天祥是土改时期照庄村的贫农团主席，初级农业社时任社主任，1956年建立高级社后担任支部书记，直到"文革"大乱被夺权。1969年他再次任支部书记，一直干到去世前两年的1993年。他没上过学，高个子，长脸，重眉，深眼睛，高鼻梁，因为在村中辈分最高，绝大多数村民喊他"三爷"。"文革"前和公社党委恢复后，他也一直是公社党委委员。他有一套把对上级负责和对村民负责恰当结合的办法，对于不一致之处，能做到不急躁、不生气、不自以为是，总能想办法促使其相对一致，达到于国于民都有利。"文革"中，村里少数人让他吃了不少苦，他再当支部书记以后，从没有说过报复性的话，更没做过报复的事。他常说，共产党的官，不能只给百姓当老子，还要当孙子，百姓借空儿顺一下你的毛，有什么不可以？所以，他在村民中威望一直很高。

如前所述，1965年刘书润初到职田任职时，组织改直职田街一段街道，在全社十多个大队书记没有人愿意接受任务的情况下，就是任天祥带领社员修好了这排土墙。从这以后，刘书润对任天祥就特别信任，遇到难事总愿意找任商量。

为下茬立势搞好原面治理，刘书润对任天祥和吕明说，你们俩都参加了公社的调研规划，咱们这一套想法到底行不行？你们一定要先在照庄给咱试着做出个样子来。

这一时期，照庄的许多人也听到了公社要下决心治理原面的风声，不少人私下议论："咱照庄的原面这么平，有啥治头？"针对这种说法，任天祥和吕明组织有经验的社员，日夜兼程地把照庄坳里的原面耕地和周边环境进行了认真勘察测量，终于弄清楚整个照庄坳东北高，西南低，两头高差两丈多，而且有黄家岭、王家胡同、那坡子胡同三条大流槽，还有白杨沟四个逐年崩塌、不断向原心方向延伸的沟头，这说明照庄的原面耕地不可能不跑水、跑土、跑肥，粮食增产自然没有保证。铁的数据和事实教育了群众。大家经过反复讨论论证，确定了"全面规划，因地制宜；主攻原面，联片修地；路埂林坝，综合治理；大平大整，质量第一"的原则，并很快拿出了符合照庄实际的道路整修、田块调整、林网栽植和村庄整治的总体方案。刘书润看过方案后，两人便带领全村300多名劳力，每天早上5点钟吹号以后就上地干活，晚上8点才放工，中间啃冷馍、喝开水。经过全队社员"农闲大干，农忙不断，工地吃饭，晚上苦战"的一年苦干，终于在照庄坳的一半原面实现了规划目标，创造出了渭北高原园田林网化最初的样子。这种全新而宏大的景象，谁看了谁高兴，方案很快由刘书润组织推广到全公社。

全公社的大会战情况，除当年的过来人都还记忆犹新的"实干加苦干""三晌变五晌"等口号，以及原面上各处作业面红旗招展，人声鼎沸，架子车往来穿梭的场面外，从县档案馆保存的相关文件和材料中，也可以清楚地看到职田人民当年是怎样大干快上的。

一是劳动时间安排：

上午：5：00起床；6：00上工；

8：30早饭；9：30上工。

中午：2：00午饭；3：00上工。

晚上：7：00晚饭；

8：00—10：00加夜班或开会，或上政治夜校。

白天的劳动任务若能按质按量完成，经验收合格后，就可以提前回家，若没有完成，晚饭后则必须加班。

二是巡回检查制度：全社10天一检查，各片5天一检查，大队天天做检查。根据检查情况及时选点召开现场会或促进会。生产队每天一名队长值班，负责检查验收作业的质量。

三是劳动竞赛制度：公社主持大队间的竞赛，大队主持生产队间的竞赛。由生产队主持各管理组、作业组和家庭成员之间开展社会主义劳动竞赛。实行"五赛五比"：赛学习，比思想；赛团结，比风格；赛纪律，比觉悟；赛质量，比进度；赛干劲，比贡献。落实劳动中间开展赛，休息时间议论赛，每天早晨讲评赛，战役结束总结赛。每季一段主要生产战役结束，就大张旗鼓地召开一次奖评会，评出社会主义劳动竞赛的模范组、模范户和模范社员，敲锣打鼓把锦旗送到他们家里去。对于后进要批评促进，经济上的待遇有所区别，形成"当先进光荣，当后进不行"的局面。

从以上三个制度就可以从一个侧面想象得到，当时的劳动工地是多么的紧张忙碌，多么的热火朝天。

八、原面治理的多方面效应

1975 年 2 月 17 日，县委书记刘乃春在全县"农业学大寨"会议上宣布，"职田公社已经提前半年完成了原面治理任务，在改变农业生产基本条件方面迈出了新的步伐，成为我县"农业学大寨"的一面红旗。4 年来，职田公社共修地 31300 多亩，占全社总耕地面积的 70%。打地边埂 567 华里，整修道路 111 条，长 206 华里，打胡同坝 45 座，移动土方 2160 多万方，发展水地 800 多亩，平均每人已经有一亩半基本农田。整个原面上最低一尺五，最高三米以上的土层几乎全部翻了一个个儿。1973 年，全县只有职田一个公社粮食产量比 1970 年翻了一番。去年在遭受严重灾害袭击的情况下，全社粮食亩产仍然超过 300 斤，有 10 个生产队，一个大队上了'纲要'，一个大队过了'黄河'。职田街大队努力改变农业生产基本条件，做到了无灾夺高产，有灾也丰收，四年学大寨，年年粮增产。1971年、1972 年两年上'纲要'，1973 年、1974 年两年过'黄河'，成为我县持续高产的先进典型。"

刘乃春书记这里强调的是，职田公社原面治理任务全面完成所产生的最为明显的效果，就是极大地改善了全社农业生产条件，粮食亩产明显上升。其实，由于职田公社的原面治理是山、水、田、林、路、村的全面综合治理，除生产条件改善和粮食产量提升外，它产生的综合效应也是多方面的。具体地说，它消除了原面流槽，根治了洪水灾害，制止了原坡表土流失和沟壑崩塌，避免了前治后毁；园田林网起到了防风蓄水，改善原面小气候等重要作用。由于原面土层持续蓄积雨水，明显提高了地下水位，丰盈了井水和泉水，为人畜饮水和抽引灌田丰富了水源。修筑和整修的各层级道路体系适应了机耕、机运，也给人民群众的生活带来了多方面便利，而保水、保土、保肥的三保田，也为后来的粮果增产提质奠定了最为重要的物质基础。

总之，对原面的成功治理，给职田的经济社会发展和人民生活改善带来的当前和长远利益实在是多方面的。特别是，它为紧接着的治沟和坡咀治理提供了重要的工作模式，奠定了非常重要的思想基础。

此外，职田公社干部社员经过长期苦战，取得原面治理的成功，对治理渭北地区的黄土高原，在理论和实践上也做出了重要贡献。

一是对黄土高原治理规律认识的突破。以往，人们对黄土高原水土流失的讨论研究，注意坡咀多，注意原面少，注意水土流失的病表多，注意病根的少。这次治理之前，职田的干部群众从雨滴落地到聚滴成溪，再从汇溪成流，到汇流成河的洪水成因跟踪研究，发现了原面流槽中洪水的毁原机理，进而掌握了"雨毁"黄土高原的整体规律。由于自觉遵从了这一规律，才有了治理黄土高原较为科学的思想体系和工作部署。

二是对于科学决策、敢于担当精神的突破。虽然依据客观规律，找到了治理黄土高原的原则和措施，但对这些原则能否坚信不疑？对决策的正向后果的预期，敢不敢有坚定的信念？对动员近万名劳力投入治原工程，打一场艰难困苦的持久战，敢不敢下这个决心？对于不理解这一决策的人们的种种质疑，以及等着看笑话、算总账的各种负面心态，能不能坦然面对？对于因为工作中难以避免的某些失误和过错，需要冒着可能被批斗、被撤职，甚至被查办的风险是不是有足够的心理准备，等等。对这些问题，以刘书润为首的职田公社党委不是没有考虑过，不是没有讨论过，但在为老百姓办事就要敢于办实事、办大事，谋利就要能谋根本利益、长远利益的共识面前，他们坚定地选择了后者。这应该是共产党员和领导干部在担当精神方面的一次重要突破。

三是对党群关系建设的一次重要突破。认识科学原理不容易，做出科学决策不容易，但把科学决策变成人民群众坚定不移的持久行动，实际上最最不容易。连续几年，职田公社的近万名劳动群众与公社党委一班人，同心同德，日夜苦战，吃大苦，耐大劳，流血流汗，以无与伦比的艰苦奋斗，把规模宏大、困难如山的黄土高原综合治理系列工程的蓝图圆满地变成了现实，这说明职田公社的党群关系是多么坚不可摧，多么具有战斗力。这实在称得上是党的基层政权在党群关系建设上的一次重要突破。

吕明这一时期的相关诗词，也是对职田原面治理的一种侧面反映：

（一）女子夜校
1971 年 3 月 17 日于新杨村

干了一天活，回家拿块馍，
月下急赶路，大队上夜学。
村里大女娃，念书没几个，
尝到文盲苦，认字如饥渴。
拼音一学会，文字好琢磨，
还教打算盘，唱戏又唱歌。
学员热气高，教师也执着。
支部用心管，长年不散伙。

（二）妇女打埝班（工地诗）
1971 年 11 月 25 日于新杨村

北风吹，红旗展，修地大战腊冬天。
表扬工地旗一面，二队妇女打埝班。

班长唐会芳，工作做在先；

打埂进度快，严把质量关；

一锤点三点，锤落地动弹；

墙面打得平，根子下得端；

上土跟得紧，橼橼听使唤；

板板花子连，堵堵荏口沾；

埂是地边坝，梯田它把关；

大雨冲不垮，机车压不翻；

修成三保田，丰收是必然。

（三）农建托儿所（工地诗）

1971年11月29日于新杨村

农田建设人心齐，老太太也添力气；

三队创建托儿所，五位老人出主意；

每人托管三个娃，护抱哄玩管仔细；

托儿所离工地近，给娃吃奶多便利；

吃饱玩好个个乖，没有一个哭啼啼；

大人放心娃安全，腾出劳力多上地。

托儿所的老人们，关心生产为集体。

青年男女加油干，学习老人好事迹。

（四）夜挖树坑

满天星，满地灯，社员夜战挖树坑。

宣传喇叭说快板，拨动心弦震夜空。

初春霜袭人，原上过北风。

镢头如擂鼓，铁锨起锣声。

丢抛棉衣干，攻关豁性命。

头顶白霜落不住，两颊汗珠滚不停。

手电白光照一线，十里坑窝一线平。

职田原上写壮志，庄稼行里寄豪情，

努力实现园田化，优化环境林促农。

（五）志合众意事竟成

1973 年 3 月 6 日

渭北川原莽莽平，二月时候生气千里盈。

树城麦涛碧无穷，燕语起落桃花红。

淡云飞断日花明，志合众意苦战事竟成。

再执唯物望远镜，奋镢抒尽马列情。

（六）正月十五夜

1973 年 2 月 17 日于照庄

村树呼啸过北风，沙尘袭屋月朦胧。

金鼓嘈嘈邀祥瑞，玉笛娓娓唱丰登。

家家置酒说农建，队队相聚计春耕。

蓝图议毕红烛照，我自读书不闻声。

（七）愚公绘巨画

1974 年 4 月 5 日清明

（一）

原坡当纸泉作砚，笔是镢锨，

装点江山，绘成巨画真壮观。

路直树端地如鉴，林带梯田，

粮丰畜欢，转瞬渭北如江南。

（二）

山水随心在今朝，牛马萧萧，

碧禾滔滔，新村桃柳分外娇。

革命造出金光道，机器嘈嘈，

群情朝朝，成就激人志更高。

（八）改造旧村庄

1975 年 3 月 30 日于早池

没有月亮没有星，不算坏事情。

没吹号，没打钟，男女老少往前拥。

捏手电，提马灯，几路人出征。

结合植树改街道，脏乱坑弯要肃清。

三尺冻土拦不住，移动山咀如拔钉。

拉上不觉重，担上脚步轻。

镢头铁锨声搅声，飞车来往豁起风。

不招苦战几个晚，大路拉端往过通。

排排新打墙，座座房屋升，

电线交经纬，道道杨柳葱。

新村出在密林中，样样新事迎春风。

第四章

[干部作风始终是大问题]

一、坚持把作风建设当作党委的重点工作

我们党历来非常重视干部队伍的作风建设，历史上多次整风运动都是为了解决不同时期干部队伍作风方面存在的突出问题。毛主席就曾强调，"政治路线确定之后，干部就是决定的因素"。在党的七大《论联合政府》的报告中明确指出："以马克思列宁主义的理论思想武装起来的中国共产党，在中国人民中产生了新的工作作风，这主要的就是理论和实践相结合的作风，和人民群众紧密地联系在一起的作风以及自我批评的作风。"正是因为我们的党和军队有着优良的传统作风，才能不断克敌制胜，带领人民群众从一个胜利走向又一个胜利。

职田公社党委对干部队伍的作风问题一直比较重视，坚持认为，干部对待工作、生活与群众的态度和行为，直接关系到党组织能不能带领群众完成党交给的工作任务。因此，在一些重要时间节点，公社党委总要花大力气抓干部作风的整顿。

1965年，刘书润第一次任职职田公社党委书记，烧起的第一把火，就是整顿干部队伍作风，解决一部分人思想和作风涣散，甚至不务正业的问题。

1968年，"文革"后第二次任职职田公社，刘书润依然先抓干部队伍作风建设，着力治理"文革"后遗症，维护领导班子团结统一，为发展生产、改善群众生活创造必要的环境和条件。为此，公社党委专门制订了《职田人民公社革命委员会关于实现作风革命化的十条规定》。

1970年4月，为了全面启动对职田山水田林路的综合治理，公社党委用召开群众代表大会的方式，促进干部队伍的认识转变和思想统一，从而形成了团结奋战、大干快上的良好氛围。

1971年2月，由于规划中确定的上年水土保持治理面积任务没有完成，公社召开三级干部会，刘书润代表公社党委和革委会，找出"满、

低、怕、懒、慢、偏、浮、批、稳、守"十个字的差距，会议批判了吃粮靠国家、花钱靠贷款、建设靠外援的"三靠"思想，决定"要用新思想、新方向、新行动、新干劲和新成绩来落实规划，立下愚公移山志，突破万道困难关，定叫职田换新天"。

1973 年 5 月，公社党委召开贫下中农代表大会，提出贫协组织要带动贫下中农监督、协助各级干部改进领导作风，促进领导干部参加集体生产劳动，实行领导和群众相结合，典型和一般相结合，促进各行各业大力支援农业，切实纠正各种不正之风。

1975 年 10 月，利用"农业学大寨"群英会的机会，公社党委组织参会代表总结经验，揭露矛盾。大家在充分肯定几年来全社发生"五大变化"（人的思想变、土地质量变、生产工具变、村容村貌变、粮食产量变）的基础上，认为还存在"十不"（看得不远，目标不大；山水和人心变化不大；粮食产量不高，现金收入不多；后进队本质抓得不准；对国家贡献不大；机械化程度不高；绿化面积不大；水利化拿不出样子；生猪数量少而不稳；科学种田新套套不多）。认为这些问题主要是因为干部队伍作风上存在"十多十少"（抓党建，照顾情面多，思想斗争少；抓学习，喊叫别人多，自己带头少；抓班子，应付目下多，着眼长远少；抓典型，墨守成规多，创新路子少；抓面上，跑的时间多，解决问题少；工作会，讨论议题多，提前准备少；抓工作，忙于眼前多，长远设想少；作安排，照搬上头多，分类指导少；用资金，只抓现成多，落实政策少；抓机关，临时应急多，研究大事少）问题。在厘清这些问题的基础上，党委就土肥水林四场硬仗、发展多种经营、推进农业机械化、实行科学种田等，重新确定了目标，拿出了措施，统一了思想，大家团结一心抓落实，工作很快出现新的局面。

1976 年元旦，领导班子进行整风时，大家共同讨论审定了干部队伍的"五带头"和"十不准"，即带头学理论，带头劳动和调查，带头开展批评和自我批评，带头关心群众生活，带头反对"资产风"；不准贪污挪用，不准拖欠公款公物，不准吃喝多占，不准行贿受贿，不准走后门和开后门，不准包庇放纵坏人，不准是非面前模棱两可，不准调戏妇女，不准降价买社队东西，不准搞"四旧"活动。同年 10 月，党委又在公社三干会上发动各级干部针对 10% 的群众吃粮困难、公私花钱严重紧缺、社队工业发展乏力，以及农田基建与种、管、收、碾的用工矛盾等突出问题，找原因，想对策。最后在加强调查研究、重视农田基建与多种经营统筹兼顾、发挥边远坡碥地粮食生产潜力，重视合理分工与点面结合，多方面采取措施，进一步密切干群关系等方面，形成了高度共识。

1977 年 9 月 10 日，公社党委研究出台了经济处理的四要四不要：少劳要少得，损坏要赔偿，盗窃要退赔，干坏要补回。不要取消经济处理，不要纯搞经济处理，不要随口出政策，不要扩大打击面。10 月 5 日，又作出了改进工作作风的十项决定：讲求领导艺术，关心群众疾苦，坚持实事求是，注重实际效果，让人把话说完，要有团结愿望，有纪律有自由，不要打人骂人，注意经济政策等。要求党委成员带头，各党支部认真贯彻执行。

由于公社党委坚持以上率下，自揭矛盾，自找差距，自加压力，不断端正和改进作风，各大队党支部也大都能跟上公社党委的步伐，在改进作风上不断加强自律，不断提高自觉性。早池大队党支部 1975 年 8 月就提出了作风建设的"十不"：不搞经验主义，不听信道听途说，不脱离生产劳动，不占用公款公物，不放纵坏人坏事，不搞一团和气，不图虚名，不开后门走后门，不打人骂人，不搞"一言堂"。

二、突出解决实际问题的理论学习

作为党委书记，刘书润在履职职田以后，从一开始就非常重视干部的理论学习。他常常说，作为马列主义的政党，不抓理论学习，就难以正确理解和执行党的方针政策，也就不可能有效地教育和带领广大群众一道前进。他抓干部作风整顿和干部队伍作风建设，历来都是靠政治理论学习开路。因此，职田公社党委的学习制度一直执行得比较严格。公社还举办干部学校，每年组织大队和生产队干部学习政治理论和党的方针政策。据公社理论学习小组 1975 年 4 月的统计，1974 年以来，公社书记、副书记平均每人读完两本马列的原著。每人写体会和评论文章 8 篇，利用会议、广播和下队做理论辅导共 180 多次。公社干部政治学校还先后举办 5 次大队理论骨干学习班，集中进行培训。

“文革”后期，政治运动依然比较多，运动一个接着一个。职田公社的理论学习无例外地要不时打上这些运动的色彩，但刘书润一直强调政治理论学习要“坚持上通马列，下通实情，坚持实践—学习—总结，持之以恒，往复无穷”。按照这个原则，职田公社的理论学习一直围绕着经济政策、劳动管理、村庄和院落林权、家畜家禽饲养、财务管理、多种经营、分配问题、干群关系等实际问题开展，往往是边学习边讨论，经学习讨论在大家认识基本一致的基础上，再研究工作部署和有关制度的调整、完善与建设。

1970 年 11 月，公社干部学校培训大队主任和部分副主任主要解决朝气不足、工作疲沓的问题，在公社学习了两天哲学后，干脆将培训班搬到万寿村，结合分析研究解决该村的老大难问题，进行学习讨论，大家都感到这样的学习很有收获。

1971 年 3 月，针对干部队伍作风建设中的倾向性问题，干部学校组织大家学习辩证法，共同讨论分清 5 个界限：坚持原则和个人独断的界限、敢冲敢闯和瞎指挥的界限、积极的思想斗争和有意整人的界限、雷厉风行和命令主义的界限、带头做工作和包办代替的界限等，对当时的干部作风转变产生了重要的推动作用。

公社还经常抽调一些理论骨干，分赴各大队做专题调查，梳理出工作中的突出问题，交给公社中心组，由党委组织集中讨论研究，根据研究成果组织进行经验交流，并指导解决执行政策中的新矛盾和抓生产中的新问题，如按劳分配政策落实中的诸多矛盾，发展多种经营过程中的不少政策界限，等等。

刘书润还十分重视理论学习与工作研究心得体会的写作，要求干部勤学习、勤动笔，认为只有认真去写，才能深化思考、深化认识，获得更多有价值的学习成果。他带头给报刊供稿，拓宽了学习交流的范围。1972年，他在《陕西日报》上发表《在学习上无"捷径"可走》，还先后发表了《群众是真正的英雄》等多篇文章。不坚持抓学习，不在学习上深下功夫，不在实践中注意理论联系实际地思考一些重大问题，要写出这类文章是根本不可能的。他还经常非常具体地指导周围的干部，特别是年轻干部，应该怎样抓学习，怎样用理论去指导实际工作，怎样梳理思路、形成有价值的文章，等等。有他在学习和写作方面做榜样，职田公社干部队伍的学习和写作风气一直都很浓。

三、蹲点干部必须做出样子

中国共产党人的武装斗争能从早期的星星之火发展成燎原之势，最终建立人民政权，其中一条非常重要的经验就是官兵一致，充分发挥共产党员和领导干部的先锋模范作用。

开展农田基本建设，推进职田公社大规模对黄土高原的治理工程，公社党委一班人一直把发扬干部带头的优良传统当作推进工作最重要的举措之一。"政治路线确定之后，干部就是决定的因素。"这是公社党委成员经常挂在嘴边的一条毛主席语录。"火车跑得快，全凭车头带。"也是他们经常提起的群众谚语。当时，公社所有干部，包括各个企事业单位的领导，都被分别安排在一个村子蹲点，负责协助村党支部包抓各项工作。公社要求所有蹲点干部必须苦干实干，事事走在群众前头。必须坚持做到动员群众先动员干部，要群众苦干，干部先带头做出样子。要坚决反对指手画脚，只说不干，脱离劳动的不良作风。要不断提高坚持劳动、带头苦干的自觉性。特别要求公社党委成员以身作则，坚持长期蹲点跑面，调查研究，参加劳动。

公社党委四个领导成员首先分别包抓职田街、马家堡、早池和小峪子四个大队。在带头参加劳动的同时，他们还为自己规定了三个"必须认真做到"：一是必须深入抓好干部群众的思想工作，注意从实际出发调动和保护群众的劳动积极性；二是必须认真抓好调查研究，注意和基层干部一起解决新问题，探索新规律；三是必须注意认真总结点上经验，带动面上工作。他们深入蹲点后不久，就分别总结出小峪子的群众思想工作，职田街的全面规划，早池大队的高质量打埂，马家堡的平地填塘，使四个点先后成为全社四个方面的标杆。

党委书记刘书润兼任革委会主任，经常外出开会或参加学习，但只要回到公社，就立即赶往自己蹲点的职田街大队参加劳动，抓点带面。他经常带头和社员们一起打坝填土、改路修路、挖窝栽树，并在大会战的实践中不断调查研究一些突出问题，指导和协助党支部解决困难和矛盾，因此全队社员的劳动积极性一直很高，全大队44000多亩耕地，全部提前修成水平埝地，昔日的流槽都被填平，横七竖八的旧路变成了条条林荫道。由于生产条件的根本改变，粮食产量连年上升，多次受到县委、县政府的大会表彰。除过带头抓蹲点村的劳动和工程进度外，他还总要抽出时间进行面上巡查，一次发现下墙村的地埂锤窝不密，埂边不直，立即停下来和村干部共同寻找原因，共同研究改进办法，直到问题得到彻底解决。

革委会副主任傅世芳负责全社跑面，但他走在哪里就劳动在哪里，哪里艰苦就在哪里战斗。一次，为了帮助早池大队制定出合理的土方定额，他亲自顶班劳动了六七天，从运距 30 米到 150 米，硬是通过一项项劳动试验，使定额定得切合实际，从而普遍调动了社员的积极性。他 1972 年参加劳动的时间就超过 180 天。公社四名党委成员每年参加劳动也都在 100 天以上。

1973 年因霜降过早，秋田成熟普遍推迟，直接影响到农田基本建设的开展。为了解决这个矛盾，全社开展了突击秋收的活动。公社党委成员白天和群众一块儿收，晚上和群众一起运，吃饭也在田间，整整战斗了 7 个昼夜，确保秋收结束后及早投入农田基建大会战。

吕明 1976 年以前一直是职田信用社的业务干部，但也一直承担着蹲点包抓的任务。1971 年以来，他先后在新杨村抓点一年，照庄抓点三年，早池抓点一年。开始在新杨村和照庄蹲点时，除每天上工后抢着干苦活累活外，每天的早、中、晚上工，他都要先去队干家，叫起队干后再一块儿去各家门口喊大家出工。他还组织青年社员搞起了"天天读"和"天天评"。"天天读"就是每天早晨用半个小时，带领大家读报刊上的重要文章，联系实际分析农田基建和农业生产中的实际问题。"天天评"就是每天晚上讲评农建工地上的好人好事，点评一些后进现象，评出每天可上"学大寨光荣榜"的人和事。根据一些青年妇女的建议，他还带领大家办起了"妇女文化夜校"，请来小学教师指导妇女们读书认字，在村里办文化专栏和黑板报，排练一些文艺小节目。后来他感到自己过多地做了队干的工作，让个别队干实际上变成了一般社员，有些人上门叫半天，总不见出门。有的甚至不上门喊叫，就在家里不出来。这使他意识到"带头干"不能变成"代替干"，他想办法通过谈心交流和摆事实、讲道理，让村里的队干部都负起了责任，工作也都逐步主动了起来。

蹲点干部抓点，很多人都有着和吕明大同小异的经历。给村队干部做出样子，这既是职田公社党委的统一要求，也是干部们在农田基本建设中的共同实践。

四、村队干部都是带头人

由于公社蹲点干部在各村率先垂范，做出了样子，基层干部参加劳动，带头苦干也就很快成了风气。

早池大队副书记刘应奎是全公社多届劳动模范，干部劳动最有名的带头人。在他看来，再艰苦的劳动、再重的活都是有味道的轻松事。他在农建工地上休息时对年轻人说："镢头你要会使唤哩，挖土你要瞅纹路往下一挖，就会感觉像吃软蒸馍一样痛快，哪里还知道累？"他是干了大半辈子的老贫农，是庄家行里的老把式，几句话说透了他热爱劳动的高贵品质。吕明听了这句话很受感动，晚上即兴写了一首题为《社员的镢头》的诗，并通过公社的广播播了出去："我的镢头有多大？大山比不过，高原载不下。见我的镢头来啦，山也怯来坡也怕，瞅准土纹往下挖，雷响电闪哗啦啦，大块小块忙搬家。深沟变平原，高坡林带化，梯田麦秋过长江，林带果木满头花。回头比旧貌，心赛哈密瓜。"刘应奎的老婆比他小 10 岁，他经常当众夸老婆："我婆娘会做饭得很，每月定量二两油，她每顿做的饭都油朗朗的。"他的老婆也很风趣，离开职田十几年后，吕明专程去看望刘应奎，进大门问："应奎在不？"他老婆大声回答："不在，到南坳去了。""干啥去了？""占墓坑去了"。吕明这才知道了情况，接着问，"去世了？""三年都过了。"应奎老婆回应说。吕明瞬感一阵心酸，极感失落。

照庄大队支部书记任天祥经常说的话是"干部一起来，一河水都开。"因此，他时时处处都干在群众前头。在他的带领下，全队群众艰苦奋斗，大干两春三冬，到 1973 年冬天，提前一年完成原面治理任务，平整土地 2300 亩，打埂 15000 米，移动土方 360000 方，绿化道路 15 里，建成防风林带 30 里。整个原面初步实现了"路直埂端方块田，蓄水封沟树满原"的规划目标。此外，还修成抽水灌溉工程一处。生猪饲养量户均达到 5.8 头，四旁植树每人平均 86 株。地平蓄水庄稼旺，猪多肥多粮增产。1973

年粮食亩产 330.4 斤，比 1970 年增长 59%。

下墙大队 60 多岁的老支书董有财始终保持着当年在延安跟毛主席闹革命时的那么一股拼命精神。1973 年夏季，由于天旱土干，打不成埝，他第一个挑起水桶担水泼土。老池水担完了，有人就讥讽道："看你这下还能成什么精？"他理直气壮地说："老池干了井里绞，井里干了沟里抬，必须千方百计保证打埝的质量。"由于老支书带头拼命干，下墙的打埝和填塘速度与质量，很快超过了原来几个先进大队。公社在他们村及时召开促进会议，推广他们的做法和经验。

在老支书的带动下，这个队的农田建设进度快、质量好，1973 年当年就修成水平埝地 110 多亩，占应治原面的 52%。

寺坡大队在沟里打了一个土坝，修建引水洞时两次出现滑塌，第三次打洞又遇到石层和地下水，在这种情况下，支部书记刘怀英没有被困难吓倒，始终坚持战斗，哪里有危险他就在哪里干，终于打通了水洞，把水抽上了原。1972 年灌溉的 20 亩增产 30%。在他的带动下，全队社员干劲很大，农田建设走在前边。三线建设和县重点水利工程任务也比其他队完成得早。

恒安洲大队的个别干部过去劳动比较少，一些群众很有意见。1972 年上半年，书记王德义在支部会上特别表扬了第一生产队队长王掌启，他担粪挑大笼，割麦搭头镰，脏活苦活抢着干，成为群众非常拥护的典型。大家一块儿讨论制定了干部参加劳动的几条规定：一是大队干部分别固定到生产队一边劳动，一边包抓该队工作，生产队干部领班劳动。二是规定干部劳动任务，合理解决误工问题。支部书记全年劳动 200 天，副书记 230 天，大队会计 150 天，其他干部不少于 300 天。因公误工，随误随记。三是精简会议，保证劳动时间。四是在劳动中调查研究，就地解决工作中的实际问题。五是干部和社员一样建立劳动手册，一样评工记分。由于这项制度落得实，干部带头苦干，群众干劲冲天。在各级领导干部的带动下，恒安洲大队提出了"大战九条沟，治平十八弯"的口号，鸡叫三遍就出工，收工回来满天星，十冬腊月坚持干，1000多亩原地提前一年就高质量地完成治理任务。

职田街大队地处原心，原地较多。"先原后坡"的治理工作实施后，该大队治原的任务较重，社员的思想阻力也较大。大队书记潘雪峰接受县社指导组的意见，一方面组织打埂平地，另一方面耐心教育思想不通的群众，并带头完成自己的土方日定额任务，还编组拉运职田各机关单位的人粪尿上地，修地效果当然非常显著，年年粮食亩产都是全公社第一名。这个大队一直是刘书润书记的联系点，其工程进度和治原效果也一直是县社的样板。

马家堡大队有7个生产队，社员居住较为集中，全大队3000多口人，是全县人口较多的大队之一。这个大队曾是中共关中特委的所在地，群众的觉悟普遍较高。治原动员后，大队很快就在村北公路旁的几十孔队里的窑洞崖面上用红漆写上了"高举毛泽东思想红旗，走社会主义道路，为实现工业、农业、国防和科学技术现代化而奋斗"。大字一人多高，在职田原上十多里外都能看到这幅标语。村里的群众一听党的号召，总是行动快、干劲大，工作成效也好。书记张俊福就是最突出的代表，他对新思想敏感，说话干脆，也舍得扑下身子拼命干，因而号召力特别强。主任马轲是大学学历，重视调查研究，善于找工作的突破口，是书记的好帮手。

这个大队在治原大战中工程面大，成果恢宏，很有影响带动力。

旧杨村是离职田街较近的小村，社员绝大部分住在沟圈窑洞，全村只有一个生产队。历史上该村贩牲口、倒猪羊的人较多，头脑中的流通观念较强。书记赵金太的脑子较活，"文化大革命"前就组织部分群众进马栏山修林，为194勘探队修汽车路，以便让社员和集体增加收入。主任赵自发则是忠实苦干型的队干，不管冬夏他都是天不明就起来，站在原畔吼人上地，吼过了就自己先进地。他是庄稼活的老把式，在他的带领下，旧杨村每年的收成在职田都是上游。加上进山的副业收入,该村一直是不声张的"内秀"富村。村小心齐,公社安排的治原、治坡、治沟任务总能高质量完成,外出劳力搞副业更是全社最早。

新杨村大队书记孙祯祥最突出的特点是顾公不顾私,顾队不顾家,总是想着队里事,干着队里事,家庭却一直比较困难。他待人热情,善于交往,公社好多干部都是他的好朋友,和驻队干部配合得也十分默契,因而工作很有号召力。1971年,他主持制定了护林制度,林木管理一下子成为全省知名的先进。同时他还组织搞劳务输出,增加的收入给队里盖房买牲口,还给社员分配了一些现金。公社布置的各项工作任务都完成得比较好,寺坡大队书记刘有权年轻有为,抓工作常有新套路,在群众中威信也很高。车村战区是全社最大的战区,东西宽,南北长。刘有权带领全村社员主动出击,在全工地带了头,为后续的大面积发展苹果产业打下了坚实的基础。

干部带了头,社员有劲头,全社持续呈现"你追我赶争上游,披星戴月拼命干"的生动景象。

五、坚持对干部从严要求

分析农田基本建设大会战的发展历程,职田公社党委一班人摸索出了人们劳动积极性和劳动热情存在的高—低—高马鞍形规律:搞出成绩,得到上级表扬,外地参观比较多时,一些干部头脑中便有了"骄"字,有了松一口气的思想,工作便出现低潮;气候突变,刮风下雪,一些干部会出现"怕"字,怕苦怕冷,工作也会走向低潮;县上安排的三线建设和水利工程抽调的劳力增加,农村劳力相对减少,干部们则会出现"难"字,畏难松劲,工作也就呈现低潮;逢集过节,一些人无事也要上街转转,农建的劳动力必然会减少,工作低潮也就不可避免。

　　文武之道，一张一弛，一般情况下，工作出现波动也在情理之中。但对一些苗头性、倾向性的问题不关注、不重视，往往就会对工作全局产生消极影响。解决倾向性问题，公社历来都是从干部抓起，坚持首先解决干部的思想认识问题。每年年初的三干会，实际上都是公社领导班子的开门整风会，农建集中大会战时，还要根据工作情况，通过举办学习班的办法，解决各级干部中的思想问题。

　　开门整风和举办学习班时，胸无大志、满足现状、不敢创业，怕苦怕累、畏难泄气、浮而不入，工作布置多、帮助一线解决实际问题少，检查工作指手画脚多、深入实际调查研究探索规律少等不良现象和问题，常常会被群众一一指出和批评，从而引起干部警觉。公社党委成员多次带头表示，"思想要过硬，决心要下死，干劲要鼓足，迎接新战斗，经受大考验，绝不能给党和人民欠账"。这样的态度对村队干部也是一种引领和鞭策。

　　干部蹲点包抓工作，也曾经有过曲折和反复。

　　农建蹲点工作经过一段时间之后，一部分干部认为局面已经打开，点上的经验也先后得到推广，自己分管的工作就应该转向狠抓面上，加上会议和事务的干扰。蹲点的四名领导干部，先后有三名因各种理由离开了所蹲的点，领导蹲点制度面临夭折的危险。公社党委意识到这种倾向的严重性，立即组织党委成员进行研究。经过共同分析，大家认为，这实际上是蹲点出了成绩后，骄傲自满情绪抬了头，这种情绪对工作非常不利。大家讨论以后，决定对蹲点包抓的制度要坚定不移，要以"点"为阵地，会议召开、学习班举办、经验交流和问题解决等，都尽量安排在各自的"点"上。同时，要尽可能压缩一般的会议和文件，保证领导干部80%的时间都能工作在"点"上。此外，进一步强调了蹲点领导要重点研究解决"点"上群众关心的老大难问题，决不能绕道走。只有下决心解决难题，才能让所蹲的"点"在全社更有影响力。党委副书记刘万荣蹲点的马家堡大队，领导班子里新手和老手闹不团结，会上"是是是"，会后各干各的；革委会副主任席永哲蹲点的小峪子大队一度乱占耕地、偷砍滥伐现象严重。这次会议以后，两位领导集中精力调查研究，协调推动，采取多种措施较好地解决了这些突出问题，赢得了群众的一致拥护。最后，强调了领导干部蹲点劳动的同时，必须用心观察并引导周围干部、群众发现问题，解决问题，总结规律，形成点上经验，再逐步向面上推广。只有这样，才有可能处理好点面关系，全面推动各项工作。只蹲点而不总结推广经验，蹲点在很大程度上就失去了意义，这样的蹲点必然很难持久。

六、坚持把群众生活时刻挂在心上

在组织农民群众为农田基本建设大干苦干的情况下，还要不要关心群众的日常生活？怎样关心？这也是公社党委经常讨论的话题。刘书润就多次在公社党委会上提醒大家，咱们共产党人是为人民服务的，大家一定要注意经常观察和了解群众生活中的实际问题，尽最大努力帮助群众解决具体困难。

20世纪六七十年代，由于没有化肥和优良品种的支持，加之旱灾、雹灾频仍，虽然在农田基本建设和农家肥建设等方面，职田的各级党组织带领群众下了很多苦功夫，但粮食产量却一直难有大幅提高。据公社党委连年深入细致地调查摸底，每年农历二月、三月到夏收开始前，各村总有10%左右的群众吃粮出现困难。各生产队的储备粮主要就是用在青黄不接时，借给缺粮户渡过难关。但每年也总有一些生产队储备粮都不够接济本村的缺粮户。

吃饭是天大的事，群众没有饭吃，哪怕只是少数人，公社也要当作头等大事来抓。每年到这一时期，公社党委一方面积极向县上争取返销粮，另一方面还要在各大队之间组织相互调剂。如1977年就向县上争取了24

万斤返销粮，社内自行调剂了 16 万斤粮食。

为全面解决好这一问题，公社组织力量对缺粮户比较多的几个大队进行了细致调研。发现储备粮过少的生产队，一种情况是分配时留成过少，另一种情况是生产队公用经费紧张时，队里会偷偷在黑市籴粮。还有少数管理员出借粮食时存在优亲厚友的问题。通过对缺粮户的调查发现，一方面人多劳少的家庭分到的口粮确实不够吃，另一方面则是少数特殊家庭由于不会持家，存在有粮时乱吃乱籴的现象，必然造成口粮接不上茬。针对这些问题，公社在粮站抽调优秀粮管员牵头，逐队盘点各队粮库，检查储备粮和机动粮使用情况，清理各队储粮账务，在此基础上进一步完善粮食出仓的审批和验印制度，杜绝集体在黑市卖粮。对因智力和残障等特殊原因，无力持家的少数家庭，则动员他们把储粮囤交由生产队仓库统一管理，定期按量领粮。个别无力领粮的户，则由仓库管理员定期按量送粮。

由于综合采取了上述措施，在粮食问题无法根本解决的情况下，职田的群众吃粮问题还一直解决得比较平稳，没有因为吃粮问题酿成极端事件，也没有发生出门乞讨的现象。

当时群众的吃菜问题也比较突出。很多家庭平常吃饭很少有菜，多数家里是主食加盐、醋、辣子三种调料。针对这种情况，刘书润让班子成员在各自的点上，动员和组织群众利用四旁（屋旁、街旁、路旁、树旁）八边（地边、坟边、沟边、硷边、河边、渠边、涝池边）大种秋菜，当时连职田街的街面都划出园子，种上了菜。到秋收时，很多家都用架子车拉回许多萝卜、白菜和番瓜。群众都说公社领导的这个主意太好了，这完全是额外的收获。冬春再也不愁没菜吃了。一些人口多、粮食紧张的家户，还用菜弥补了口粮。

职田公社党委成员还有一个坚持了八年的好传统，就是每年冬天要为农村五保户和老革命打柴送柴。这个传统源自刘书润去烈属家的一次看望。1969 年冬天，刘到照庄大队一户烈属家里访问，发觉炕不热，就问她为什么不把炕烧热些，她说柴不多了。这话引起了刘书润的深思。晚上回到公社，他召集在机关的公社领导成员开会，先带领大家学习了毛主席的著作《关心群众生活，注意工作方法》。这篇文章，刘其实已经读过许多遍。他还清楚地记得第一次阅读是"文化大革命"时期在农村劳动时，一位红军老战士推荐给他的。以后，他每读一次，就能想起这个老红军的一段情深意长的话。老红军说："在过去艰苦的战争年月里，我们红军战士一心一意想的是受苦人的翻身解放。在边区，谁家没吃过红军战士挑的水，谁家没烧过红军战士打来的柴。那时候，我们同群众是鱼水关系。解放以后，环境变了，地位变了，有的人思想也就变了，住进了机关，忘记了门外的阶级亲人，自己住得舒适，就忘了贫下中农的冷暖。"他跟党委成员们说，"现在烈属老大娘柴不多，炕不暖和，这不是同那个红军老战士一样，是对咱们的严厉批评吗？像这样的'五保户'咱们公社还有好几个，他们的炕暖和不暖和？烧柴问题解决了没有？咱们实在应该关心啊。"为此，大家决定在公社机关干部中开展"一担柴"的活动。此后每年冬天，他们都会肩扛扁担，手拿镰刀，到当年红军战士开荒生产的牙里河山上，每人打一担柴，送到"五保户"和劳力少的烈军属家里。就这样坚持了八年。担柴事情虽小，可意义重大。每送一次柴，干部和贫下中农的心就会贴得更近。

此外，为了让农建工地的群众无后顾之忧，各生产队组织举办工地托儿所、抱娃组；办起工地灶，让社员能喝上热水、吃上热饭；对需要住宿的社员统一安排住宿，给年老体弱的社员提供热炕；加强工地安全教育，尽最大努力确保不出任何安全事故；组织医护人员上工地，及时为社员防病治病；组织商业部门把生活必需品送到工地；等等。时刻关心群众的衣食住行，把党的关怀送到群众的心坎上，这也是职田公社党委能够和全社干部群众齐心协力，持续进行苦干实干，并不断取得农田基建新进展和新成就的重要法宝。

七、下决心解决村队干部的两大问题

对村队干部的作风，群众满意的主流方面是坚持一线，带头大干，但对两方面很有意见，一是经济不清的问题；二是命令主义的问题。

农村的财务经济，当时统由银行系统管理。银行统一负责大小队会计账务的检查辅导，财务经济的审核清查，分配政策的指导落实。当时群众的主要意见是，历年公社都组织查账班子清查各队的财务账目，但查出干部的贪污、挪用、借款未曾退清，挂在账上不了了之。就此，党委决定由吕明牵头，一方面摸清全社挂账底数；二是选队抓点组织退赔，以便进一步指导全社。1975 年 5 月上旬，经逐队摸底，全社历年未退赔的贪污、挪用款共 48352 元，其中贪污 21340 元，挪用 27012 元，涉及大小队干部112 人。挂账 5000 元以上的有早池、职田街、青村、马家堡、新杨村等大队；基本无挂账的有照庄、武家堡、文家川（公社此前在该队专抓过一次退赔）。另外，全社拖欠口粮款 30317 元，其中有队干，也有在外的脱产干部。按当时货币奇缺的状况（一个劳动日只能挣几分到一毛钱），这个挂账数在群众头脑中相当大，相当于今天的同货币量的 20～50 倍。

当时的政治环境是深入学理论，反对"资产风"。咸阳地区马维藩书记讲，"贪污盗窃款，一律要退回来，破产也要退赔"。公社借这个东风在早池大队抓试点，首先解决大队支委的"三挂账"问题，书记带头退赔了 500 元。大队问题解决以后，便轻装上阵，组织起抓退赔清欠班子，解决 4 个生产队的"三挂账"。通过 5 天集中工作，退赔"三挂账"款 3996元，占到"三挂账"总额 7920 元的一半，另一半主要是一些困难户历年的口粮欠款，一时无钱交。干部的"三挂账"基本退完。全社经过 10 天的集中工作，退赔"三挂账"款 31403 元，占到"三挂账"总额 78669 元的 40%，其余欠款也主要是困难户所欠口粮款。这个问题的解决，消除了群众的积怨，也极大地教育了全社村队干部。

1973 年上半年，社会上先后传出了对职田的一些不同看法。有人甚至说，现在的职田是被"打骂风""扣罚风""浮夸风"笼罩着。

公社党委对这些说法先后多次进行分析讨论，大家共同的看法是，职田出了名，人家拿上显微镜和放大镜看你的问题不可避免。对于所说的这三种"风"，同志们当时认为现象和苗头确实存在，但远没有到"风"的程度。尽管如此，对这方面的问题还是应该保持高度警惕，有则改之，无则加勉。

从 1973 年下半年开始，领导班子研究讨论工作作风问题时，大家提得比较多的主要是骂人现象，认为工作任务重，时间要求较急时，很多干部或轻或重都会有骂人的问题。

刘书润在讨论中多次指出，干部的强迫命令作风问题，包括骂人较多的现象，实际上是对社员群众的感情问题，对强迫命令副作用的认识问题，是科学工作方法的修养问题。他多次在会上强调，一定要反对动不动训人、骂人，以及搞花架子、搞形式主义的坏作风。他一再提醒大家，一定要以理服人，绝不能仗势欺人。作为领导，你硬逼着人家干，能有几个人愿意逆来顺受呢？一定要清楚，职务绝不等于真理。动不动训人、骂人，总喜欢给人扣大帽子，这都是不懂马列的表现。要反对好大喜功，文过饰非。他还特别指出，总结经验、撰写文章，说到底都是为了探索规律，推动工作，而不是为了给个人或小圈子评功摆好，不是为了炫耀哪个人。大家都要讲究工作方法。要注意约束自己，思想平静下来再思考问题、安排工作。头脑发热时，不要判断和处理事情，对有些事，先放下睡一觉，第二天起来再处理，或许就可以少犯错误。特别是处理人，一旦处理错了，在群众中影响就会很大。发怒就是头脑发热，一发热，就容易神经过敏，看事无限上纲，也就把握不准对待人的政策。对群众中的落后现象，要组织培训党团骨干，引导群众自己教育自己。

党委成员们也讨论分析了骂人较多的原因，一是认为用土话骂人群众听得懂，太文绉绉的批评不起作用；二是认为骂人就是斗争，不骂就推不动工作；三是认为出于推动工作骂人，组织上能理解，群众也能谅解；四是认为只要能把工作搞上去，就是豁出自己，哪怕是犯了错误也在所不惜。但大家也认识到这些理由实际上都站不住脚。为了纠正干部骂人现象，同志们都认为要注意合理安排工作节奏，紧张突击一段时间后，一定要让群众适当休整一下。要重点注意解决严肃紧张有余，团结活泼不足的问题。

在多次讨论的基础上，公社党委作出"五不十法"的规定：干为人民服务的事业，不准用国民党的作风；不准以"为了工作，不讲方式"来自我放纵；不准骂人、打人；不准向下布置经过努力也完不成的任务；不准随心所欲地瞎指挥。

倡导的工作方法有：布置检查法、以点带面法、现场考察法、会诊解剖法、派出取经法、请来传经法、关心生活法、个别谈心法、有奖有罚法和办班学习法。

村队干部的作风问题，自1975年下半年以后有了较大的改善，但由于"普及大寨县运动"要求紧、任务重，由于政治氛围和管理体制仍未脱开"左"的大环境，干部作风问题实际上仍然很难从根本上解决。

吕明的相关诗歌也对干部作风有所反映：

（一）爱护干部

1975年10月1日

艰苦莫过跑山区，党领农民靠干部。

基层磕撞几十年，私情削，公心固；

集体得壮大，社员得小富；

驾辕牛，顶梁柱。

毕竟出身小农户，封资不时吐妖雾。

邪风击中几干部，忘政策，乱财务。

疮疖宜早诊，医刀刮病毒；

此教育，是呵护。

（二）秋山赋
1975 年 11 月 7 日打柴于马栏山

昔闻马栏山，大门通延安。红军战马饮汃水，开荒种粮大生产。小米加步枪，开创新江山。

今看马栏山，路与北京连。骄阳一照红烂漫，松涛层层碧如染。秋风浩浩过，万山起琴弦。

当年红军去，今日干部还。县社领导打柴来，刺破衣衫两颊汗。向着烈属家，送去柴几担。

登高尽眼看，千里巨浪卷。多种经营好基地，农林牧副大田园。山川复山川。金山又银山。

政策重调研，人民再动员。边区传统一恢复，山沟改造更壮观。马栏有前途，收益胜前原。

（三）支书运石头
1975 年 5 月 11 日于旱池

两鬓斑白，皱纹满额，

亮着胸膛，卷着裤腿，

豁起尘土，洒着汗水，

拉着石头，跑在头里。

小伙瞅见，暗暗相比，

跑了半晌，还差几米。

老汉瞅见，合不上嘴，

手上使钢，腰子挺起。

生人瞅见，打问根底，

了解实情，拇指跷起。

大伙跟着，支部书记，

日晒雨淋，迟睡早起，

每天拉车，百八十里，

没有一个，叫苦叫累，

料石任务，提早运齐，

为修油路，铺好路基，

方便交通，繁荣经济。

（四）送七五年

1975 年 12 月 31 日

旧岁不旧，巨浪万顷风还吼。

论收获，高擎红旗，群众动手。

渭北原上园田出，豳山沟里林果有。

老战绩只作历史看，朝前走。

千层嶂，是前路，万里霞，日当头。

行不减锐气，步莫稍留。

九州农业翻身仗，三江工交争上游。

鼓气实现新宏图，更上楼。

（五）铁书记 [①]

（为幻灯脚本插曲编词）

1977 年 7 月 10 日于东棚咀

咱们社的铁书记，农建尖兵当指挥。

铺路拉车运料石，社员一回他一回。

抢险排洪护大坝，他和社员满身泥。

雨天下沟担青草，社员九十他一百。

寒冬腊月干水利，社员按钎他抡锤。

打了硬仗打大仗，拼死拼活夺胜利。

感动群众改山水，全社飘扬报捷旗。

[①] 当时群众将公社副书记傅世芳同志赞誉为"铁书记"。

第五章

最大的动力来自政策

一、实践提出来的问题

职田公社原面治理规划全面启动的时间是 1970 年春天，当时，"抓革命促生产"的口号还喊得震天响。

实际上，由于"文革"大乱，农村经济管理吹起一场很"左"的风潮，造成职田这个生产落后的穷地方，抓生产也极为困难。比较突出的问题是，"按晌记工"使社员出工不出力；"按人分配"使劳力出工没动力；财务混乱钱粮物工不清楚，使社员积怨气；林权不清使部分人乱砍林木。

问题的难点在于，这一套"左"的做法是从山西大寨传来的。大寨取消定额管理搞"标兵工分"，也就是按晌记工，取消按劳分配搞按人分配，取消生产队核算搞大队核算，取消自留地，取消家庭副业。大寨搞那一套能行得通，那是因为有大寨的干部、经济、思想和习惯等条件。职田照搬的实践证明，这一套严重挫伤了群众的生产积极性，阻碍了生产的正常进行，使本来贫穷的职田雪上加霜。职田既要搞农田建设，又要务当年庄稼，繁重的任务与这样一些"左"的舆论氛围及政策规定，形成极为尖锐的矛盾。但要解决这个矛盾，在当时又谈何容易，农田基本建设是在"农业学大寨"的旗帜下推进的，要和大寨的一套做法对着干，随时都可能被扣上"反大寨"和所谓"物质刺激，工分挂帅"的大帽子，更大的政治风险恐怕也难以避免。

要扎扎实实地推进工作，口号不得不喊，而实践提出来的问题又必须加以解决。

1970 年 11 月 13 日职田公社《关于冬季农田基建开展大检查情况的报告》中记载，"我们在这次大检查过程中发现，有的队上劳和干活的时间并不少，但修的地和移动的土方很少，有的队上劳和干活的时间并不多，但修出的地和移动的土方却很多。调查其原因主要是，上劳多、干活少的队，他们的领导方法是，不突出政治抓根本，上地一窝蜂，做活乱点兵。

不分班，不分组，没任务，没时间，干多少，算多少，好人好事没人夸，坏人坏事没人抓，因而形成懒人钻空子，磨洋工，好人受讽刺，受打击，广大群众积极性调动不起来。相反，上劳少、干活多的队，他们的领导方法是，按组按班定任务，搞评比，搞竞赛，好人好事大家评，坏人坏事大家批，做到男女同工同酬，多劳多得。"

很明显，这里上劳少却干活多的队，"突出政治抓根本"只不过是个口号，而分班分组，有任务和时间要求，实行男女同工同酬才是能够干活多的根本原因。

因为当时县上的大工程抽人较多，全公社劳力紧张，原面治理的工程任务又非常艰巨，劳动管理与劳动任务的矛盾尖锐地摆在面前，逼得公社党委必须在政策上采取措施。

除劳动管理外，还有农村口粮分配到底按人分还是按劳分？一些群众对大队和生产队钱、粮、物、工管理混乱的问题反映也比较集中。还有各村林权不清，造成乱砍滥伐现象久治不愈等，都是队干和社员普遍关注，并强烈希望党组织和上级领导下决心研究解决的突出问题。

党委书记刘书润指定由吕明带领两名同志，就劳动管理、钱粮分配、财务管理和林木管护四大问题，依据1962年八届十中全会通过的《农村人民公社条例（修正草案）》（简称六十条），结合职田实际，下队和干部群众一起讨论，拟订出简明扼要且能解决问题的条款，分别形成制度，报党委讨论。刘书润交代的原则就是，一要找到和认真研究中央的相关政策依据；二要选准调查和共同研讨的大队与生产队，要尊重群众的实践和创造；三要讲究文字表述的策略，尽量回避和减少政治风险。

二、从群众实践中梳理出的政策

治理职田原面的规划实施以后，刘书润一直重点抓以职田街大队为中心的全社中片。规划宏伟，移土量大，但"按晌记工"的平均主义做法根本调动不起群众的劳动积极性。鉴于艰巨工程与平均记工分的矛盾，刘书润当时从两手解决：一是干部做好动员组织工作；二是恢复"定额管理"制度，具体为实行"五定一奖"，即定领导、定人员、定任务、定质量、定报酬，根据任务完成情况严格检查验收，之后进行奖惩。这一办法产生了非常好的效果。吕明他们对职田街的一套做法进行了认真的调查梳理，形成了《劳动管理制度》的讨论稿。其要点一是改善劳动组合，取消"大兵团""一窝蜂"作业，实行小组包工，小段包工，有的活路单户单人作业；二是实行定额管理，凡组织劳动，干部先试行日劳动定额，事前明确数量和质量要求，事后做出确切的验收记录；三是落实按劳计酬、根据劳动定额和验收记录，实行劳酬挂钩，当面记清工分；四是实行经济奖罚与评比鼓励等思想工作相结合。农田建设的"劳酬挂钩"最直接，当日按户划分土方挖掘与转运量，当晚按完成土方量现场记酬，这为全社原面治理规划的分步实施提供了重要的保证。

马家堡大队多年实行"四不分粮"的土政策，姑娘劳动不分粮，学生劳动不分粮，16 岁以下的孩子和 60 岁以上的老人劳动不分粮，投肥记工不分粮。基本口粮和其他实物一律按人头平分。这就极大地挫伤了社员的劳动积极性。在充分征求意见和反复同大队与各生产队分析讨论的基础上，制定了《钱粮分配制度》初稿。其要点一是落实《六十条》三兼顾政策，合理掌握集体积累和社员分配的比例，既保证社员的吃、穿、用，又保证集体的生产费和管理费；二是取消"按人头分配"口粮的做法，实行"人八劳二"（人口占八成，劳值占二成；人口又按长幼分为三等）的口粮分配制度；三是现金全按劳值分配；四是对"四属"五保户依规定作适当照顾；五是对劳弱人口多的积欠口粮款户，从出勤上注意安排。与现在的家庭承包比，那时只有 20% 按劳分配是很落后的，但当时要落实这20%，却也要冒相当大的政治风险。

照庄大队党支部书记任天祥是多年的老书记，处事公道，律己严格，对大小矛盾的处理头脑冷静，点子也多，因此该队的财务管理形成了一些很好的规矩。吕明他们认真梳理了这些规矩，较为顺利地完成了《财务管理制度》的初稿。其要点一是建立群众监督财务小组；二是大小队建立财务公开牌，按月公布钱、粮、物、工收支账，由监督小组审核认可；三是每年初都组织查账班子对上年财务进行"小四清"；四是对干部的乱支乱借从严处分，对困难户则用安排多出勤增加收入，或通过鼓励开展正当的家庭副业等办法给予帮助。

吕明在这次调查之前，就在新杨村搞过支农调查，听到过干部群众对部分人借"文革"之机，偷砍集体和私人树木的情况。具体了解以后，吕明觉得问题的本质是树权不明，大队与生产队之间树权不明，生产队与生产队之间树权不明，生产队与社员之间树权不明，社员与社员之间树权也不明。许多官司打到新恢复的公社党委。刘书润让他在该大队组织干部，就林权问题依政策作个系统调查，给公社处理林权纠纷，拿出可行的依据。据此，他同大队干部商定，问题分三步解决：第一步，拟定《护林通告》，所有林木一律停止砍伐，不论林权属谁，凡随意砍伐者，都由大队论价处以罚款；第二步，依据人民公社《六十条》，组织专门班子逐片逐树划分林权，造册登记，向林权所有者发证，凡侵权砍伐的，向所有者赔钱；第三步，以划分林权的实际经验为基础，在《六十条》指导下，拟定《新杨村大队林权划分原则和管理制度》，以便持久保护林木。有这样的基础，大家很快就讨论形成了《林木管护制度》的初稿。其要点一是明确林权划分原则，庄前屋后的原栽树归社员所有；空庄基、空园子，地权归生产队，集体和他人需要占地时，允许社员砍伐、移栽或折价归集体。二是明确了新栽树木的林权划分，宜林荒山，原面大道和生产路两旁栽树归生产队；街道两旁树木，社员庄前屋后，户队五五开成，由户管护。三是对宜林荒山，按大队林场和四个生产队划分地权，地权归谁，栽树归谁；生产队可划陡坡地给社员，鼓励社员为自己栽树。这一条，因社员怕政策多变，一直无人栽植。

以上制度经公社党委讨论，提出了一些修改意见，刘书润签字印发各大队执行。现在来看，此举可谓小事一件，但在当时，领导敢于签这个字，的确要有"实践检验真理"的极高胆识，要有敢冒政治风险的极大胆略。尽管叮嘱大队干部"暗地实施不声张"，但不长时间还是在县城单位和邻社传得沸沸扬扬，说"刘少奇路线"已经在职田"回潮"，物质刺激，工分挂帅在职田复辟，说刘书润忘记被"夺权"之苦，大胆否定"文革"之功。一些好心的同志也托人带话给刘书润，劝其在政治方向上不要轻举妄动。

刘书润听到这些话还是不为所动，"四项制度"在他的推动下，在全社各村继续得到悄无声息地贯彻落实。

三、政治风向有了转变

1971 年 12 月，毛主席批示印发了关于农村分配问题的指示，即中发〔1971〕82 号文件，强调努力增加生产，增加社员收入，开展多种经营。

1972 年 3 月 9 日，《人民日报》发表了题为《全面落实农村经济政策》的社论，强调落实人民公社《六十条》"各尽所能，按劳分配"等各项规定。毛主席对人民公社现阶段基本政策的内容的十四句话，也体现在其中。这就是"统一领导，队为基础；分级管理，权力下放；三级核算，各计盈亏；物资劳动，等价交换；分配计划，由社决定；适当积累，合理调剂；按劳分配，承认差别。"从此，各大报纸频繁出现经济规律论文及对"政治经济学"的介绍。人们都感到经济发展进入了尊重科学规律的春天。刘书润和他的同事们也有计划地扩大了对政治经济学相关书籍的学习。政治气候的这个重大转变，使大家都感到终于摆脱了暗行公社自定的"四项制度"的政治压力。

1971 年 2 月，旬邑县委恢复后，王伟章调任县委副书记。他到旬邑后，很快跑遍各公社和一些较有影响的大队，精心选择想着重抓的村队，最终把抓点公社选在职田，抓点的队选在照庄大队。

当时的旬邑县委书记仍是负责支左的武装部政委刘乃春，他不大管行政事务，发展生产一类的事全由二把手王伟章负责。

王伟章，淳化县人，中等身材，不太宽的脸庞微见其胖，此时五十一二岁。陕甘宁边区时期，曾在旬邑前身的赤水县清原区政府工作。"文革"前，他任秦川中部的礼泉县委书记，狠抓粮棉的劲头声震咸阳。1973 年，王伟章调离旬邑，任永寿县委书记，后在咸阳地区中级人民法院院长任上离休。

据 1971 年 12 月 12 日旬邑县委《一年来农业学大寨情况的报告》记载，"县委副书记王伟章同志带着如何打好四个硬仗，夺取农业丰收，迅速改变旬邑面貌的问题，长期蹲在职田公社，深入发动群众，一项一项调查研究，既搞出了样板，又比较确切地提出了全县修地深翻、养猪积肥、农田水利和麦田追肥、春播密度等方面的具体要求，使县委指挥农业生产几个硬仗时具体而有力，各项生产取得了比过去任何一年都好的成绩。麦田追肥面积比往年增加了两倍，成为夏田丰收的重要条件，春播完全改变了过去的稀植旧习，实行了合理密植，每亩株数普遍增加 10%～20%，奠定了秋季丰收的基础"。

随着对旬邑县情和职田情况的了解加深，他逐渐接受了刘书润在职田的工作思路，包括对围绕蕴蓄天上水，先原后坡再沟的水、田、林、路、村综合治理规划，突出抓农田基本建设，落实农村经济政策，发掘大干动力的相关做法，多次表示了赞同。作为县委主要领导，其能基本接受下级的思路和部署，这种情怀和胸襟极其难能可贵。

王伟章书记是老八路的作风，抓工作一定要亲自调研、亲自过问，因此经常置身于生产第一线。他要上职田和太峪原上了解情况，县委吉普车一送上原畔，立即让车子返回。自己由一名干事陪同，从庄稼地里的生产路上穿来穿去，最后找到公社领导时，就可以摆出该社的工作成绩和存在问题，以及他自己的看法和意见，从来不要公社领导作汇报。所以下边谁都无法说假话，必须实实在在地认真抓工作。县委的一些年轻人跟王书记跑不下来，有机会就去借故干别的，只有写作组的罗效秀脚腿可以，经常跟着一起跑。

照庄治沟筑水库后期，抽水上原的一套管机设备向县水电局申请讨要多次，人家就是不给。有一天，吕明和大队干部正在沟底发愁，支书任天祥说："王伟章书记常来咱们队，假如今天他能来，设备就有希望了。"话音刚落，有人在原畔喊："王书记来了，有事要和你们商量。"大家仰头看时，王书记正站在原畔俯视。大家跑上原，向王书记汇报了设备问题，王当即给县水电局长写了便信。第二天村民们就抬回了所有设备。联系他平常走家串户了解群众生活情况，进入工地跟着大家一起干的场景，照庄的干部群众很长时间都经常议论和称赞这位好书记。

职田落实的"四项制度"，王伟章书记到职田后不久就已了解，只是从来不主动提及这一话题，他显然是要做更多的观察、分析和思考。《人民日报》社论一发表，他立即将自己的调研工作转向了对农村经济政策的研究。5月，他更是让县委的张述华带队，赵国玺、张思温、焦百全、焦九全、王玉民、张晓、王剑锋、罗效秀、温玉凤等人参加，赶来职田，共同作落实农村经济政策的调查研究。他要求大家分别深入职田各队，帮助进一步调研和落实农村各项经济政策。从此，纠正"左"的一套干扰，从农村实际出发，实事求是地研究和制定农村经济政策的事，就完全上了台面，成为各级党委推进农村各项工作的重要着力点。

四、政策效应在全县产生影响

有王伟章书记组织县级机关高水平的大队伍直接介入，刘乃春书记有时也来了解情况、发表意见，职田公社的农村经济政策研究便成了全县的大事。

王书记亲自主持会议讨论研究，将涉及农村经济政策的实际问题一项一项进行梳理，总结出贯彻"以粮为纲，全面发展"、劳动管理、财务管理、收益分配、男女同工同酬、林权划分、发展多种经营、养猪积肥、干部参加劳动、队办企业管理等十个方面的重大问题，决定县上派人分组进入各村，在公社有关人员参与配合的情况下，共同做深度调查研究，形成典型材料，拿出具体政策建议。

各组进村以后，对已在职田实施的劳动管理、钱粮分配、财务管理和林木管护四项制度，主要了解实施情况和存在的问题，正确落实的加以肯定，未全面落实或原规定需要调整修改的地方，根据新的情况和全县需要，给予补充和完善。对新确定的项目，包括"以粮为纲，全面发展"、队办企业管理、发展多种经营、男女同工同酬、养猪积肥、干部参加劳动等，主要了解村里的实际做法、成功经验、存在的问题和群众对改进方向的建议。经过先后近一个月时间的调研，拿出初稿后，王伟章书记又组织了反复的讨论和审定。

早池大队重点调研总结和研究制定发展多种经营的办法。编簸箕历来是该大队一项大宗的传统副业，80%以上的社员都会这一技能，过去早池的簸箕曾畅销县内外。1969年，由于这项副业收入的大增加，队里添置了面粉机、柴油机、架子车等农机具56台（件），还箍起了6只窑，盖起了16间房，社员劳动工值有较大增长，粮食也获得了空前的丰收。但从1970年后季以来，由于劳动组织上出现了农副争劳的问题，一些队干部受到"左"的思潮影响，误认为副业生产是产生资本主义的药引子，便放弃了这项副业，结果造成集体生产资金不足，既影响了社员的实际收入，也影响了生产队农业生产发展的步伐。在这次落实经济政策的调研中，大家明白了党的现行农村经济政策，在调研组同志与队干和社员反复讨论的基础上，拿出了发展多种经营的具体规定：一是从劳力使用上掌握农建务田与多种经营的比例，允许有20%左右的劳力长年参加多种经营；二是以加强组织领导，合理划分劳酬的办法，发展巩固集体经营的门路。木工组、编簸箕组、烧制砖瓦组、外出割竹组、外出修林组等，各组收入现金的80%交队记工，20%补贴个人；三是鼓励社员家庭利用工余养猪、养鸡、养兔，收入全部归己。外出转乡的石匠、铁匠、瓦盆匠，可以交钱记工，分配口粮；四是队里可积极栽植甜菜、烤烟、药材，以及经济林和用材林。

旧杨村大队主要是调研总结和形成"男女同工同酬"办法。其要点一是破除"屋里人只能干屋里活"的旧观念，扩展妇女参加农活的项目；二是不论男劳女劳，劳动都实行小组包工、小段包工；三是工前明确定额、工后验质验量记录；四是男劳女劳完成同样定额的，记同样工分；五是加强妇女提耧下籽、培育良种、嫁接果苗等方面的技术培训，男女同技同效者记同样工分。赤脚医生、民办教师男女同贡献者记同工。

照庄大队调研总结和形成发展养猪的办法。其要点一是自繁自养，增加猪源，队繁户养，见母必留；二是加强集体猪场管理，责任到人，物质保证；三是鼓励社员家庭养猪，交售生猪奖粮，向队投肥记工，按人口定养猪数，据此留给饲料地；四是大队培训兽医员，保证防疫药品的供给。

恒安洲大队调研总结和形成干部参加集体劳动制度。其要点一是选举干部时把是否参加集体劳动作为重要标准；二是规定劳动天数，建立出勤手册；三是干部包队包组，稳定劳动地点；四是精简会议次数，强调分工进行现场领导；五是按月检查，按季公布劳动记录。

王伟章书记组织制定的一系列经济政策文件，首先在职田公社印发执行。随着各项政策的落实，特别是直接与群众劳动积极性相关的劳动管理、男女同工同酬、钱粮分配、财务管理和干部参加劳动等政策与制度的普遍实行，广大社员群众的积极性被进一步激发出来。全社妇女出勤率比过去提高40%，农田建设的进度和质量也大大提高。马家堡大队农田建设开始时按晌记工，一个劳力一天只完成两三方土，辅助劳力也发动不起来。后来实行定额管理，以劳定方，以方定工，劳动工效普遍提高了两倍。1970年冬季，94名男社员上了县办重点工程，84名老弱妇幼劳力主动上了农建工地。在大搞平整土地的同时，又展开了修埝断流槽、移土填胡同、挖池打坝固沟头和打坝蓄水上高原的新战斗。80名民兵组成的水利建设专业队为了早日引沟水上原，晚上挂上汽灯，昼夜突击。旧杨村大队由于认真贯彻了男女同工同酬政策，虽然多数男社员上了三线建设和县办水利工程，但全队80多名妇女劳力积极投入了农业生产，承担了大部分农活。在农田建设中，从地块规划、开挖定线，到提锤打埝、平地填膛等，妇女们样样都会干。1970年冬季和1971年春季，这个队的妇女共打埝5300多米，修地465亩，每个妇女平均修地5.8亩。

　　1972年5月20日，旬邑县委在职田召开了全县公社和大队一把手参加的落实农村经济政策现场会，用职田公社这个典型引路。现场会后，各社都召开了"三干会"，整顿思想，制定措施，组织力量，培训骨干，并由县、社抽出脱产干部300多人，深入每个大队，由公社一、二把手亲自挂帅，参照职田，一项一项地落实党的经济政策。同时，县上办了三期落实经济政策学习班，帮助各社分期分批地培训了600多名骨干，还组织了5个宣传队，分片了解情况，交流和互相促进，使职田的经验在全县普遍开了花。

五、成为全省典型

1972 年 9 月 16 日上午，职田公社书记刘书润骑自行车来到照庄，告诉在这里蹲点的公社信用社干部吕明，县委早上打来电话，通知省委一位领导要来职田检查工作，据他分析可能是省委书记李瑞山要来。他说，应当给人家准备个汇报，汇报分为农田建设和当前生产两部分，他写前一部分，让吕明写后一部分。刘书润走了以后，吕明就翻资料赶写汇报，下午两点写成后送交刘书润。那时的公社机关没有接待室，来了重要的人，就招呼到刘的住宿处兼办公室。他的宿办室只有一间，是 50 年代盖的土木平房，逢大雨往往漏水。刘的爱人和一个孩子也住在里面。机关同志扫了院子，抹了桌子，给刘书记的房子添了凳子和喝水杯子，就做了这些准备。

下午 4 点，两辆绿色吉普进入公社，一辆坐省委书记李瑞山、省军区袁副政委和两名穿军装的保卫人员，一辆坐去马栏迎接的县委书记刘乃春和二把手王伟章。车一到公社大门口，两名警卫员跳下车，站在了大门两旁。李瑞山一行下车和刘书润见面后没有停步，到公社院子前后转了个大圈子。看见院子周围的杨树整整齐齐，仰头称赞说："这个好，这个好！"转出来后人们请他进刘书润的办公室，他说不进屋了，就坐在院子里，爽快。于是大家急忙把凳子搬到房子门口，围了一个圈。刘书润在递开水时，省军区袁副政委拍了一下刘的肩膀问："今年多大了？"刘答："37岁。"袁神色严肃地说："我 37 岁当师长，打了多少胜仗，夺了多少土地。妈的！你只当官，不干事，革命老区山河依旧，百姓受穷！"听到这个开场话，气氛一下子紧张起来。袁副政委当然不会想到，他的这句话对刘书润和参与接待的职田公社的干部们带来多么大的震动，以致后来职田的工作每遇到困难和压力，公社的领导们都会用"老区不能再山河依旧，百姓不能继续受穷"这样的话来激励和鞭策自己。

从陪领导们来的工作人员处听说，同来的省委领导解放前都曾在旬邑的马栏山区待过。车从延安到铜川，向西拐到马栏，百十里公路全是坑坑洼洼的土路，车一直颠簸得非常厉害，每颠簸一下，老头子就骂一声。看到马栏小镇还不及当年革命时期繁荣，两位领导在那里就把旬邑县委的两个头儿训得抬不起头来。马栏到职田仍是土路，所以他们对旬邑的第一印象差极了。

李瑞山他们在公社院子里边转边问，时而问过去，时而问现在，时而问分配，时而问产量，时而问气候，时而问农建，都是一两句能答完的题目。当听到上年亩产 236 斤半的时候，李书记也严厉地批评开了，在场的人们都感到无话可说。刘书润准备的那个汇报材料，也只能装在衣兜没办法往外拿。冷场中刘书润说："李书记，我们近几年按治理规划修了些地，要不要看一下？"听到这话，李书记立即站起来说："走，你领路。"

职田公社自 1968 年下半年开始调查研究，拟订了全社的原面、坡咀、沟壑治理规划，1970 年开始调整地块，开通东、北、中、南四大片联村大道，开通原面田野的生产小道。经 1969—1972 年栽植，各片大道和小道上都长上了杨树。同时以道路和田埂规划为骨架，分四片连年会战，平流槽、填胡同、削梁峁，修成台田 9800 亩，初步显现出园田林路网格化的宏大面貌。刘书润领车，缓行了东、北、中片的部分大道，然后在职田街西边的原野上下了车。省上领导进入正在种小麦的田块和社员谈话，走进杂交高粱地看大秋长势，然后上车经照庄到早池村西后，李书记一行去了旬邑县城。

在职田农建现场的所见，使李瑞山书记逐渐由气愤转为喜悦。因为当时全省的农建先进单位大都是生产大队一级，在一个公社范围内统一规划、联片治理的，机关没有听到过，下基层也没有看见过。离开职田前，李书记向刘书润作了四点指示：一是总体上感到满意，要再鼓干劲，把前几年大乱中失去的时间抢回来；二是平整的田块宜大则大，宜小则小，不要花工过多，拖拉机能耕即可，力争每人有一亩旱涝保收田；三是要以延安精神作大干动力，在老百姓中寻找适合当地情况的修地办法；四是吃饭问题压力大，修地要增产，增了产，在群众吃饱的同时，要给国家多贡献。

关于李瑞山同志这次下乡的主旨，听省委后来到职田的一些同志说，9月上旬李先念副总理陪同西哈努克亲王到陕西参观，其中一个参观点是长安县终南山根的小新村。李先念当时协助周总理管生产，又以山东为农田建设指导点。山东当时有所谓"六十里一条线，几百里绕山转，几十万人大会战"的气魄。李副总理此次来陕，也带着农建督战的任务。在车上看到凹凸不平的长安县田野里没有农建队伍，就对李瑞山提出了批评。送走李先念，李瑞山立即研究部署陕西的农建工作，决定9月下旬召开全省农村工作会议（也叫全省"农业学大寨"会议）。部署之后，他便北上陕北围绕农田建设搞调查研究，检查督战，寻找典型。据随李书记北上的同志说，李书记到志丹县以后，看到修田不多，山河依旧，严厉批评了地县领导，连准备的饭也不吃就乘车上路了，临行前说，"下次来，看见你们干出成绩再吃饭"。李书记是从陕北一路检查督战来到旬邑的。

李瑞山从旬邑回西安不几天，省委即通知旬邑县委，李书记提议让职田公社来人到省农村工作会议上介绍农田建设经验。接到通知距参加省上会议只隔两天时间，不可能写出完备的发言稿。刘书润叫同志们收集了一些数据，自己坐下来写了个详细点儿的汇报提纲，第二天即匆匆赴省。

1972年9月20日，全省第一次"农业学大寨"会议在西安召开，会期17天，其中参观5天。中央派王震来陕参加会议。旬邑县委副书记王伟章和职田公社党委书记刘书润由省委点名通知，一起参加了会议。轮到职田发言，刘书润作了控制篇幅把握时间的准备，但讲了第一个问题以后，李瑞山站起来简述了几句他在职田的所见，要求刘书润在实际做法上放开讲。大会中间李书记很少在主席台上就座，刘在台上发言，他就在台下过道走来走去，以提起与会人员对介绍的注意。有时他会走上台去，打断介绍人的讲话，向听众强调领会的重点。当刘书润的发言接近尾声时，李书记站起来向台下喊，"吕奎章，到旬邑去过没有？会开完以后，带上你们长安县的干部到旬邑职田去参观学习！"吕其实是旬邑清原人，时任长安县委二把手（一把手是军代表）。

几千万人口的大省，省委书记凭亲耳所听、亲眼所见、亲自分析对比发现和认定先进典型，并在几天时间里亲自推荐给全省大会作介绍，还当会明确要求其他县的领导和干部前往参观学习。这样的事实、过程和场景，完全可以称得上空前绝后。这也充分表明，职田这个被省委书记偶然发现的典型，在当时的全省农田基本建设工作布局中，被放在了多么重要的位置上。

这一史实的更大社会历史背景是，"文革"动乱得到初步控制，当时处在重要领导岗位的多是为人民打下江山的老一辈革命家，出于闹革命时的初心使命，他们都急于把被耽误的时间抢回来，让人民群众尽早吃饱饭，过上好日子。

1920 年 11 月出生在陕西延长县的李瑞山，1935 年就参加革命，历任延长县委书记、团中央儿童局书记、中央青委巡视员、湖南省宁乡县委书记等职。新中国成立后，一直在湖南工作，回陕西工作前，曾任湖南省委书记处书记兼长沙市委第一书记。1966 年 8 月调任陕西省委第二书记，1968 年 5 月任省革委会主任，1971 年 3 月任陕西省委第一书记。即使没有李先念副总理来陕时的催促，他也殷切期盼着陕西各地能够依靠和组织人民群众大干快上，通过艰苦奋战，尽快改变农业生产的基本条件，让全省农业能够得到快速发展。职田人民改造山川面貌的实践和初步成果，让他受到了鼓舞，看到了希望，找到了榜样，用职田作为旗帜和范例来推动全省农田基本建设，就成了他必然会做出的重大抉择。

会议期间，王伟章副书记打电话给县委书记刘乃春，谈到李瑞山书记在会上对职田作了几次表扬，要求西安郊区的长安县和渭南、延安等地区会后到职田参观。王打电话建议，县上要加大对职田的帮助，若下队人手不够，可从县机关抽人支援，全县抓紧秋收扫尾，秋收结束后立刻上劳，全面展开农田水利建设。

省上会议一结束，王伟章和刘书润立即赶回职田，主持公社党委会议传达精神，并召开全社生产组长以上300人大会，围绕"全省学职田，职田怎么办"的主题，帮助公社领导找差距、议措施、正路子。

省上会议之后，第一批来职田参观的是长安县代表，由县委二把手吕奎章带队，全县大队以上干部拉了十多辆公共车，参观原面规划和治理。到照庄参观时，吕明正在农建工地。吕奎章是吕明的本家长辈，他跟吕明说，"李先念批评长安不修地，给李瑞山加了压，层层压了下来。长安人均地少，气候暖和，一年四季无空田，群众舍不得丢掉一料庄稼来修地"。虽然私底下这样说，回长安后，吕奎章还是部署长安立即投入"大干快上"，一路人马进李瑞山亲抓的重点工程石砭峪修水库，另一路人马全面铺开平整川道土地。

接着，渭南、延安、宝鸡、榆林……全省各地区的大队人马都来到职田参观。后来还有少数外省的也来参观。各大队农建工地的道路上，经常排列着一行行汽车。

10月5日，咸阳地委向各县（市）委、各公社党委并报省委，批转了旬邑县委《领导亲自动手，逐项落实农村经济政策的报告》。文件指出，"今年以来，各地通过批修整风，在贯彻落实农村济政策方面做了不少工作，取得了一定成绩。但是，当前主要问题是，有些领导同志还没有从形'左'实右路线的影响中解脱出来，对落实农村经济政策的重要性认识不够，决心不大，工作抓得不具体，'下等上推卸'的现象比较普遍。地委要求各级党委，在贯彻省委农村工作会议精神中，对落实农村经济政策进行一次认真的检查总结。要以批修整风为纲，在今冬明春，通过农田基本建设、年终分配、整顿基层组织等工作，全面认真落实农村各项政策。各县（市）委应像旬邑县委那样，抽出必要的力量，由主要领导干部亲自带队，抓点带面，逐社逐队，一项一项地落实，力争在今冬明春，使'以粮为纲，全面发展'、'各尽所能，按劳分配'、劳动管理、财务管理等方面存在的主要问题基本上得到解决"。

咸阳地委书记马维藩亲来职田进行了考察部署，指定地区农业局局长专驻职田做筹备，于11月上旬在旬邑召开了地区农田建设现场会，重点参观了职田。

10月下旬，省委研究室主任兼农委主任朱平带领省地十多位同志来到职田，深入有关大队逐个调查改写原报的8份材料。朱平理论厚实、尊重实践、善于思虑的特质溢于言表，与他的多日相处，给公社的同志们留下善于作调查研究的印象。

12月21—25日，陕西省革委会在旬邑召开落实农村经济政策和农田基本建设现场会。12月21日，省委副书记、省军区司令员黄经耀和全省各专区及个别县的主要领导共100多人，视察职田公社农田基建现场，并参观了各个工地的多种经营展览，对联片治理、发动群众大搞农田基本建设的做法给予高度评价。

在会议总结讲话中他特别强调，"旬邑县的同志在落实农村经济政策和大搞农田水利基本建设方面做出了很大成绩，总结出很好的经验。他们以批林整风为纲，狠抓农村经济政策落实，把广大群众建设社会主义的劳动积极性充分调动起来，发扬艰苦奋斗自力更生的革命精神，大搞农田水利基本建设，有力地促进了农业生产的发展。他们的基本经验是好的，带有普遍意义。各地要认真学习，结合实际，进行推广"。他还特别指出，"同志们这次参观，学习了职田公社平整深翻，大搞农田基本建设的经验。职田公社有它自己的具体条件。全省不少地方条件比职田更差，也有很多地方条件比他们要好。但是，职田的基本经验，无论高原沟壑区、丘陵沟壑区、土石山区、风沙区、河谷川道区，无论陕北、陕南和关中，都是适用的，值得学习和推广"。

会议还印发了职田的7份材料，由于会前经朱平主任他们调查访问和重新改写，与县社整写的材料相对比，政策上更规范，思想上更准确，事例上更典型，逻辑上更严谨，语言上也更通俗。就使用语言这一点，他们也花费了不少心血。照庄的财务管理材料改完之后，他们请来几位社员代表逐段念，逐段询问代表们如何理解，代表如有不甚理解的用语，他们便以社员们能够准确理解的用语来代换。这种行文作风，为基层机关的同志们树立了标杆。

六、报刊的广泛宣传

在省地县各级党委和革委会通过文件、会议不断总结推广职田经验的同时，省级以上报刊的宣传也在步步跟进。

1972 年 8 月 8 日，《陕西日报》头版发表了旬邑县职田公社新杨村大队党支部的署名文章《依靠群众落实党的林业政策》，介绍了该大队通过落实政策，明晰林权，促进植树造林的进展和成效不断提升的经验。

1972 年 9 月 25 日，《陕西日报》发表了旬邑县革委会副主任刘书润署名的文章《在学习上无"捷径"可走》，主要谈了自己坚持读书学习，用理论指导工作实践的心得体会。

1972 年 11 月 11 日，《陕西日报》头版以本报记者与旬邑县委通讯组合作的名义，刊出《发扬延安精神，大搞平整土地——旬邑县职田公社的调查》。文章用两首民歌描绘了职田高原面貌的变化，旧貌是"黄土高原地没唇，暴雨冲走金和银；高处肥土水冲走，低处洪水淹村民"。平整土地后的新貌则是"路端埂直树成行，原面平整地成方；蓄水保肥庄稼旺，生产生活变了样"。文章重点介绍了职田干部群众树立大农业思想，加强全面规划，切实保证质量和不断总结发现规律的做法与经验。同时还配发"短评"，针对全省问题，指出了土地平整对于发展陕西农业的重要性，提出实现大地园田化的目标；用职田公社的典型例子说明，实现规划的关键在于有很大的干劲。

1972 年 10 月 15 日，《陕西日报》二版刊发头条文章：《深入一点，取得经验，推动全般——中共旬邑县委落实农村经济政策的经验》，介绍了旬邑县委主要领导深入职田"解剖麻雀"，总结推广该社落实农村经济政策，推动各项工作上台阶的典型经验，促进了全县农业生产的发展。

1973 年 2 月 20 日，陕西省委以正式文件批转了旬邑县落实经济政策，以及职田公社农田建设的经验。省委刊物《陕西情况》1973 年第 3 期刊登了职田公社党委的文章《鼓足干劲改土治原》，该文的编者按指出，"希望各地都能像职田公社那样，认真摸索治理规律，因地制宜，全面规划，分期实施，苦干实干，三五年就可改观"。

1973 年 5 月 31 日，《陕西日报》刊发职田公社的署名文章《大干快变要搞群众运动》。文章强调，要实现大干快变的目标，就要通过深入细致的思想工作，把人民群众的积极性充分调动起来。

总之，1972 年下半年到 1973 年上半年，省报省刊对职田的宣传比较集中。此后差不多每半年，《陕西日报》总有调查报告或工作通讯反映职田的情况，每有省委领导来社指导工作，该报也都会发出消息。中央的一些媒体也对职田给予了较多关注与反映。其中，影响范围较大，引起社会反响较为强烈的有以下几起。

1975 年 11 月，中央新闻制片厂以《为贫下中农打柴》为题目，录制了全面反映职田干群关系、工作作风和社员群众治原实绩的影片并在全国放映。

1976 年 2 月 5 日，《人民日报》在"农业学大寨"栏目刊发了《为贫下中农打柴》的通讯，对职田干部群众治原、治沟、造林的实绩作了介绍，反映了县委书记刘书润带领职田公社党委一班人，坚持 8 年为烈属和困难户打柴和送温暖的事迹，强调了关心群众生活，密切干群关系的重要意义。

1976 年 6 月 3 日，《陕西日报》刊登了旬邑县委书记刘书润的署名文章《群众是真正的英雄》，主要介绍刘书润在治理黄土高原中发动群众和依靠群众的感受与体会。

1977年11月14日，《陕西日报》第二版头条刊发了旬邑县革委会署名的文章《掌握自然规律治理黄土高原》。文章从理论和实践的结合上，系统总结了职田公社数年来在治理黄土高原的实践中逐步形成的一些规律性的认识，对丰富黄土高原水土流失综合治理的理论和实践有着重要意义。

上述报刊所刊发的文章，不论作者和署名是谁，实际上都是职田人民用镢头铁锨和血汗，首先写在了职田的大地上，都是职田人民在战天斗地的伟大斗争中所体现出来的伟大精神、崇高品格、辛勤劳动和丰富智慧的汇聚与结晶。

通过省市县各级党委和革委会的持续关心与推介，经过各类媒体的广泛宣传，"学大寨，赶职田"的口号在陕西全省越来越响亮地传播开来。职田"大干快上"的步子也自然地越赶越紧。以前工作的张弛掌握，主动权尚在公社，在这以后，便加上了省、地、县委的因素，加上了兄弟地、县、社参观促进的因素，张弛掌握已经身不由己了。

职田的经验包括两个方面，一是黄土高原治理，二是落实农村经济政策的探索和实践。成为全省典型，就意味着在这两个重要方面，职田都被推上了一个全新的起点。

吕明的小诗，反映了当年的有关史实：

（一）李瑞山考察到职田
1972年9月16日

先念督战到陕西①，

掀起农建波澜激。

---

① 8月下旬，李先念陪同西哈努克亲王来陕，顺道督促陕西农建。

农业要大上，

条件是根基，

抓水利，平土地，

解决吃饭大问题。

瑞山考察下三秦，

典型带路好发群。

职田大干旱，

战果感动人，

前头进，后头跟，

全省农建气象新。

（二）咸阳地区农田现场会在社参观

1972 年 11 月 7 日

春夏与秋冬，风雪与霜露，披星戴月顶日头。治理残原坡与沟，筋骨钝，人黑瘦。

园林与埂路，植林与造湫，关心粪土猪羊牛。诚惶诚恐务黍豆，抗天灾，夺丰收。

（三）黄经耀来照庄 [①]

1972 年 12 月 21 日

风雪更添英雄意，

[①]　黄时任陕西省委副书记、陕西省军区司令员，来旬参加省委落实农村经济政策暨农田基建现场会。

车飞镢舞平土地。

落实定额纠平均，

适应生产调关系。

（四）早池一队经济调查

1975年12月1日

二十三年穷未变，

怪天怪地怪社员？

"耕三余一"话当年，

路线政策待深研。

（五）章泽^①考察壮观台

1977年4月16日曹家硷

山上山下杨柳发，

川前川后桃梨花。

章泽来访壮观台，

台台种黍又种瓜。

（六）向李登赢^②汇报生产管理革新

1977年4月28日

田间管理包地段，

---

① 章泽时任陕西省委副书记。

② 李登赢时任陕西省委副书记。

牲畜按员分小圈；

山庄四分兼四统，

责任制使劳效变。

第六章

全面发展一直在路上

一、必须说说全面发展

职田公社大力推进山水田林路村综合治理，力图从根本上改变农业生产的基本条件，说到底是为了加快农业发展，尽快把粮食产量搞上去。这实际上就是在贯彻"以粮为纲，全面发展"的方针。

史料记载，早在 1958 年 6 月，毛主席就有"以粮为纲，全面发展"的说法。1960 年，中共中央提出发展农业的总方针，概括起来就是，以粮为纲，全面发展。在大力发展粮食生产的同时，积极发展经济作物，并努力做到农业、林业、牧业、副业和渔业的五业并举。毛主席还根据我国农民群众的实践经验和科学技术成果，于 1958 年提出农业增产的八项技术措施：土、肥、水、种、密、保、管、工。这八大措施曾被普遍称为农业生产的"八字宪法"。

整个"文化大革命"期间，一直到改革开放前夕，"以粮为纲，全面发展"和"八字宪法"，几乎无一例外地成为各级政府发展农业相关文件中使用频率最高的词汇。推动农业大干快上的全国"农业学大寨"运动，实际上就是亿万农民群众对这一指导方针的全面实践。

处于这样的历史阶段和社会环境，职田公社的全部工作，必然是对这一方针的全面贯彻落实。山水田林路村的综合治理以改土保水为直接目的，根本目的则是粮食产量的提高和农民群众吃饭问题的真正解决。因此，虽然从 1970 年以来，山水田林路村综合治理始终是职田的中心工作，但"全面发展"的其他工作，也一直在有序地同时推进。加之全县的工作部署中，每年总少不了强调四到五项所谓"硬仗"。一旦被定为"硬仗"，就意味着各个公社必须有具体目标、有落实方案、有推进措施，而且必须付出相当代价去组织力量硬拼，才可能符合县上的工作要求。县上还会以各种不同方式，不断进行督促检查。

比如，1971 年 10 月 2 日的《旬邑县委关于今冬明春学大寨运动的安排意见》中指出，要"认真落实'以粮为纲，全面发展'的方针，以农田水利基本建设为中心，狠抓养猪积肥，深翻改土，积极发展林业和副业"。林业方面要求开展每人种一升核桃的群众运动。以用材林为主，积极发展核桃、花椒、柿子等经济林木。副业方面要积极发展旬邑地区传统的编织、工匠、加工、挖药、山货等副业生产。

1971 年 11 月 7 日，县革委会副主任张继先在"农业学大寨"会议上的讲话中提出，要以革命加拼命，拼命干革命的精神，打好农田水利基本建设、深翻土地、养猪积肥、林副业生产四场硬仗。

1978 年 1 月 27 日，县委书记刘书润在全县"农业学大寨"会议上的讲话中强调，要打好农田水利基本建设、肥料建设、林业建设、科学种田和农业机械五场硬仗。

可以看到，虽然每年对"硬仗"的提法会略有不同，但除农田水利基本建设外，肥料建设、林业建设和发展副业，几乎都是每年的重点工作所要强调的。1978 年提出的"科学种田"和"农业机械"两场"硬仗"，前几年也都提及，但多是在发展副业的目标中，强调要为科学种田和发展农业机械积累需要的资金。

事实上，职田人民在大力推进农田水利基本建设的同时，也在大抓肥料、植树造林、积极发展多种经营和副业生产等方面付出了大量心血和汗水，并取得了丰硕的成果和丰富的经验。这些工作并不是和农田基建截然分开的，而是相互渗透、相互促进，共同服务于粮食增产和群众生活改善这一根本目的。

二、穷尽办法的肥料建设

"肥"字在农业八字宪法中排在第二位，足见它对粮食增产的重要作用。农民群众也有谚语："庄稼一枝花，全靠肥当家。"因此，各级政府强调大抓肥料，农民群众是完全理解和认同的。在连年狠抓肥料建设上，职田的各级领导和广大群众可以说是想尽了办法。

1969年5月27日制订的职田公社"农业学大寨"规划中，关于肥料建设提出的要求是，各大队要抓大家畜肥料，同时要狠抓养猪，要队队大办养猪场，还要发动社员家庭养猪，做到每猪有圈，实现1973年每人达到一头猪。另外，要推广大寨的秸秆还田和沤制肥料的经验。

1970年5月制定的职田公社"四五"经济社会发展规划草案中，关于肥料建设，除上述内容外，进一步提出"坡碹地每年要大搞几次突击搜肥运动，并按照社员的肥源情况，规定投肥任务，组织社员定期向生产队投肥。耕地面积大、肥料少的队，要积极种植草木樨、毛苕子和豆类等绿肥，以增加土地的肥力"。

1973年4月底5月初，为借鉴关中地区粮食增产较快的先进经验，职田公社组织了各大队党支部书记和部分生产队队长共50人的学习参观团，专程去礼泉、兴平和长安等县学习考察。这几个县大抓改土、养猪和肥料建设的系列做法，让大家深受启发。根据考察组成员们考察中的感受和体会，参与考察的吕明回来后向县社领导就突出抓好肥料建设，写了一封建议信：

职田各队书记下烽火、北马等队参观后，激发起来的热劲很大，认识到职田治原（平整加深翻）的路子对，是打"八字宪法"指出的改土第一仗。这是科学种田的第一大科学，是一切科学措施的基础。几年经验证明，在渭北平原，经过平整后，比原来增产一成到两成。改土战役，要按原规划打到底，这是永久起增产作用的一仗。

同时认识到，"三跑"的矛盾一解决，应配合打"肥"这个"八字宪法"指出的第二仗。如果说从永正取回了改土经，那么这次下北马、烽火和小新村就取回了抓肥经。种田的实践反复证明，肥料加上去，增产幅度就可能不在一成两成。施肥加几番，产量起码加一番。这次参观后，大家说，"不能臭气熏天，就不能粮食上千"，"三跑田变成三保田，大增产还要加肥源"，"人家亩施 25 大车有机肥，田头比咱们厕所臭"，"他们田里的土，给我们是好粪。"

抓肥，大家的意思是搞肥料基本建设，过去搜搜扫扫，捎捎带带，甚至大片坡碴白地下种，给地没上进去啥，要它上纲要不可能。职田同志感到产量上不去，压力很大，说要以打农田建设仗那样的气魄，花人花工花钱大搞，要有调查，有规划，有社会主义大农业的抓肥法，而不能用小农经济的抓肥法。

四大肥源（人畜肥、猪肥、秸秆沤肥、菌肥）中，应主攻猪肥抓猪。不能只喊赶几时几时达到多少头，而要解决具体问题，比如落实"五化"（粉草机化，糖化饲料化，两季饲草苜蓿化，每生产队 30 头母猪猪场化，各户人厕猪圈化），这种雷声大，雨点也大的办法，才可能把猪抓上去，不然只是空口号，没实效。大家认为，种这绿肥，种那绿肥，都不如种苜蓿。种苜蓿可以一举几得，实现牛肥、猪胖、地壮和庄稼旺。

从这封信明显可以看出，这次考察，让职田的社队干部进一步增强了抓肥料的决心和信心，也更加厘清了四大肥源的具体抓法。这对职田公社后面几年的肥料建设，无疑起了非常重要的作用。

对于肥料建设，职田可以说每年都有新套套。到 1975 年，他们对抓肥料的意义的理解，对具体抓法的安排部署，就显得更加系统和全面。这主要体现在当年 7 月《关于打好土、肥、水、林四个硬仗的规划》中：

这几年，经过治理的土地最浅处不下一尺五，最深处一丈开外的土层齐齐翻了个身。这些地在各种自然灾害面前都充分显示了它的优越性。但是，与大寨相比，这仅仅是为创高产打下了基础。地平了，要夺高产，其他措施要跟上来。这就要大打肥料翻身仗，势夺千斤产。肥料建设要坚持以农家肥料为主、化学肥料为辅的原则，自力更生，就地取料，广开肥源，大搞运动。

一是专业班子与群众运动相结合，各队要抽7%的劳力，建立常年肥料专业班。搞积、搜、沤、投、制，积好肥、管好肥、验好肥；打胡基、托泥坯，为更换炕、锅头和烟囱备好料。每年春秋冬，都要全面动员，全民动手，集中一段时间，大打肥料战役，更换炕、锅头和烟囱，实施秸秆还田、青草沤肥和化学制肥。

二是搜与积结合，发动群众广开肥源。搜，就是向老炕、老房、老墙、老山皮要肥。刮窑甲子，扫漆灰，铲碱土，扫路面，扫街道。炕、锅头、烟囱要一年一换，老房逐年拆换。积，就是主要抓养猪和大家畜积肥。今年底，全社17个大队、63个生产队的猪场，养母猪要达到850头，每个养猪场达10头以上，生猪存栏数达到11000头，年底户养生猪3头，队养生猪30头。建立一支可靠的饲养队伍，一条切实的饲养制度，一座宏伟的猪场，1976年做到场、圈、舍干净配套。1978年底，大队办起百头猪场，生产队办起50头猪场，三户一头母猪。到1980年，全社共养猪2万头，实现一人一头猪，一头猪保一亩肥。同时积极鼓励社员家庭养猪，认真贯彻政策，帮助解决具体困难。每年生产队为社员提供仔猪3200头，交售肥猪奖售精饲料，每年夏秋两季生产队提供粗饲料。生产队按社员养猪头数定肥，按肥定等，按等定酬。大家畜在"五五"期间，每年每个生产队净增3～5头，现在存栏1967头，1980年达到4000头，羊每年净增800多只，现在4284只，1980年达到1万只。一头大家畜保三亩肥，五只羊保一亩肥。扩大饲草面积，提倡苜蓿下沟，沟坡台地种苜蓿。1978年，一头大家畜达到一亩饲草，20只羊，一亩饲草，改放牧为圈舍饲喂，改土垫圈为柴草和麦衣垫圈。

三是沤（种）与投相结合。每年小麦收割时，80%的面积放高茬翻压肥地，夏秋两季各搞一次全社性的割青草沤肥运动，每劳割青草 1000 斤，职工干部每人 500 斤。每人扫树叶 300 斤。每年麦衣全部沤肥，秋田禾秆按 60% 沤肥还田，同时大种绿肥，今年全社共种绿肥 600 亩。压青占总面积的 30%，1976 年绿肥压青达到冬夏闲地的 1/3 以上，赶 1977 年所有耕地种绿肥一次。在绿肥品种来源上，今年繁殖，明年自给，全社建立 150 亩的繁殖基地。在种植上采取纯种和套种两种方法，玉米地套种毛苕子，麦田套种草木樨。

四是抓农家肥料与化学制肥相结合。农家肥抓积（大家畜和养猪积肥）、沤（秸秆还田）、种（种短期绿肥）、烧（锅底、炕）、扫（扫街道路面、扫漆灰、碱土）、刮（刮老窑甲子、老墙皮）、拾（分散人畜粪便）、碾（碾炉渣、灰）等。化学制肥主要是制 5406 菌肥腐殖酸肥料。去冬今春，全社共堆制腐殖酸氨肥 200 万斤，大秋作物平均每亩施到 200 多斤，磷肥 50 斤。还要油饼还田，确保每块地施足底肥。去年公社开展"双百123"活动（利用生产和工作间隙，每人扫树叶 100 斤，拾粪 100 斤、风化煤 200 斤，拾其他粪 3 大车），这一活动今后要进一步坚持下去。通过打肥料仗，确保小麦每亩施肥 10 大车、冬苕肥 8 大车。大秋作物施底肥 15 大车，追肥 5 大车。逐步变石板田为海绵田，粮食亩产突破千斤关。

这个规划的时间覆盖到 1980 年，因此 1980 年以前的几年，职田抓肥料建设，主要就是落实这个规划。在落实规划的过程中，他们的认识不断深化，工作措施也不断在细化、延伸和拓展。

1976 年，公社又提出人厕水茅化，推进作物倒茬，实现以地养地，以及对土壤黏性过大的田块，掺进炉渣炭，以改造土壤成分等措施。

从 1976 年 11 月 6 日恒安洲二队的劳力安排就可以看出抓肥料建设方面基层生产队所下的功夫。当时一方面有农建大运动，另一方面有以肥料为中心的各种杂活。经过认真分析研究，在劳力部署上首先保农建，决定由一名副队长带队，抽 34 人参加公社统一的农建大会战。在家留下 40 名劳力，要负责铡秸秆、沤秸秆、刮磕畔、碾豆子、摔稔（紫苏）、犁地、给油菜地冬苦等。在家的劳力大体安排是：20 名劳力铡秸秆；15 名劳力碾豆子、摔稔。5 名劳力犁地，这些都要在 3 天完成。之后，40 名劳力全部投入刮磕畔，到刮完为止。其间，40 名劳力每天早饭前和晚上都要加班，负责给油菜地运送冬苦肥。

1977 年又有了进一步措施。一是推进猪场管理改革，肥猪场放在原上，仔猪放在沟里，便于仔猪奔跑活动。一个场分成三个小场，搞岗位责任制，喂好喂坏有对比。要求每小场的饲养员搞好草料库，做到分类喂养。二是大种苜蓿，山坡地苜蓿每户达到一亩，一方面为养好家畜，另一方面为倒茬肥地。三是规范沤肥的操作流程，科学控制沤肥池的水分和温度，确保沤肥的质量。四是对猪、羊和大家畜评价建账，搞单槽核算，根据价格升降并参考积肥和卫生，给饲养员评分记工。五是每年搞一次畜牧评比，以激励大家尽可能地把各类家畜养好。

应该说，职田的肥料建设确实是把能够想到的办法都想到了，都实施了，绝大多数办法和措施也收到了预期的效果。在新修耕地占比很高的情况下，职田还能做到粮食连年增产，抓肥料建设绝对居功至伟。虽然现在看来，其中的铲"三黑"（窑上黑甲、房内黑壁、墙上黑皮）等办法很难持续，投入产出比也很需要作具体分析，但他们抓肥料的决心、劲头、措施和付出的艰辛劳动与巨大努力，实在是堪与抓农建相提并论。

三、与农田基建同步推进的林业发展

职田大抓林业是同抓农建同时起步、同时推进的。1969 年 5 月 27 日制订的《职田公社农业学大寨规划》就明确，"每年春季积极开展群众性的造林育苗运动，做到绿化田旁、村旁、路旁、屋旁和井旁，实现全社五年队队五亩果园，文家川、牙里河两个坡树林化，沟壑林带化，实现队有苹果园、桑园和苗圃，力争全社五年植树达到 500 亩，零星植树 70 万株"。

1970 年 5 月 20 日出台的《职田公社"四五"规划（草案）》进一步提出，"从今年起到 1975 年，全社 17 个大队的宜林大小沟壑 31 条，面积 25000 多亩，全部实现绿化。阳山阳坡栽上花椒、柿子、核桃、枣，阴山阴坡栽上杨、柳、楸、桐和刺槐，大小道路林成行，南北沟畔林成带。1970 年到 1975 年，每年每队必须保证育苗两亩，并积极发展苹果和桑园，在今年已经办起的 28 个苹果园（每队 10 亩）、14 个桑园（6～10 亩）的基础上，到 1975 年，苹果园和桑园发展到 63 个，每个生产队实现两园化"。

到 1970 年春季，原面治理进入高潮后，全面规划，因地制宜，土与水林综合治理，原边建立防风林带，原面实现园田林网化，就成了林业建设的工作主调。在植树造林中，职田公社还认真吸取了过去只造不管、成活率低的教训，从栽到管，一抓到底。栽植时采取统一规划，全民挖窝，专业队栽树，严格检查确保造林质量；栽后又定株定人，分片划段，建立档案，落实责任，经常浇水、锄草、防虫和看护，使全社新造幼林成活率达到 96%。

为了落实全县关于土、肥、水、林四场硬仗的工作要求，1975 年 7 月 15 日，职田公社对林业建设再提新目标：目前全社共有宜林面积 2.7 万亩，已绿化 1.5 万亩，占总面积的 55.5%。四旁植树 197 万株，绿化道路 185 条，长 508 华里，每人平均达到 100 株，今年已有 7 个大队实现了村庄密林化。全社苹果园 750 亩，核桃基地 1200 亩，桐树基地 100 亩，柿子园 50 亩，梨树基地 157 亩。到 1980 年，全社发展苹果园 6000 亩，核桃基地 3000 亩，柿子基地 1500 亩，梨树基地 1000 亩，桐树基地 500 亩，平原、沟壑、阳坡、阴坡全部绿化。公路和生产路添株加行加大密度，公路每侧达到三行，队际之间道路每侧两行。1977年，17个生产大队全部实现村庄密林化，沿沟边的15个大队，各造防风护沟林带25条，每带栽植10行，实行乔灌木结合。

在实施这一规划的过程中，不断调整着林业建设的思路。1976年将林木布局明确为，紧跟农田建设，以树为线，划地成方，原面补栽划大方，村庄密林成小方，坡咀大体栽成方，沟河不留闲地方。原面主要绿化新路，补栽老路和林带损坏的树。选一个大队，顺埝植树，分划百亩方，拿出高标准园林样子。各大队都改直加宽街道，栽植密林村。坡咀路埝的规划基本上已划地成方，绿化也大体成方。各大队所剩沟坡宜林面积一齐绿化。各路树间一律栽植紫穗槐，每生产队5亩苗圃（除育刺槐、加杨、泡桐外，注意育中槐、楸树、椿树、果苗等），全社育苗315亩，每个生产队5亩果园，全社达到3000亩。苗圃育苗除自给外，要达到可向外出售。

在全社治理沟坡进入攻坚阶段后，实行治沟和造林相结合，所有沟壑，自上而下一次治理，既修梯田，又修林带。挖反坡林带坚持质量为先，因地制宜确定长宽，带宽适当，外高内陷，边要砸实，里要刨软，埝宽一尺，高七寸半，石块要拣，表土铺面，见树（包括酸枣、杜梨子）必留，杂草必铲。

到1976年底，全社共挖反坡林带17400亩，整片造林30273亩，其中经济林3800多亩。栽植防风林带3条，56华里，绿化道路160条，四旁植树247万株，人均120株，种草2491亩，初步实现了原面林网化，村庄密林化，沟坡林带化，阴山用材林，阳山经济林的目标。林业的充分发展，对于减少水土流失，固沟护坡，改善气候，美化环境，繁荣经济，提高群众生活质量，都起到了无可替代的积极作用。

四、戴着镣铐跳舞的副业发展

在当时的农村，所谓副业，大体是指粮食生产以外的多种经营，但其涵盖范围常常不是十分明确。按理说，种植业中的各类作物，养殖业中的猪鸡牛羊饲养等，都可用于经营，但因粮食和肥料短缺，在实际规划和安排工作时，粮油作物常被归入粮食生产，家庭养殖则被归入肥料建设。这样，副业或多种经营一般指的就是与林业有关的核桃、红枣、苹果等果树种植；花椒、小茴香、烤烟、药材等经济作物种植；醋坊、豆腐坊、油坊、面粉坊等生活用品加工；农具修配、砖瓦制作、饲料粉碎、中小农具制造等生产服务活动；木匠、铁匠、泥瓦匠、竹编藤编等手工技艺人员的经营活动，以及少数的外出务工等。

由于副业生产在农村生产生活中不可或缺，职田的工作规划和计划中总是要对其进行安排部署，如1969年5月的《职田公社农业学大寨规划》中确定，在现有面粉厂的基础上，1970年在牙里河修建小型发电厂1个、农业机械修配厂1个，承办砖瓦厂5个、小煤窑1个，实现四个队有"四坊"，即醋坊、豆腐坊、油坊和面粉坊，达到两个川和职田街、马家堡、旱池、照庄、景家初步电气化。大力购买柴油机，实现1973年全部用机器磨面，改变人推磨子的现状，尽力解放劳动力。

1970年5月的《职田公社"四五"规划（草案）》提出，积极发展为农业生产服务的小型工业和手工业，5年内全社在现有手工业社的基础上，办起有10个小车床的农具修配厂、综合加工厂和林场，各大队都要办中小型手工业农具的制造修理厂、面粉加工厂、饲料粉碎和砖瓦厂，牙里河、文家川大队要办小型水力发电厂，照庄大队的编席，旱池和万寿大队的编簸箕，寺坡大队的编筐编笼等都要组织和加强，要坚持集体生产。各大队都要办"四坊"。

发展副业的主要目的，一方面是为农业机械化筹措和积累资金，另一方面则是为了方便群众的生产和生活。但由于"文化大革命"极左思潮的干扰，发展副业稍不留意就会被戴上"走资本主义道路"的大帽子，因此一些生产队的副业发展一度停滞，造成化肥农药没钱买，机耕费无钱付，甚至给牲畜治病的钱都要东拼西凑，群众的日常生产生活也遇到许多具体困难。在当时的社会背景下，要发展副业就必须考虑如何应对和解决两方面的矛盾：一是要走集体主义道路、壮大集体经济，还是通过发展个体经营或家庭经营，同时适当增加个人和家庭收入；二是要分出部分劳力、消耗一定资源，根据需要和可能适当发展副业，还是顾虑同集体生产争劳力、争资源，而完全堵死副业的发展之路。

为解决好这两方面矛盾，公社领导班子1971年春曾专题讨论这一问题。大家没有空对空地谈理论、议政策，而是具体分析了公社信用社提供的武家堡两个生产队的实例。第二生产队走的基本是"单一经营"的路子，每年现金收入很少，拖欠外债2000多元，日常费用开支一直捉襟见肘。第一生产队在发展粮食生产的同时，坚持种植甜菜和小香，还抽出力量抚育山林，近两年多种经营收入每年保持在两万多元，不但还清了历年的旧贷款，还买马12匹、驴2头、架子车6辆、新修窑洞2孔、房13间。粮食亩产1972年比1970年高出148斤，比第二生产队高出50多斤。这两个生产队的事实让党委成员很快达成共识，必须在坚持以粮为纲的前提下，毫不动摇地大力发展以多种经营为主体的副业生产，并做出决定：没集体副业的队绝不能单一务农，必须以多种形式发展多种经营，有集体副业的队也不能重副轻农，没副业门路的要尽力挖掘潜力，尽早迈开步子，同时又要坚持以粮为纲，全面发展。人力安排上农业要占到80%以上，副业可占20%以下，努力争取实现以副养农。特别是一些副业如木工、瓦工、短途交通等，为了限制私人的无序经营，必须由集体组织劳力去兴办，因为这些活路都是群众生活需要的，集体不搞，群众迫于生活需要，还是会用私人。

为促进副业生产发展，也是在1971年，公社及时指导早池、照庄等大队注意划清有关政策界限，逐项落实了定额管理、合理奖励、多劳多得等农村经济政策，并详细规定了个体经营者向集体的上缴比例，按其缴纳额度评记工分。农民群众利用空闲时间进行的采集、编织、种植、饲养等家庭副业，也得到各生产队不同程度的支持与鼓励。1972年12月，还在照庄举办了多种经营展览，介绍照庄发展多种经营、加强财务管理，购买柴油机加工养猪粗饲料，三次组织副业队外出务工，办粉坊解决养猪精饲料等方面的具体做法和成效，在全社产生了很大影响。

为了解决发展多种经营的资金问题，公社党委要求职田营业所和信用社把落实党的农村经济政策、支持各村队农业生产和多种经营发展当作头等大事。要深入村队了解情况，宣传政策，帮助寻找经营门路，对有发展潜力的项目及时给予资金支持。由于发展资金逐步得以解决，到1974年初，全社多种经营收入达到52万元，比1970年增加8倍。农业机械从无到有，磨面、粉碎、脱粒、铡草、轧油等机器152台，拖拉机14台，抽水设备8套，5个大队通了电。生产发展了，信用社业务也活跃了。农贷连年超额完成回收任务，去年收回14.5万元，提前50天超额45%完成任务。农业存款比1970年增加5倍，社员存款比1972年增加1.6倍。职田信用社还被咸阳地区农业银行评为地区先进，在1974年的咸阳地区农村信用社代表会议上介绍了经验。

到1976年，各大队和生产队都通上了农用电。生产大队大都有了拖拉机、榨油机、瓦机、磨面机、粉碎机、脱离机、铡草机、打浆机、扬场机、抽水机等，迈出了农业机械化的坚实一步。公社还成立了农业机械管理委员会，负责领导农机的发展和管护工作。各类副业的不断发展也给人民群众的生产和生活带来许多方便。

为了进一步推动发展，公社党委成立多种经营指挥部，统一协调全社多种经营方面的劳力、土地、财力、物力和种、管、收、销等方面的政策措施与工作安排。公社还决定举办二厂、三场，即农机修造厂和煤肥厂，种畜繁殖场、林药场和编织场。这些企业主要为大小队的农业和企业服务，各生产大队主办三场四组，即砖瓦场、林药场、猪兔场，农机修造组、机耕组、编织组和缝纫组。在经济作物种植方面安排大种果蔬、油菜、甜菜、洋芋、烤烟、药材和芦苇，并强调经济作物一般都要下沟，包括开垦社内1500亩荒地，作为经济作物专用耕地。

尽管人们对发展副业的认识有了转变，相关的经济政策也在不断完善，但由于多种经营活动的从业特点，利益关系处理中易发生各种矛盾和问题，在当时不同主题的大批判持续不断的情况下，常会有人或因对利益关系处置不当，或因耽误参加集体生产劳动等原因，被上纲上线，成为大批判的对象。因此，许多副业的从业者总有不同程度、不同方面的后顾之忧。戴着镣铐跳舞，实际上是当年较多副业生产者的普遍心态。

五、地位不断提升的科学种田

全面贯彻农业"八字宪法"，这是当年发展农业的圭臬。强调全面贯彻"八字宪法"实际上就是在抓科学种田。

1969年，职田公社在安排工作时就强调，除狠抓农田基本建设外，还必须抓好良种推广，合理密植，深耕细作。要以自育自繁为主，迅速更换退化品种。要狠抓拖拉机机耕，做到深种套种间作与合理倒茬。

1970年进一步提出，要积极推广优良品种，凡是适合本社种植的高产优良品种，都要积极引进，试种推广。做到公社有良种队，大队有试验站，生产队有试验田。凡是适合套种的作物都要经过试验，积极推广套种，达到一年多熟。此外，为推广科学种田，公社还要建立科研站，大队要建立科研组。

由于职田公社对推广良种和实行科学种田的工作抓得实、抓得细，因此效果好。县委书记刘乃春在 1973 年 2 月 25 日的全县"农业学大寨"会议上，特别对寺坡大队进行了点名表扬。他指出，"职田公社的寺坡大队地处坡咀，过去在生产上墨守成规，耕作粗放，粮食产量很低。经过路线教育解放了思想，提高了对科学种田的认识。去年夏秋作物实现良种化，高粱、玉米的一半都是杂交种，600 多亩土地经过平整深翻，麦田追化肥采取耧施办法，提高了肥效。秋田作物每亩施菌肥 200 斤，大大增强了抗灾能力，粮食产量显著提高"。

1976 年初安排工作时，公社领导班子认识到，农田基本建设具备了一定基础后，要让其充分发挥威力，还必须科学种田。因此，决定从三方面下功夫。

首先抓种子革命。麦田要实现良种化，秋田坚持两杂化。选好在当地增产幅度大的骨干品种和搭配品种，下决心革"一老二杂三蜕化"的命，根据本社无霜期和日照期，确定出科学的下种期，按照本地土、肥、水、种条件，确定出科学的种植密度。

其次抓耕作革命。1976 年，凡可赶上夏灌的麦田，都要在 5 月前育好玉米或高粱苗，麦一收倒，立即移栽，一料变两料，培养千斤田。普及麦秋条播带，实行粮食作物与经济作物间作套种，高田作物与低田作物间作套种。实行宽窄行，20% 的玉米实行深挖条田播种，适时查苗间苗、定苗，过硬补苗、移苗，并要坚持深刨，及时测报病虫并采取防治措施。

最后抓科技队伍。公社、大队、生产队三级都要有科研组织。实行典型现场集中训练，关键老师分头把关，对种子、土壤、病虫都要做深入的调查研究，干部要带头搞科学种田，三级都有试验田、种子田和丰产田，大田推广新套套，都必须经过"三田"的试验。

1977 年 12 月，公社组建了科学种田领导小组。参加人员包括党委成员、水保员、农机员，以及部分大队有钻研能力的农技员。小组成立后，首先做出计划安排，分阶段组织领导小组成员深入学习中央关于农业科技推广的文件和会议精神，学习毛主席开展技术革命的思想，引导大家弄清楚科技现代化与其他三个现代化的关系，不断强化大抓科学种田的思想武装。同时，根据职田推进科学种田的经验教训和收获，以及实践中提出的各类新问题，有计划地组织大家学习土壤学、生物学、生物化学（肥料学）、农业气象、农业机械和植物保护等方面的有关知识，提高对土、肥、水、种、密、保、管、工科学性的全面了解和准确掌握。要求根据每个人的岗位职责和工作性质，重点学习和研究一个专业方向。

小组还研究决定了以下事项。

一是决定选土、肥、水、种基本条件较好的职田街、马家堡、武家堡、早池、新杨村和照庄生产大队，建立不同作物和不同类型的农业科研与技术推广基地。

二是举办科学种田和农业科技推广报告交流会，由领导小组成员结合理论学习和职田多年的实践经验，分工准备，重点发言。在重点发言后组织进行集体讨论，力争把农田基本建设、土壤沤肥、水利水保、作物种植等方面的科技问题尽可能地学深研透，以便更好地领导和指挥全社的科学种田与农业科技推广工作。首批报告发言的分工是，土壤与肥料——吕明；治理黄土高原——武相平；水利水保——唐兴文；种子革命——刘有贤；植物保护——赵三存；农业气象——傅世芳；大秋两杂——马耀祖。

三是研究确定了1978—1980年农业科研规划，决定着重研究的问题是：改良土壤的理论要求与实践项目；治原治沟治坡的理论与实践；小麦和大秋适宜职田的新品种；植保应用研究的主攻项目和保护水平；农业机械研究设计使用的项目；水利化需要重点解决的问题；编写职田农业气象记录手册；农科研究设备的购置与创制要求，农科网、农技学校、中小学教育在普及农技方面的要求；粮食产量要求，多种经营收入要求；对其他相关社会科学、自然科学的基本要求等。

规划强调，知识学习和科研工作要适应变化的新形势，适应职田的社会管理体制，适应农业生产的迫切要求。

四是在做好充分准备的基础上，开展科学种田的表彰奖励工作，进一步完善科学种田和推广农业科技的激励机制。

我们这里全文引用吕明牵头搜集整理的《职田农谚辑录》，从中可以看出，职田公社的领导们抓科学种田，他们劳神费力地下了多少"笨功夫"和真功夫。

职田农谚辑录（1977年8月6日）

（一）节气

万事可迟，勿违农时。

种田无命，节气抓定。

小麦种迟不见头，油菜种迟不出油。

人误地一时，地误人一年。

谷雨前后，点瓜种豆。

春争日，夏争时。

春打六九头，遍地走耕牛。

种麦一月，熟麦一晌。

晚种一天，晚收十天。

宁挨春冻，不挨秋霜。

早种三分收，迟种三分丢。

大暑种晚秋，十有九不收。

立秋不出头，割了喂老牛。

处暑早，秋分迟，白露种麦正适时。

处暑种高山，白露种原川。

洋芋不害怕，一直种到夏。

结实要大，昼夜温差。

立夏瓜，不到家。

（二）土

庄稼要好，犁深肥饱。

深耕加一寸，顶上一苲粪。

秋耕要深，春耕要浅。

秋耕一早，油水就饱。

惊蛰不耙地，蒸馍锅里跑了气。

春耙麦梳头，顶上一层油。

（三）肥

施肥讲办法，看时看地看庄稼。

冷粪果木热粪菜，生粪上地连根坏。

猪粪肥，羊粪壮，牛马粪多也一样。

大粪一季，油饼一年。

夏天缺家肥，青草补空白。

见青就是见肥。

七月草是金，八月草是银，九月草变老，十月草不好。三年土成粪，三年粪成土。

撒粪一大片，不如线和点。

年后不如年里，年里不如施底。

小麦何时肥急需，返青拔节和孕穗。

多上粪、庄稼好，还看施得巧不巧。

施肥过了量，籽粒反不壮。

（四）水

多收少收在于肥，有收无收在于水。

上粪不浇水，庄稼噘着嘴。

旱耥田，涝耕园，有钱难买五月旱。

收麦前后浇大秋，十年倒有九丰收。

玉米不怕旱，开花缺水要减产。

麦收八十三场雨（农历八月、十月、三月各有一场透雨）。

麦收要七水（底墒水、封冻水、返青水、拔节水、孕穗水、扬花水、灌浆水）。

（五）种子密植

种地选好种，等于土地多几垄。

种子壮、苗子胖。

种子田，务不闲，忙一时，甜一年

稀三斗，稠六斗，不稀不稠打九斗。

麦收三件宝，头多穗大、籽粒饱。

高粱五千谷两万，玉米两千苗相间。

（六）保

黑疸丢，黄疸收。

黑疸不见面，黄疸收一半。

开春杀一个，胜过秋杀一千多。

一物降一物，螳螂把虫捉（黏虫的天敌——寄生蜂、寄生蝇；玉米螟的天敌——小茧蜂、卵寄生蜂；谷子钻心虫天敌——小茧蜂、姬蜂小蜂）。

（七）管

小麦怕草，也怕坷垃咬。

若要玉米结，除非叶搭叶。

若要玉米大，不叫叶打架。

玉米去了头，力气大如牛（去雄，占总株数的1/3）。

高粱不发芽，要用碾子压。

锄板响，庄稼长。

锄头有火，锄头有水。

春锄如上粪。

谷锄深，麦锄浅，豆子露着半个脸。

谷锄寸，豆锄荚，高粱玉米锄喇叭。

头遍浅，二遍深，三遍把土拥到根。

立秋处暑划破皮，赛过秋后耕一犁。

干锄壮，湿锄旺。

旱锄地皮涝锄根，不旱不涝下半寸。

谷锄八遍没有糠，棉锄八遍白如霜。

麦子耪三遍，隔皮看见面。

玉米见了铁（锄），一夜长一节。

豆子锄三遍，豆荚结成串。

花麻不论遍，越锄越好看。

（八）倒茬

茬口倒顺，强似上粪。

你有千石粮，我有豆茬地。

谷后谷，望着哭；瓜后瓜，不结瓜。

若要富，庄稼开个杂货铺（套种）。

很明显，这些农谚有当地农民世代口耳相传的，也有辑录者自己根据参与和指导农业生产的实践经验所提炼的，有的还来自相关资料。

公社领导们还把职田的 12 个主要农时细致地排列出来：

1. 冬春肥料建设：12 月 20 日—3 月 15 日（地解冻在 3 月上旬）。

2. 造林运动：3 月 16 日—3 月 31 日（后穿插运肥、锄麦）。

3. 种植大秋：4 月 15 日—4 月 30 日（后查苗补苗）。

4. 春季挖林带：5 月 15 日—5 月 22 日。

5. 大秋间苗、深刨、定苗、培土：5 月 25 日—6 月 25 日。

6. 收麦：7 月 1 日—7 月 10 日（加插空给大秋追肥）。

7. 夏季农建：7 月 11 日—8 月 20 日（加插空碾麦、秋管）。

8. 夏季肥料建设：8 月 21 日—8 月 31 日。

9. 种麦：9 月 1 日—9 月 25 日。

10. 秋季挖林带：9 月 26 日—9 月 30 日。

11. 收秋：10 月 1 日—10 月 10 日。

12. 冬季农建：10 月 11 日—12 月 20 日（前期加插空收秋、挖药等，后期加搜肥、冬苦麦和油菜）。

公社领导集体能对科学种田有这样的认识和安排，能下这样大的功夫，能费这么多的心血和汗水，职田的科学种田走上健康发展之路应该是势所必然。有科学技术的助力，职田的农业发展和各项工作跃上新台阶也具备了更加坚实的基础和保证。

吕明的几首相关诗作，也是对全面发展历程的一种反映。

（一）筹钱兴农（墙头诗）
1970 年 5 月 30 日

集体致富不算修，赚钱莫当资字斗；
化肥机电靠钱购，光出蛮力难丰收。
一林二猪三油菜，烤烟甜菜和药材；
编织铁木及拉运，外出建筑与修林。
传统副业应鼓励，抓住主项办基地；
青村蚕桑照庄席，早池万寿编簸箕；
街上菜蔬寺坡笼，两川核桃枣儿梨；
景家铁匠小峪杈，武堡合绳加熟皮；
村村开办砖瓦场，组织四坊木工队。

（二）以"三投"争多收（墙头诗）
1971 年 4 月 14 日

想叫粮食多增产，须以投入来实现；
投智投劳投资金，创造基础改条件；
治原治坡治沟滩，平整土地加深翻；
蓄拦保住天上水，多打机井引流泉；
畜肥沤肥种绿肥，化肥农药巧使唤；

购置农机架农电，多种经营提供钱；

自繁自育良种化，学习农技搞科研；

八字宪法全落实，兼顾长远抓眼前。

（三）种小麦

1974 年 9 月 6 日

蝇蠓宿堆正运肥，前十[①]不早好搭犁。

高粱红了头，玉米抱起锤；

南瓜滚绣球，糜子摇开旗。

顺畛驶过拖拉机，冲开肥土黑浪飞；

马点头，牛摆尾，平犁沟，打胡基；

糖不歇，耧不已。

好一派秋播风光，社员越忙越欢喜。

（四）雨中运肥

1976 年 8 月 22 日于小峪子村

绿肥沤成山，

离天三尺三。

山自哪里来？

来自镢头锨。

山又哪里去？

埋入麦子田。

天公会作美，

---

① 前十，指白露前十天

大雨洒遍天。

（五）钻研农业科学

1977 年 9 月 30 日于东棚

粉碎"四人帮"，科学大解放。

农业要办好，领导变内行。

社会科学精，管理跟得上。

自然科学懂，种地多打粮。

生物与土壤，农机与气象。

全面学一点，又专某一项。

读书有钻劲，实践花力量。

大田出题目，小田做文章。

点上得样子，面上去推广。

领导认识对，发言不瞎唱。

群众出了力，旧貌可变样。

如此长坚持，农业能大上。

（六）修多种经营山

1977 年 12 月 5 日于岭南坡

多经山，多经山，

几十亩药，几十亩烟，

苹果核桃辣葱蒜。

胡麻洋芋种其间。

为啥专搞多经山？

为买化肥农机积累钱。

一年打基础，二年够使唤，

三年攻下资金自给关。

（七）论茅粪
1978年4月4日于万寿

不必笑我无所论，大会小会论茅粪。

黑水汗流改茅坑，大街小巷拾猪粪。

岂不知，书记本来是农头，不抓粪土太愚笨。

农为国民作基础，粮是基石不用问。

粪为庄稼作粮食，无粪高产谁能信？

没有茅粪堆成山，怎能粮食装满囤？

没有农民广积粮，遇战遇荒必受困。

此理人多懂，实践少遵循。

是为广积粮，道理需再申。

第七章

负重前行

一、成为典型带来的巨大压力

职田的农田基建因为省委书记李瑞山的考察调研、亲自推介，以及全省农田基本建设现场会在旬邑的召开，迅速成为全省的先进典型。一方面，这对职田人民当然是极大的激励，说明对山水田林路村进行综合治理，通过大干快上，彻底改变农业生产基本条件的路子走对了，得到了各级领导和社会各界的充分肯定。另一方面，成为先进典型也给职田的工作带来了更加巨大的压力。

首先是省内外干部群众的参观学习。全省现场会开过之后，职田很快就迎来从各地赶来的参观人流。来者大多期望很高，诚意满满，总想多看、多问、多听、多交流。对职田来说，虽然在相互交流中也可以了解别人的好做法和好经验，但毕竟这样的陪同和介绍要耗去相关领导的很多时间和精力，对正常的工作就是很大的干扰和冲击。

其次是地区和县上与农林水相关的许多会议，常把职田作为现场。会议的前期筹备和会议期间的各项服务，往往要牵扯公社和相关生产队干部的许多精力。特别是，这样的现场会职田大多是经验介绍方，各方面工作都要系统出经验，对基层一线的同志们来说自然不是轻松事。

再次是新闻媒体的采访报道。不论哪方面工作，只要媒体采访报道，总是需要新进展、新做法、新成就和新经验，而新东西的出现必须有一定的过程，需要时间的积淀，绝不是随时随地都可以拿得出来的。

最后是省市领导的调研指导。1972 年以后，先后有省委书记霍士廉和省军区副政委周茂芹，省委常委、省革委会副主任章泽，省委常委、省革委会副主任李尔重，省革委会副主任、省农办主任李登瀛等省上领导和咸阳地区的多位领导到职田调研指导工作。高层领导的调研指导，对职田而言当然都是机遇，因为领导们高屋建瓴的指导，常常会使基层工作人员有拨云见日的收获。但给领导的汇报却不能只重复"过去的故事"，这就带来许多意想不到的工作量。还有，来的领导多了，有的领导就会提出一些不符合职田实际的工作要求，这就为基层工作带来更大的被动和麻烦。

此外就是实际存在但又常常不显山露水的，对职田工作，包括工作目标、工作方法、工作成绩与所获荣誉的怀疑、质疑与负面评价。

吕明曾在后来的反思中梳理过成为典型后，随之而来的诸多苦头。

一是大干快上之苦。为了满足省地县领导指导全面工作的需要，职田农田建设的春、夏、秋、冬开工时间都要走在前面，以便各地参观。不光如此，植树、春播、秋种等农活的启动，也都要走在外社前面。秋种之前县上要开备耕现场会，全社得日夜运肥，使满坳的田块都按要求布满肥堆。公社几位主要领导，每天白天下队工作，傍晚回公社碰头，然后通过广播安排第二天全社的工作，之后再连夜下队，召开点上或片上干部会议。这样的昼夜连轴转，大家都感到有苦说不出。

二是样样出众之苦。因为是"榜样"，外县、外地、外省常来人观看，所以原坡道路不得有险情，村庄街道要清扫，道路树木要刷灰，庄稼地里无猪羊。应付这些，给本来极累的社员增加了不少活路。同时，上边往往把理论队伍"批林批孔"、评论《水浒》、财务管理等的现场会都安排在职田。1976年毛主席去世不久，地委把地区各单位领导参加的一期党校安排在职田，公社领导还要讲课。1977年8月，毛远新在辽宁创办了个"社会主义大集"，上边也让在职田搞现场。职田的民工参加县上的修路、植树、修汃河、修水库等大会战，都得挣命当第一名，为全工地作榜样。这些，使得干部群众忙上加忙。因为工作劳动忙，无暇学习，不管你让讲什么理论，我们都是穿靴戴帽说革命，正话都是说农建。

三是盲从上级之苦。为了赶形势，有的省地领导会出一些脱离实际的点子，帮助制造"典型"。照庄抓治沟试点一年多，按照规划原则已治理完毕。但有一天咸阳地区农委一个领导站在原畔一望说："水库以下像大寨一样，填个人造小平原不是很好吗？"他把这个任务交给了地区在照庄住队的同志来落实。岂不知该库的坝面上下高差特别大，坝底的沟渠又比较狭窄，人力加机车花了一年多时间，挖毁填掉原来的林带树木，而填起来的平地并不多。

四是赶写材料之苦。成为典型之后，领导前来考察调研的多，公社主要领导外出介绍经验的多，这样的活动又常常都是临时通知，因而只能苦各个层级负责写材料的人。1976年冬的一天晚上，壮观台农建战区一收工，吕明即下文家川检查晚间运肥，此时他正患重感冒，全身疼痛难忍，正检查间，公社一把手李忠贤通过联村广播叫他："吕书记，请速回公社，明天省上领导来，要汇报。"随即请人用自行车把他带回公社。李说："感冒，治，叫卫生院来人打吊针。"这样，打上吊针连夜给李写成汇报稿。1977年元月，职田公社要在县四干会上第一个发言，但公社干事写的讲稿验不上。吕明正在农建工地，接到李忠贤的电话，连夜下县到所住草铺，吕明写草稿，干事在一边誊，赶在天明前写成了。这样长期白天工作，晚上写作，使身体虚弱到极点，重感冒一发，死去活来，常常便血，80年代吕明到咸阳工作的数年间，身体仍恢复不起来。其他写材料的人当时都和吕明一样苦恼。

五是政治责备之苦。任何合理的、科学的、有效的事情，在未大见效果之前总会遭到质疑，外地少数官员和一些老百姓七嘴八舌有异议不可避免。何况治理黄土高原这项庞大的工程效益滞后是规律，出现"墙内开花墙外红，墙内久久不认同"的现象也都不足为怪。令人感慨的是，当社会环境发生变化时，给这样的生产建设典型加上其他政治大帽子，求全责备，一概否定，甚至定上"莫须有"的罪名，就让善良的人们十分难以认同。

归结起来，应对上述各类外部因素和外部压力，当时的职田工作只能沿着正确方向，持续高速推进并不断取得新成果和大成果，不断发现新规律，形成新经验。

如果说过去的工作压力主要来自人民群众对改变贫困落后面貌的强烈期盼，来自职田领导集体为呼应群众期望所确定的规划和目标，在成为全省先进典型后，如何统筹考虑内外因素相互作用形成的巨大压力，尽可能地将压力转化为搞好工作的强大动力，带领全社干部群众负重前行，不断推进农田基本建设和全面发展的各项工作，就成为公社研究工作时必须回答的非常重要的课题。

二、粮食产量提升之痛

20 世纪 70 年代，陕西多地灾害频仍，加之农业管理体制方面的根本问题，国家和群众都非常缺粮。当时的省革委会副主任肖纯数次讲话，都提到向中央要粮之艰难。

李瑞山书记 1972 年 9 月来职田考察所作的四点指示中，就重点强调了要抓粮食生产。他后来谈到职田时，还多次提出一定要把粮食产量搞上去。在和大寨的高产作比较之后，对职田的这一弱点也提出了批评。

省委领导李尔重、霍士廉、黄经耀、章泽、李登瀛等先后来职田考察，都无一例外地对突破粮食低产关提出殷切期望。陕报记者也常说，你们修地的实绩有看头也有说头，但你们的产量实在说不过去。

不仅高层领导们高度重视，县上和公社每年确定农业发展目标，粮食产量提升都是核心中的核心，其他目标都围绕着这个核心确定，都指向促进粮食产量的提升。

从全社群众生活看，根据公社领导逐队调查，如前文几次所述，当年 70%～80% 的户数（主要是贫下中农）和入社前相比，吃粮有了保证。但有些队在平常年景下，总还有 10% 左右的住户，麦收前能差 2 个月左右的口粮，只能靠队里的储备粮周济。仅从这点看，作为对人民群众负责任的基层政权，也就必须首先千方百计地把粮食生产搞上去，必须尽力保证老百姓至少能吃饱饭。

为了粮食增产，首先要保证不论原面还是沟坡修地，都要靠"倒桃子"等办法保住熟土层，同时对生土层加大力度深翻催熟。其次就是想尽一切可能的办法，大抓肥料建设，最大限度地增加施肥量，并努力提升肥料的质量和肥效。最后就是推进科学种田，普及作物良种，实施间作套种，加强植物保护等。

为了提高粮食产量，首先确保全社群众的口粮过关，公社党委认真研究后认为，对职田来说，不能只讲亩产，还必须讲总产，讲人均粮食的增产。

为了粮食总产的提升，在落实土、肥、水、种、密、保、工、管等方面增产措施的基础上，公社决定设法扩大耕地面积，要求各生产队把经济作物都种到山里去，腾出原面全部用于耕种粮食。此外，要求社办企业在本社办农场逐步达到粮食自给，林场要首先实现粮食自给。各机关单位也要想办法在沟坡和荒山办农场，以解决自己的补助粮和养猪粮。银行和商业企业则要大力支持公社和生产队的多种经营。

虽然干部群众为粮食增产付出了难以完全估量的巨大努力，但是由于多种原因，平均亩产还是一直在 300 斤左右徘徊。职田的粮食年平均亩产修地前的 1968 年只有 123.3 斤。1971 年提高到 236.7 斤，1972 年再增至245.5 斤。

由于 1972 年之后密集采取多种增产措施，1973 年平均亩产达到 324.2斤，比 1972 年净增 32%。这实在是一个了不起的成就。

但到了 1974 年，全社 1.8 万亩小麦中，9000 亩因受雹灾几近绝收，粮食亩产一下跌至 266.4 斤。1975 年是平常年景，平均亩产提升到 375.3斤。1976 年上半年，小麦遭受霜冻，下半年又逢阴雨连月，使 4000 亩高粱均未成熟，亩产再次跌至 295.3 斤。1977 年，12 个大队秋田遭受雹灾，其中 8 个大队又几乎是绝收，全年平均亩产更跌至 290.5 斤。到了 1978 年，平均亩产又再次回升到 345 斤。这样的平均亩产，还是当年全县最高的。职田街大队粮食总产比上年增加 15 万斤，人均增加 100 斤粮食。

1977 年，为了秋粮丰收，职田公社还于当年的 7 月 1 日向全县各公社发出社会主义劳动竞赛的倡议书，提出了"六比六看"：比思想，看谁毛主席的伟大旗帜举得高，"四害"批得深，思想统一好，行动统一快，指挥统一强；比路线，看谁社会主义方向坚持得牢，资本主义倾向打击得狠；比干劲，看谁抓秋粮生产的劲头足，奋战的劲头大，劳动潜力挖得深，劳动效率提得高；比措施，看谁三个百分之百（100% 的全苗，100% 的深刨，100% 的施肥）落得实，四个硬仗（全苗达到方案要求，深刨六至八寸，苗期和喇叭口期追施两次肥，大旱之年每人保好千株苗）打得好；比质量，看谁过得硬，抓得细，标准高，长势好；比成绩，看谁亩产高、总产多、收入大、成本低、增产幅度大，对国家贡献多，社员生活安排得好。这一倡议书由县革委会 7 月 3 日转发到全县，引起很大反响。

但是，人虽拼命，天不帮忙。由于当年秋季大范围雹灾，粮食亩产掉到 290.5 斤。常年为之拼命苦战，却总是无法大幅提升的粮食亩产，成为当年职田领导班子最难以言状的心底之痛。

改革开放后，实行家庭联产承包，社员在修过的梯田里足施化肥，小麦亩产大多超过 800 多斤，赶上了秦川的水浇地。再具体分析当年的粮食产量徘徊现象，就可找出以下几种原因。

第一，旱原修地增产效果的显现有一个周期。老百姓都知道，修过的地，头两三年只会减产不可能增产，这也是客观规律。当年为了确保增产目标，社队干部不知为保表土同修地社员闹过多少次矛盾。当年只有十几岁，后来成为中国人民银行金币集团副总经理、香港公司总经理的旬邑人张向军，2023 年暑期回到老家，和人议论起小时候跟着大人修水利，还能准确地背出当时记下的儿歌：挖二填三倒桃子，保证不留生梁子，表土保在两头子，平整土地如镜子。实际上表土保得再好，修地毕竟得打乱土层和土壤的团粒结构，同修地前相比，能尽量争取少减产才是实事求是的目标。

第二，修平土地，实现保水、保土和保肥，只是为增产提供了保障，真要大幅增产，还必须增加有效的物质投入。当时国家工业停滞，化肥奇缺，逼得干部群众在搜肥中大搞黄土搬家，投入大量人工而不增产。问题就在于，无法也无力按照不同作物、不同时段、不同田块的养分需求，投入所需要的化肥和农家肥。

第三，霜冻、冰雹、霖雨等诸多大自然导致的减产因素，并非改土修地所能抗衡，不能把这些因素造成的减产都算在农田基本建设的账上。

第四，从治理黄土高原的整体成效看，一个社、一个县顺应自然规律，花费巨大人力物力财力，耗时十年时间，造就了一个大面积实现综合治理目标的先进典型，这应看作难得的人间奇迹，在保原、保土、保水、保肥、根治黄河泥沙方面的作用和贡献将是相当久远的。现在看来，应该像"退耕还林"补贴那样，对黄土高原治过的地，三年之内不考核粮食是否增产，甚至给老百姓以适当补贴也在情理之中。用粮食增产不显著来苛责当年的干部群众，实在有失公允。

三、率先建成大寨社的目标

粉碎"四人帮"以后，从中央到地方，各级领导干部都似乎憋着一股劲儿，想要把被"四人帮"耽误的时间夺回来。因而大干快上的社会氛围从中央到地方都一直很浓。1977 年 12 月，全国第二次"农业学大寨"会议召开前，咸阳地委就研究通过了旬邑县 1977 年建成大寨县的决定，并由刘书润代表旬邑县委在全国会议上表了态。

全县 1977 年建成大寨县，当然要有部分公社先行一步。作为农田基本建设的全省先进典型，职田公社自然要率先成为大寨社。1975 年 12 月 28 日，职田公社党委向旬邑县委上报了《关于 1976 年建成大寨社的规划》。1976 年 1 月 17 日，县委就将这个规划批转给各公社党委和县直各单位党委、党支部。很显然，这个规划是个急就章，是县委急于用它来推动全县学大寨运动的。县委的批转文件中就指出："职田公社是我县农业学大寨的先进单位。几年来，在毛主席'农业学大寨'的伟大号召鼓舞下，他们以阶级斗争为纲，坚持党的基本路线，认真学习大寨的经验，紧紧抓住大学习、大批判、大干社会主义的群众运动，大学大批促大干，使职田面貌发生了深刻的变化，为我们三年建成大寨县树立了榜样。职田的经验表明，农业学大寨，一靠批，狠批修正主义，狠批资本主义。二靠带，领导带头学，带头劳动，带头革命。三靠干，大干社会主义，苦干实干改造河山。抓住了这三条，学大寨也就上了路。为此，各级党组织在农业学大寨普及大寨县的伟大革命运动中，都要认真学习职田公社开展农业学大寨的经验。"

县委将职田的建成大寨县规划批转给全县各公社党委，并号召全县都要学习职田。从积极方面看，这是给予职田的极大荣誉，从另一方面看，也是给职田施加的又一个极大压力。

职田公社的规划就强调，"要看到，形势逼人，任务逼人，时间逼人，上级党委和全县对职田人民的期望逼人。要看到，不用实际行动巩固发展农业学大寨的新生事物，就是严重的罪过。要看到，前有标兵，后有追兵，差距很大，非大干不可"。"干部要带头参加集体劳动和调查研究，公社干部劳动 200 天，大队干部 300 天，生产队干部干长年，干部上地开头车，下地扫后营，既当指挥员，又当战斗员。"

公社规划的六大奋斗目标如下。

粮：人均产粮 1200 斤，亩产达到 600 斤，全社 38000 亩，总产 2280 万斤。

油：亩产 200 斤，2200 亩，总产 44 万斤。

猪：户均 3 头，3300 户，总数 9900 头。

林：达到纲要指标，零星植树人均百棵，宜林沟坡全部植树。

多：多种经营户均收入 200 元，总收入 66 万元。

机：大队和生产队基本实现"十机化"。

这里且不说其他目标能否达到，就是粮食亩产一项，由于 1975 年的亩产只有 375.5 斤，即使职田干部群众再下功夫，一年的时间也绝对不可能跃升到 600 斤。但建成大寨社就是要有硬指标，要成为大寨社，这些硬指标也是绝对不能动的。

确定了高指标，就得有高声势，就得有更加超乎寻常的劲头。于是，全社召开了一年建成大寨社的誓师大会，县革委会也在职田召开了"大批促大干"的现场会。公社干部都带头作宣传鼓动工作，每次大会战启动时要召开动员大会，结束时召开总结表彰大会。会战期间，各个战区都刷写有大幅标语和具有鼓动性的工地诗歌与顺口溜。公社还专门成立了文艺宣传队，轮流在工地宣传演出。歌曲《歌唱治原打埝班》《职田人民治沟坡》《陕西快书：小愚公王经元》等唱红了职田原。工地广播也不断播出各村各队的好人好事和典型经验。公社还先后在职田小学大礼堂办起治原规划展览，治原成效展览。在持续进行大干快上的氛围营造和宣传舆论工作基础上，公社到大队，大队到生产队，层层分解任务，压实担子，从公社党委成员到每一名干部和群众都紧张地行动了起来。

四、在改进工作方法上狠下功夫

重重压力之下，可资利用的人财物资源并没有发生多大变化，然而目标必须达到，就只能在路径和方法选择上狠下功夫。职田在四个方面狠下了功夫。

一是协调。就是统筹考虑各项工作，尽量做到合理安排，协调发展。1976 年初研究当年全社工作时，公社党委就先把 40 项必须开展的工作一一摆出来，大家共同进行认真分析，分清轻重缓急，区别投入力度，研究任务分解，明确责任分工，力求使各项工作都能按照客观规律科学运行，相互之间也能互相支撑，相得益彰。比如，经济工作方面就梳理了 20 条。

1. 粮、油、林、猪、多、机的奋斗目标怎样分别落实？

2. 全社各队近年抓粮食成功了几件事？失败了几件事？对今年工作有哪些重要教训？

3. 公社今年办不办农场？如果要办，怎样才能办好？

4. 集体修的坡咀地的地权如何划分？怎样更好地利用？

5. 农田基建是继续搞大会战，还是调整成队自为战？

6. 原面地如何进一步作务好？怎样加强对偏远山庄的管理？

7. 肥料大战中如何进一步解决好肥源的问题？

8. 人厕水茅化、垫圈秸秆化可否不作硬性推行？

9. 山皮土（包括刮磕畔）在我社到底有多少资源？能否组织劳力进深山铲运林下肥土？

10. 抓养猪，重点是抓集体还是抓私人？给猪划饲料地、饲草地（沟里大种苜蓿）能否推行？怎样具体推行？

11. 今年补强哪些水利工程？新开哪些工程？

12. 今年主抓哪些多种经营项目？共约需多少钱？钱从何而来？

13. 今年公社办个 100～300 只的兔场行不行？全社集体办还是各队分散搞？

14. 今年高粱玉米各多少比例适宜？如何防止高粱不能成熟？

15. 今年植树的树苗、树籽需要多少？从哪里来？尤其是果树苗从哪里来？

16. 搞冬苦时可否推行肥土苦锄（指为防麦苗冻死，锄松土层并在麦

161

苗上覆盖肥土）?

17. 公社工业如何制订综合规划？如何形成一些管理制度？

18. 各支农单位应该做些什么？如何加强督促指导？

19. 今年的农业应该搞哪些新套套？试验哪些新套套？

20. 领导干部应该怎样学农业、懂农业、干农业、领导农业，真正成为内行？

由于提出的问题全面而又具体，都是考虑职田年度工作必须回答的问题。大家一项一项深入讨论分析，就容易弄清一些常常含混不清的想法和做法，经过讨论达成了共识，也就可以避免出现决策的明显失误。

二是务实。就是不图虚名、不遮掩问题和矛盾，面对实际情况，解决实际问题。在这方面主要抓了三件事。

首先，针对农业管理中仍然存在的一些责任不清、要求不明、管理不善、效率不高的问题，由分管领导牵头，组织力量，有计划地修订完善10项管理制度，包括农业生产责任制度；畜牧饲养单槽核算制度；社队企业管理制度（包括农村副业、山上农牧场等）；粮食管理制度；现金管理制度；物资和财产管理制度；农村粮钱物分配具体办法；农田建设会战管理办法；林木管护制度和干部参加劳动制度等。

其次，根据对部分缺粮户的缺粮情况分析估算，抓紧落实本社自行调剂粮食并继续向县上申请支持，确保每家每户的口粮都能够接上新粮。在这一问题上，要把群众生活放在第一位，破除怕影响先进单位形象而不敢争取支持的思想。

最后，防雹对职田是每年的大事，绝不能无所作为，决定选派有一定基础的人去西工大学技术，之后再添置相关设备，争取靠科学技术能够有效防御雹灾。

三是灵活。对外地的经验，上面要求推广的有关农业技术，要敢于质疑，尽可能了解其关键和精髓，从而灵活运用。不能简单照搬，特别是不能一根筋地强行要求群众落实。比如，怎样指导为小麦追施冬苦肥？有领导在蹲点村参加劳动时提出了需要思考的问题：冬苦肥主要是给小麦穿防冻衣，还是主要为提高麦田越冬时的肥力？冬苦是要施肥效高的肥，还是可以施一般肥效的肥？每亩冬苦肥的施肥量怎样把握为好？经过和群众讨论，当时并没有得出明确结论，最后的处理办法就是，尊重有经验农民的意见，根据该队肥源情况，对冬苦肥的类别和施肥量只作基本要求，不提出过于严格的统一标准，同时要求对每块田块的肥料类别和施肥量做出详细记录，以便来年根据小麦长势和收获情况，再作冬苦肥效果和价值的对比分析研究，逐步弄清其规律。

四是深入。比如，当时给社员的劳动记工分是件非常重要的事。工分决定着社员在生产队的分红，涉及群众直接利益，因而社员们都非常重视。但由于对怎样保证公平公正地为社员记好工分，一直没有人做深入研究，也就没有统一的管理办法。生产队因记工不公而发生矛盾和冲突的情况极为常见。这自然非常影响社员的劳动积极性。为了调动和保护社员的劳动积极性，公社领导没有停留在一般号召，而是在和社员一起劳动中，深入"解剖麻雀"，在调研和反复征求群众意见的基础上，拿出了《职田公社北片社员劳动记工办法》。

1. 基本原则：记工员按本社劳动生产责任制的基本精神，过硬过细地记工记酬，以便更好地体现多劳多得、少劳少得、不劳不得的社会主义分配原则。

2. 记工要求：社员按每日任务劳动，记工员按社员劳动量记工。

3. 工分管理：设立一册一簿，社员自带工分手册，记工员管理劳动考勤簿。考勤簿一天一记，登记劳动任务完成数额和应得工分。工分手册可一天一记，经社员同意，也可五天一记或十天一记。工分一月一总，记入会计工分底账，一月一公布。

4. 作业过程：记工员一般在早上、中午参加劳动，下午和晚上加班时间，到地头验质验量，跟踪考勤记工，特殊情况可以灵活。由作业组长在考勤簿内签字，记工员平常可参加队委会，每天向队长请示活路、定额、汇报记工情况。队长有权检查记工员的一切作业。

5. 补班和加班：社员的正班劳动，记工员应当天记考勤和记工。日任务出现拖欠，社员必须补班。队里增加新的生产任务，社员也可按照队长安排，收工后加班。补班和加班都是第二天考勤记工。工分必须在记工后通知到本人。

6. 对记工员的监督：安排保管员给记工员记工，会计给保管员记工。

7. 委托记工：记工员跟踪不到的作业组，由记工员委托队长或者管理组长登记考勤，记录每个劳力完成的任务数量和质量，记工员照此记工。

8. 经济处理：主要是指用少记工分来处理的事件。对社员的处理要坚持"四要四不"，即少劳要少得，损坏要赔偿，盗窃要退赔，干坏要补回；不能取消经济处理，不能纯搞经济处理，不能随口出政策，不能扩大打击面。

9. 山庄记工：山庄住户在山庄劳动，生产队在管理上实行四统一，即活路由生产队统一安排，劳力由生产队统一支配，报酬由生产队统一登记，产品由生产队统一分配。山庄记工和原上搞两统一，统一日任务，统一记工标准。记工员每天或隔天去山庄验收记工。

10. 大队干部记工：大队干部实行"定额劳动，定额补贴"，享受补贴的每大队3～5人。大队干部或大队副业人员，由大队会计记工，每季向生产队介绍一次。介绍时，对大队干部写明出勤天数和补贴工分。对企业人员写明出勤天数，根据劳动表现评定等级（一般分三级，一级相当十分劳，二级九分劳，三级八分劳）。

11. 县社企业工作的本队人员记工：公社企业、水利专业队人员每季由单位向生产队介绍一次每人的劳动情况。根据劳动表现锁定等级（一般为三级，依次相当于十分、九分和八分劳）。

12.缴钱记工：在外临时工、副业工，或缴钱记工的各类工匠，向生产队按限额缴钱后，见会计的收款单，记工员按规定数量记工。缴款数额由队委会研究确定。

13.第11条和第12条两条的具体记工数量，由生产队队委会研究确定，不能都记中等偏上，要和生产队同等劳力的报酬大体相当。

这些规定现在当然已经毫无用处，细看起来似乎也过于琐细、繁杂，但在集体生产劳动的当时，它对于维护生产队的劳动和分配公平，对于激发、调动和保护农民群众的生产劳动积极性，发挥了非常重要的作用。

对于最为重要的社员群众口粮问题，党委成员也下深功夫进行了调查研究。在国家和集体的粮食短期无法过关，群众口粮又必须努力保障的情况下，公社采取的主要措施就是，严格管理各生产队粮食分配方案，在足额留够上缴国家的公粮、购粮，以及生产队自用的籽种粮、饲料粮、奖励粮的前提下，必须留够储备粮和机动粮。如前所述，公社抽调一名粮管员，逐队排查各队粮库，并认真登记入账，各队动用储备粮和机动粮，必须有粮管员的签证盖印，防止大队和生产队自行随意动用，上级单位也无权调用生产队的储备粮和机动粮，以确保青黄不接时，能够接济社员口粮。对鳏寡孤独、痴呆傻哑等无力管好口粮的家庭，由生产队挑选责任心强的社员担任代管员，设立专库专账，配合队委会统一进行代管，根据不同家庭的实际情况，有计划地发给口粮。

对于其他突出矛盾和问题，公社党委成员也分工负责，组织干部社员一一进行深入的研究解决，包括对有关管理制度，也都根据新的形势，分工进行了修改与完善。

为了长时间地持续带领干部群众实干苦干，就必须高度重视和下功夫解决人民群众反映比较集中的突出问题，就必须努力实现管理上的科学合理和公平公正，否则群众的劳动积极性绝对不可能持续，大干快上也就只会流为一句空话。

五、农田基建的持续推进

职田因为农田基建起步早、成效好而成为先进典型，不论是外地干部群众前来参观，还是各级领导前往考察调研，首先都是奔着农田基建。加之职田人对农业生产基本条件改变重大意义的认识不断深化，不论其他方面有着多么大的压力，对农田基建的重视和投入，职田的干部群众从来都不敢有任何的轻忽。正因为全社人民坚持不懈地苦干实干拼命干，时任县委书记的刘乃春在1973年全县"农业学大寨"会议上的报告中提到，职田公社一年多时间，修平土地14300多亩。1975年的全县"农业学大寨"会议上再次指出，"职田公社在改变农业生产基本条件方面迈出了新的步伐，成为我县'农业学大寨'的一面红旗。四年来，职田公社共修地31300多亩，占全社耕地总面积的70%，提前半年完成了原面治理任务"。

职田农田基建过程中，对各类不同地形的治理，一直坚持方案在前、试点先行的原则。不论哪类地形，正式启动治理之前，都要按照全社土地综合治理的总体规划，先做地形特征的再调查，弄清土质结构、林木植被、道路分布、水文特征，以及与村庄关系等有关情况。根据调查结果，针对不同地形特点，就如何进行山水田林路村的综合治理，制订较为详尽的小范围试点方案，并按照试点方案组织试点。在试点过程中注意发现问题，组织力量突破相关技术难题，并在此基础上对治理方案进行调整、充实和完善。

职田的农田基建大规模会战相对较多，因为这样的劳动组织有利于集中攻坚，也有利于避过风霜雨雪对土地治理的干扰和破坏。但因各村各队地形不同、地块分布各异，在组织集中会战的同时，每年也发挥各村各队的主观能动性，由大队自行组织一些治理工程。所以，各村土地的治理进展情况实际上是有差异的。

1972年底，虽然全社的原面治理还处在热潮之中，但照庄的原面耕地已经基本治理完毕。为了给全社下一步的沟壑治理探路，党委书记刘书润安排吕明去照庄蹲点，要求和大队党支部书记任天祥紧密合作，下功夫为全社治理沟壑拿出样板，摸出经验。接到任务之后的一个多月时间里，吕明就一直吃住在村里，每天和任天祥一起，带几个精干社员，起早贪黑地一条沟、一道岭、一扇坡地反复观察测量、分析对比，详细绘制地形图，认真记录土质、植被、水文和道路等情况。刘书润也隔三岔五地下到沟里和他们一起分析讨论，共同研究各种类型沟壑的治理路径和规划方案。方案交由群众讨论和报请刘书润审定之后，1973年春季开始组织施工。

除照庄启动沟壑治理试点外，从1973冬季开始，马家堡等8个原面耕地较少的大队也先后进入了沟壑治理的新阶段。

与照庄大队启动沟壑治理试点的同时，1972年底提前完成原治理任务的恒安洲大队，由于坡咀地面积在耕地中占比最高，自1973年起开始了对坡咀的全面治理。

总之，对职田的干部群众来说，全省农田基本建设现场会在旬邑的召开，是农田基本建设工作经历的一个新的巨大加压站，在强大的内外压力的推动下，一个新的大干苦干高潮呈现在职田的不同原面、沟壑和坡咀。

吕明的一些诗作，反映了当时负重前行的情况：

（一）治理白杨沟
1973年12月13日于照庄

北风狂舞，扑面来如虎。

战罢高原转旗鼓，向沟要地百亩。

缓坡削成梯田，陡坡林带飞旋。

斩峰填沟淤地，沟里泉水上原。

（二）夜战

1973 年 12 月 14 日于照庄

前半月，英雄迟睡治沟坡。

治沟坡，夜风催号，四面归歌。

挥旗大战后半月，鸡鸣人起唱晓歌。

唱晓歌，镢落山崩，飞霜如雪。

（三）雹灾

1974 年 7 月 7 日

蔚空变，黑云乱，雷鸣电闪来天半。

雨如山，雹如鞭，熟麦嫩秋，

共陷泥涧，惨，惨，惨！

肠不断，重新干，天能把人怎么办？

秋要扶，麦要苦，复种荞糜，

白菜萝卜，补，补，补！

（四）战冰冻

1973 年 12 月 14 日

风大没人心大，冻地软在手下，

攥紧镢头把，三尺冰碴不怕。

不怕不怕，劈过沟坡如画。

（五）我们要大干

1975 年 10 月 17 日于公社誓师大会

全党齐动员，
普及大寨县。
要像土改合作化，
大张旗鼓开局面。
领导干部带头干，
共产党员抢着干，
社员群众争着干，
万众一心齐参战。

规划宏伟，前途灿烂。
狠抓落实，关键在干。
治原治坡美美干，
抓肥抓水冲上前，
总结经验鼓劲干，
找寻差距加油干。
别人能上我们就能上，
别人能干我们就能干。
政治挂帅，思想领先，
遵循规律，改造自然。
条件差，能改变。
没条件，创条件。
有了大干人，就是好条件。
哪里需要哪里干。

填沟劈山，

打井修田，

多种经营开车管电；

啥时艰苦啥时干，

白天夜晚，

日晒风卷，

雨打雪漫，

没有搬不走的大山，

没有斗不倒的困难。

天旱泉水井水上高原。

水患照样收种和打碾。

大干出奇迹，

大干炼硬汉。

好汉面前无困难，

冲锋陷阵勇向前！

雨里打泥里跸，

风里钻火里炼，

娇风吹不倒，

糖弹打不软。

干，就要胸怀马列看得远。

干，就要顺从社会大生产。

没有新愚公，

哪有原面沟坡新容颜？

不学新农技，

哪有科学种田夺高产？

只要像大寨那样干，

定能把社队面貌换。

论艰苦，看看改造虎头山，

论困难，红旗渠水绕林县，

论条件，沙石峪里造良田，

论贡献，比比昔阳差得远。

革新就要不停点，建设没有终点站。

学习先进步步干，不达目标心不甘。

干，粮食赶上黄河滩，

干，油菜生猪翻几番，

干，农林牧副齐发展，

干，社队工业大兴办。

试看干到八〇年，

十年规划定实现。

社员群众铁打汉，

干到四化宏图展。

大家冲向前，

干干干！

（六）小愚公王经元（陕西快书）

1975 年 11 月 20 日于恒安洲

咱要说，职田公社恒安洲村，十八九岁的王经元是个有名气的人。农
建运动中冲锋陷阵，人称是"小愚公"事迹超群。要问个详细吗？咱就从

梢梢儿说到根。

党号召治山治水深入宣传，报纸上也登着先进经验，党支部召开会作出决议，向全队众社员作了动员。从妇女到青年，就从那娃娃们直到老汉，一个个精神振奋擦掌摩拳。这当儿你看那小将经元，简直高兴得要蹦上天。

他想哪，党的号召提得正美，一下子就说到咱社员心里。恒安洲七沟八梁南高北低，尽些葫芦嶙峋坡坡咀咀。敢见夏天暴雨一到，秋天淋雨一浇，就这边崖崩那边山倒，把些肥腾腾的地皮儿全部刮跑。

几日不下雨，咱那坡咀上旱得顶早，眼看着红日头晒死黄苗；再加上没车路人担驴驮，落得个流汗不少，产量不高。如果按支部的计划实现，那些恶劣的条件就会改变。小路修成机车道，斜坡修成水平田；土不下沟，水不出原，聚住那天上水足够禾苗使唤。到那个时候嘛，何愁不高产，咱恒安洲也不眼红他大平原。

咱是个青年，又是共青团员，治山治水应当走在人前。遵照大队决定，思考着帮埂打埝，队里没有现成的打埝工具，这怎么办？他第一个献出自家的木椽，多年不用的铁锤子找来重安。别的小伙一看，有的拿绳，有的拿板，就这样，第一套打埝工具便凑齐全。

他们搬上地头去作试验，轰动了全队，带动了社员，一个个一群群都来地头参观。有的说，地里打墙事情新鲜；有的说，这么务庄稼就是保险。队长说，这是咱经元创的样板，全队人是不是都学一学赶他一赶！就在这天，这个生产队又组织起五个打埝班。

干呀，干呀，又一桩心事儿缠住经元。有人怨声怨气地喊："这么弄牢倒牢固，就是太慢，怎么能既牢固又加快一点？"他想起老支书王德义经常说"天外有天"，恒安洲以外一定有好的经验。照庄是公社的水保红旗，王经元去那里现场观看。

去一看哪，人家干得还就是美，问速度看质量比自己干的好过几倍。

介绍者是照庄的任天祥书记，他说："把大伙思想弄通是个大前提，齐心协力多大困难都能攻克；还需要按定额科学管理，配起套分开组定期评比……"

经元取回经和大家反复商议，定额制要结合本队实际，拟方案选个组先作试验，把数量和质量确定仔细。试验中边观察边作分析，巧办法果然是解决问题。保质量争数量持续发展，各组的积极性只增不退。现场参观人人信服，不几天推广到整个大队。

王经元提了个完善意见，要求对原来干的来个回头看，带头把不合格一齐推翻，另安橡板重新打，叫每条埂结结实实保它百年。他提出挑战，全大队青年们一齐应战，增信心加力气你追我赶。你去坳里看哪，修梯田真搞得热火朝天。

全队的社员们车推人担，移土方从高处直把低填；地埂锤得如城墙，地心就像镜一面；填平了流槽，堵实了沟畔，来路水都引入层层梯田；干瘦干瘦的斜坡坡，变成了聚水的小平原，只打几升粮的一亩地有望打过石。社员们在地里顺看横看，扬眉咧嘴从心眼里称赞。

恒安洲人越干越想干，人人都追赶王经元。经元正以实际行动学王杰（解放军英雄），找差距添干劲毫不间歇。不怕苦不怕累壮大集体，一片心全投入社会主义大业。

第八章

调整中坚持坡咀治理

一、新变化带来的新问题

1975 年和 1976 年是职田公社非常特殊的年份。一方面，从 1975 年初开始，农田基本建设全面转入治理坡咀的新阶段。另一方面，公社领导班子在这段时间进行了较大的调整。加上政治大气候也有了许多变化，职田公社党委的工作方式因而产生了诸多新的调整。

第一，刘书润 1975 年担任了旬邑县委书记，彻底摆脱了职田的领导事务。李忠贤从外社调来接任一把手，傅世芳副书记成为二把手，吕明被任命为副书记，是三把手。因李忠贤刚到职田，情况尚生疏，工作需要一个熟悉过程。傅是一位积极卖力的执行型干部。刘书润在班子交接时特别叮嘱吕明，要充分发挥在职田工作时间较长，又善于调查研究的特长，在规划和管理上要多多参谋意见，在干部团结上要多多协调。这个变化，逼着党委的领导方式由围绕主要领导的跟从型转向集体领导的领路型。

第二，职田的山水田林路村综合治理，开始从原面转向坡咀和沟壑，劳动力组合由原来的联片会战与大队各自为战相结合，转向以分片（四五个大队）联战为主。前面连续五六年的苦战，已经积累了诸多不平衡，后面的工作转移又会带来一系列新问题。这些，逼着党委领导班子必须用心探索新的工作思路。

第三，粮食增产和农田基建，即人民群众当前利益与长远利益的矛盾常常非常尖锐，但又必须同时兼顾和妥善处理，这中间的度必须尽可能准确把握。

第四，建成大寨社的目标更高，步子更急，时间要求更紧。上级的目标要求如何与职田的实际结合，也是必须认真回答的大题目。

这些新情况、新任务带来了新矛盾和新压力，路在何处？以往工作已经建造的基础，概括来说就是"四大变化"：人的思想变，土地质量变，生产工具变，粮食产量变。这些变化都是令人欣喜的发展。

但不可否认的是，由于长期突出抓农田基建，职田也积累了一些必须解决的问题，归纳起来有五个方面：首先是粮食生产问题，主要是化肥奇缺，家畜发展缓慢，部分群众每年缺粮；其次是劳动力配置问题，主要是农田建设与粮食生产和多种经营争劳动力的矛盾；再次是生产资金问题，怎样对内找项目，向外找活路；又次是管理政策问题，包括田间管理、猪场管理、大家畜管理和山庄管理；最后是干部作风问题，主要是实际存在的强迫命令群众现象，其产生的主要原因是上级压的任务重、时间紧，群众难以承受。

为了开阔党委思路，在各大队书记参加的党委扩大会上，让大家针对上述五大问题畅所欲言，谈看法，议路子。在集思广益的基础上，形成了《关于适当调整农田基本建设实施规划的指导意见》。决定管理政策由吕明在北片调查试点，生产资金由中片总结带路。其余事项党委成员各自选题进行调研。

二、新的历史性机遇

职田这一时期提出的五大问题，实质也是五个不平衡、不协调。一是大干的任务与政策不协调；二是基本建设与粮食生产不协调；三是粮食生产与资金来源不协调；四是多头争劳力与劳力分配不协调；五是干部作风与群众关系不协调。解决这些不协调的关键，还是经济管理政策要理顺的问题，这个理顺实际上就是纠"左"。

1975 年最为特殊的机遇，就是邓小平复出后抓全面整顿。1975 年 9月 15 日，邓小平在第一次全国"农业学大寨"会议开幕式上讲话，强调实现四个现代化的关键是农业现代化。也是在这个讲话中，他提出了各方面整顿的问题。他说，"毛主席讲过，军队要整顿，地方要整顿，工业要整顿，农业要整顿，商业也要整顿，我们的文化教育也要整顿，科学技术队伍也要整顿。文艺，毛主席叫调整，实际上调整也就是整顿。"各方面工作都要整顿，实际上就是要系统地纠正"文化大革命""左"的错误。

联系职田的实际，农业生产中的许多消极现象逼着一线的实践者探索"田、山、猪、牛"的管理责任制。但一涉及具体问题，大队和生产队干部都心有顾虑，不敢放开说出自己的看法，总认为"单干不可能，包字是禁区，只能保现状"。领导们不甘心在批评消极现象中长期同社员闹对立，所以总是希望从改善管理办法中找到出路，但一接触实际问题，就会不断遇到一些似乎不可逾越的"雷池"。1976年底"刮三黑"的搜肥运动中，社员们从恒安洲一队的老社员王志远家中窖台上扫出一摞书，他们正准备扔掉，恰好被吕明碰见。他把书拾起掸净，见是中共中央1951年关于互助合作、1955年关于初级社、1956年关于高级社的决议和章程单行本。初级农业社示范章程第八章中的按件计酬、定额管理、责任制和包工制吸引了吕明。再查高级农业社示范章程，对如上四点又作了肯定，然后查人民公社《六十条》，也对如上作了肯定。《六十条》第三十一条中说，生产队可以向作业组"划分地段，实行小段的，季节的或常年的包工，建立严格的生产责任制。……有的责任到组，有的责任到人"。看到这些明确规定，他深深感到是现实中的"左"倾风潮，实际上冲淡了《六十条》。过去也常说《六十条》，却一直没有见过全文。看来中央制定的《六十条》还需要进一步学习研读和认真落实。

就在这年冬天，《人民日报》发表了大庆的《岗位责任制办法》，其基本内容是责任到车间，到班组，实行按件计工，落实经济核算。大家当时都感到这是中央从劳动管理上纠"左"的重要信息，农业战线仿效应该没有什么问题。

有了中央以往文件关于农业"生产责任制"的若干规定，有了权威报纸关于工业战线"岗位责任制"的宣传，大家在改善农业劳动管理上找到了"责任制"这个总题目。这应该是遮挡政治风雨的一把大伞，也是深入探讨解决现实突出问题的一条路径。领导和群众在此基础上达成了共识，决定调查和修订完善"田、山，猪、牛管理责任制"的办法，壮起胆子搞试验和推广。

在试验和推广过程中，干部和群众害怕的情绪和声音随处可见，随处可闻，怕瞎折腾一阵子，又和单干单包挂起钩来被批判纠正。所以，吕明在大小会上都大讲修订"猪、牛、田、山管理责任制"的理论政策依据：第一，责任制是《六十条》提出的重要管理方式，中央从来没有否定《六十条》；第二，责任制是巩固和发展集体经济的重要管理手段，和单干风马牛不相及；第三，责任制是社会主义集体生产管理的宝库，里边有无尽的瑰宝有待发掘，"责任到组""责任到人"大有发掘潜力；第四，1972年职田公社落实经济政策中，只注意到"责任制"下的"定额管理"这个小题目，没充分注意"责任制"这个大题目，五年的实践迫使我们在管理上要继续向前跨；第五，大庆的工人老大哥都搞"责任制"，我们农民为什么不能搞？

由于找到了政策依据，群众的顾虑减少了，而村队干部实际上内心是喜欢这一套管理方式的，因为它能解决基层工作中的实际问题。尽管如此，当时职田试行的"责任制"还只是不触及"大集体"前提下的"责任制"，是遮遮掩掩的"责任制"，属于给生产力带缰绳的生产关系。和1982年后实行的大刀阔斧的家庭联产承包责任制相比，实在是丘陵见泰山。

三、四项重要调整措施

首先是试行原面"田块管理责任制"。以往田间管理中，生产队大田的犁、种、收、碾似乎都不算大难题。大难题是运底肥、施追肥、锄草、定苗和培土。这些活路往往责任难落实，管理难到位。集体作业中运土肥的消极现象，最早见于笼担担不满，担粪用秤称；后来见于架子车装不满，土粪溜一路。锄草、定苗、培土的消极现象，一是大队人马锄地，坐地休息不起来；二是草锄不净，土挖不深，苗定不准，土培不够。1971年落实定额管理中，曾解决了"上地一窝蜂，责任分不清"的问题，几年之后，逐渐又恢复到"一窝蜂"。天天碰见的这些消极现象逼得公社干部实在没有少骂人。

恒安洲大队的老书记王德义，对农村政策的变化及其效果有丰富的阅历，是个不善言辞而重实际的人。副书记王京合则是积极肯干又肯动脑筋的青年人。研究集体农田管理时，吕明和他们反复讨论了几个问题：为什么集体农田与自留地同亩、同肥而不同产？怎样才能使农民种集体农田像种自留地一样用心出力？怎样才能既直观、又简便地在集体农田里搞联产计酬？这几个问题讨论清楚了，大家便绕过"包产到户"这个禁区，梳理出了"田块管理责任制方案"。主要是犁、种与收、碾这两头，集体作务难度较小，由生产队统一组织；原面大田，按照质量高低进行搭配之后，将管理责任直接划分到户；无劳户不愿要地者，由队上主持调整给有劳户；集体供土肥，按亩定量，由各户运到自己的责任田块，土肥运足后，队长作出验收记录；麦、秋责任田的锄草、定苗、培土、管护，由各户作务，每遍结束后，队长作出验收记录；生产队供化肥、各户按每亩定量施追肥；麦、秋临收割之前，生产队组织行家逐地块测评产量；联系产量给各户记工分，根据工分分配粮食和现金。

上述"田块管理责任制"首先在恒安洲一队试行，接着扩大到二队、三队。第一生产队的平原地主要分布在南坳，认真观察实施"田块管理责任制"之后的变化，发现主要有五个方面：锄地彻底取消了"一窝蜂"现象，从坳里看，如同单户作务，块块地都有人，上下地时间自由安排，有的户提水带馍上地；拉粪车满了，中途不歇了，时间自由安排，男女老少一齐出动，外村亲戚也来帮忙；干部不必忙安排，忙督催，而主要忙自家责任田，减少了命令主义和干群对立事件；从种到收这中间的庄稼长势大有起色。在同样气候、同样化肥施用量的情况下，单产和总产都高于往年。

其次是试行"责任山庄"。恒安洲之所以叫洲，是因为它的大形状是一个平顶大山包，四周都是沟坡，只有南面一车之路，与职田大原相接，沟坡面积相当大，有"九沟十洼"之称。这些沟坡距村一般都是三五里之遥。公社化以前，九沟由 10 多户农家耕种，公社化之后，人和牲畜上了原，由生产队的人畜每天跑来跑去耕种，种不过来，就干脆荒掉。王京合提出，把这些山庄像 1961 年那样包户耕种，队里省事，农户也肯管。后经支委讨论，避开"包"字的政治风险叫作"责任山庄"，对其管理议定了"四分四统"的责任制办法：分户耕种，分户养畜，分户备肥，分户打碾；统一农建抽劳，统一种植计划，统测粮食产量，统完公购任务。

根据这个办法，让社员报名经营"责任山庄"。结果报名相当积极，多处山庄很快都安排了下去。1977 年 3 月，距恒安洲村子 7 里之遥的一个山庄，负责耕种的一家老少 3 个劳力都投入搜肥，刮完了几个烟熏窑甲子，刮了八九个硷畔的腐殖土作肥料，队里分给的一头牲口也喂得很好。大家都说，"管理体制对了头，生产潜力没尽头"，这儿没有领导蹲点，没有队长督催，搜肥进度却比原上的大田还要快很多。

再次是试行"责任猪场"。人民公社以来，一直对集体养猪特别重视，这是因为毛主席反复倡导。"文革"之后，吕明在新杨村和照庄蹲点，有不少时间就蹲在猪场。做公社领导之后，又下了不少功夫分管猪场管理。总之，下功夫不少，但自己也感到失败良多。

吕明分包北片几个大队，其他工作再忙，也坚持早上去各生产队猪场布置一遍，晚上来各生产队猪场验收一遍，由于这样"敬心"，和消极怠工的猪场饲养员之间产生很大的对立情绪。每早去布置时，猪场饲养员全部在家睡觉，迟迟不能到场。每场的猪舍都能查出来一两头死猪。每次中午抽查时，生猪当天第一顿食常常还没有喂。晚上"偷袭"式检查时，往往还能碰到偷饲料等问题。

这样累死累活、气死气活地"敬心"了几个月，猪场面貌却毫无改观，猪照瘦、照病、照死。他开始反思几个问题：为什么各户养猪相对好？为什么集体养猪这么难？为什么百头猪非放在一个大场不可？为什么对几个饲养员不划猪到人，却在劳动组合上搞大合拢？为什么给饲养员记工天，不与养猪数量质量挂钩？于是放弃了天天到各场督催叫骂的办法，脚步停在小峪子一队的百头猪场，专门寻找如上五个问题的答案。

吕明还邀请了几位自己在家庭养猪、为集体养猪都养得比较好的社员，放开讨论了这些问题。讨论之前，顺便议了当时不敢作出结论的三个问题：人的食堂散了，猪的食堂不散行不行？公社化以来一直办猪场，为什么败者多，成者少？职田北片有好队、有差队，为什么13个生产队的猪场无一个成功？大家的结论很简单，把猪场的猪分包到勤劳家庭，猪就能养成。"散猪的食堂"是政策的禁区，即使冒政治风险散了，最终也得收回来。但讨论使他受到一个重要启示：可不可以形式上猪在猪场，实质上由户包养？结合这个启示再讨论前五个问题，得到猪场管理改革的方案如下。

将百头猪场分为5个各20头的分场。在原场院内建5个分场，每分场选一个尽心户包养。5个分场评比竞赛。每分场以墙隔成独院。院有院门，院内建饲养员宿舍，猪的饲草饲料库，日夜住人管理。每分场建10个猪舍，每舍两头猪，舍中有槽，有圈（以土垫圈）。将原来过瘦的小猪卖给农户，保证每分场有15头以上大猪。猪场专养追肥猪。母猪、仔猪指定养猪能手到自己家庭包养，队上多给饲料地，仔猪离母时队上以市价购买。猪料、苜蓿按每头猪的重量供给，饲草满足供应，每季调整一次供料量。饲养员的报酬废止按天计工，实行联猪计工。每分场建一本养猪账，上记猪的头数、每猪重量、合计重量。由大队畜牧队长主持，每季秤一次猪重，按照猪的头数和重量每季给饲养员记一次工分。

1976年春节前形成这个方案，并在北片畜牧会上讨论完善，春节后北片4个大队各选一个生产队开工建分场，3月中旬完工。接着部署了分场按以上制度建设。此后，吕明每旬去一次试点猪场，主要了解与制度相关的事项。连看3个月，最后，就"联猪计酬"中的问题作了一些具体完善。

猪场这变化、那变化，最基本的是饲养员责任心的变化，变领导看到问题找饲养员为饲养员有问题找领导，猪场面貌和猪的膘色大为改观。有一次，吕明从地区开会回来，刚要进公社大门，小峪子一队猪场的女饲养员挡住他，反映队长不按承诺向她的分场供苜蓿。这种责任心让他极为高兴，立即陪她去找队长解决了问题。到6月中旬，县上组织各公社领导巡回观摩麦田时，顺便看了小峪子一队猪场，大家由场貌、猪貌追问到管理办法，听了饲养员的介绍，行家们都感叹："有道理，有道理。"

1977年下半年，"大场套小场，建立责任场"的猪场管理革命向全公社各生产队全面推广。

最后是试行"责任牛圈"。"责任牛圈"的道理和"责任猪场"相仿。以恒安洲大队第三生产队为试点牛圈。该队过去为了体现集体饲养牛、驴的宏大场面，盖了很宽大的饲养室，把一个生产队的牛、驴全拴在里边。饲养员多，责任不分明；牲畜多，容易传染病；摊子大，饲料难管理。总结这些教训，把大饲养室隔成5个饲养室，每室一个饲养员。每季由大队畜牧队长主持，评比各分室牛、驴的膘色，与饲养质量挂钩记一次工分。同时，针对以往的问题，就分室的"草、料、医、疫、水、土"等拟定了管理制度，由一名队长负责执行。恒安洲三队试行一个季度以后，在北片四个大队推行。推行结果，同样提高了饲养员的责任心，改变了大家畜膘色。

很明显，四项调整实际上是四项重大改革，或者说是变相的家庭联产承包责任制，或者是家庭联产承包责任制的初级形态。这样的改革在一个公社范围内逐步推开，而且是在 1975—1976 年的政治环境里实践，联系安徽小岗村农民为家庭承包签写"生死状"的史实，早其两三年的职田公社这场改革该要担负多么大的政治风险！

四、坡咀治理大战的启动

公社党委分工推进的调研和调整，就是要下功夫集中解决一些长期积累的影响全局工作的突出矛盾，客观上也是在为农田基本建设不断扫除各种障碍。

1975 年初，全社原面治理任务总体完成后，农田基本建设如何谋篇布局成为公社党委面临的急迫课题。

职田当时的耕地有 44000 多亩，其中坡咀地约占 1/3。这些耕地大多是旧式台田。据历史文献记载，早在周秦时代，先祖们就开始了与山坡和洪水作斗争，修筑台田就是历代先辈们抵御洪水冲刷，保证农作物收成的重要技术措施。但由于长年累月的洪水切割和肢解，这类台田大都变得坡降大，地块窄，走水跑肥，活土层十分脊薄。群众的说法是，鱼脊梁式的地，鞋带宽的田，下雨水长流，雨过地皮干，丰年打二斗，灾年颗粒都不见。由于这些旧式台田数量很多，下拉产量的效应自然就十分厉害。要全面提升全社的粮食产量，就必须将主要是旧式台田的大量坡咀耕地改造为水平梯田。

实际上，由于各村耕地的地形地质结构与分布差异很大，全社农田基建虽然不同时期有不同的建设重点，但各村队又必须从各自的实际出发，安排自己的项目类别与工程进度。恒安洲大队有 2800 多亩耕地，60% 都是坡咀地，人们称"恒安洲，葫芦头，九沟十八弯，土地碎片片，下雨水流走，无雨不生苗"。1972 年提前完成 1000 多亩原面耕地的治理任务以后，1973 年他们就把农建的主战场摆在了被称为"十八弯"的大面积坡咀地上，经过两冬奋战，他们总结了这样的经验：合理规划，联片治理，修坡先修路，道路通地头，自上而下修，抓紧护沟头，小块并大块，左右连成带，大小湖泉一齐填，层层锤实防冲栏，埂高必须分两层，坚持做到"123"（第一层埂高，上下一丈宽；第二层埂顶二尺宽，埂底三尺宽），大弯随弯转，小弯一根线，生土底下填，山皮盖上边，填膛加深翻，才能夺高产。

两年多的时间里，恒安洲大队治理了三面坡，修平了三道梁，打埂 600 多条，治成标准台田 920 亩。由于改土治水，土地基本条件得到了改变，粮食产量逐年提高。未治理前的 1971 年粮食亩产 182 斤，治理后的 1975 年粮食亩产 343 斤，提高了 55%，全社粮食亩产为解放初期的 3 倍。1976 年亩产 403.5 斤。油菜亩产 101.7 斤，超过了历史最高水平。

和恒安洲情况类似，坡咀地占比较大的还有青村、下墙、小峪子、武家堡、新杨村、那坡子、寺坡、旧杨村等 9 个村子，而照庄、早池、万寿、马家堡和职田街等村，则是坡咀耕地相对较少，沟壑耕地相对较多。还有，虽然全社原面治理任务总体上已经完成，但个别队还遗留有少量原面流槽和边远地块的治理收尾工程需要继续抓紧完成。从这样的实际出发，公社党委为 1975 年全社农田基建确定的方针就是：治原扫尾，主攻坡咀，部分治沟，典型抓水。

所谓典型抓水，就是集中在职田街大队进行机井挖掘、配套、砌渠、整地灌溉等试点工作，以便为全社的水利建设先行一步创造典型经验。

彻底改造旧式台田是黄土高原沟壑区增加土地面积，开辟多种经营门路的重要举措，在总结恒安洲等大队先行一步治理坡咀地经验教训的基础上，公社党委形成了坡咀治理的基本工作部署。

一是全面规划。因为旧式台田大多分布在梁湾坡咀和沟头崄峻，原始面貌的特点是："背搭子，趄洼子，壑壑牙牙鸡爪子。""面积大，耕地少，有水几边跑，圆圈长杂草，遇旱庄稼少，逢雨硷畔往下倒。"为了克服乱挖乱治的盲目性，必须组织力量精准测量，全面规划。

二是分类治理。根据不同地形、地貌，采取不同的技术路线。对于分布在山梁的台田，坚持先顶部后两侧，先阳坡后阴坡，按等高线规划，顶侧连成片；对于峁型台田，则要周围分层转，等高是关键；对于嵝崄地形，必须先治嵝崄，再向梁峁延伸，上下要对称，左右要连接；对于弯型地块则必须大弯就势，小弯取直，有壑帮齐，遇咀削除。

三是工程联片。旧式台田挖方多，动土量大，高的两三丈，低的七八尺，因此必须集中劳力、集中领导打歼灭战，一面坡、一条沟、一道梁地联片治理。这样的治理见效快，收益也快。

四是先近后远。先治理离村近的地块，好处是上工方便，节约时间，便于加工，显示效益快。要由近而远，逐步延伸。

五是面北台田特殊处理。为了减少北风袭扰，便于耕地接受日光，提高温度，一方面朝北台田埝要打高，另一方面台田埝畔要植防风林带，消减风速，减少北风对庄稼的压力。

主攻方向转入治坡阶段后，开始还是以大队为单位，选择较缓较大的坡咀，按治理原则作出规划，由上到下，分层治理。其中较突出的有恒安洲的王家岭、下墙的齐村咀、新杨村的杨村咀、旱池的四队咀、寺坡的车村咀、青村的六队坡、武家堡的一队坡等。千口人的中等大队年可治坡百亩多。

分队治理的好处：一是大家都为本大队治理土地，社员自觉性高，没有给外队修地可能不还工的担忧；二是不出远门，不跑远路，修地的劳动时间相对充足；三是干部强硬的话，规划、定额、开工、停工自主权多一些；四是生产小队还可以兼顾一下其他农活，社员可兼顾一下家务。存在的主要问题是，缺乏科学周密的规划和严格认真的施工管理，为了省工省劳，有的队就曾走过"壑壑帮一帮，坑坑填一填，硷畔刮一刮，硷根挖一挖"的旧式台田治理老路。此外，本队的其他活路和社员家庭事务的干扰，也会冲击治坡工程建设。这样，总体工程质量和进度就很难得到保证。

到了 1976 年，受"普及大寨县"运动的影响，加上山东联县治山工程、淳化联社植树造林工程的启示，针对部分大队治坡中出现的弊端，公社党委决定，全社治坡分 4 个片组织大队联战。下片 5 个大队为第一战区，由公社一把手李忠贤领导；北片 4 个大队为第二战区，由公社副书记吕明领导；东片 4 个大队为第三战区，由公社副主任席永哲领导；中片 4 个大队为第四战区，由公社副主任刘林喜领导。公社副书记傅世芳统抓四片联络和面上其他工作。

联片会战中，各战区都抽强硬干部组建"三个班子"，即战区领导班子、规划测量班子、定额验收班子。治坡联战每年夏季集中搞两个月，冬季搞三个月。各队上劳大体抽调男女总劳力的 60%。

考虑到农建工程社员体力消耗大，在粮食产量不过关的情况下，群众的伙食无法得到改善，加之已紧张苦干数年，党委特别强调要关心社员生活，注意处理好张与弛、劳动强度与民力极限的关系。一方面规定每天每劳平均在工地劳动控制在 8 个钟头，早完工可早下地，迟完工迟下地。另一方面挖运土方的施工小组，尽量以户为单位，男女劳搭配，妇女全天允许迟到早退各半小时。会战工地还为社员办起稀饭灶，并为社员馏馍。这种分片联战，从 1976 年一直持续到 1978 年夏季。

五、四大战区齐推进

第一战区是公社党委书记李忠贤负责，由公社下片（实为西南片，因全社原面是东北高而西南低）的旱池、万寿、新杨村、寺坡、那坡子 5 个大队联战。

除那坡子较小一些外，其他大队都是人口过千，工地总上男女劳力 1200 多名。战地布置在寺坡大队的车村生产队和新庄生产队的一面缓坡上。这面缓坡南北平均长 3 里，东西宽 2 里，分布着寺坡大队 3 个生产队的 1150 多亩斜坡地。原来地貌，南北高差约 60 米，中间分布着 2 米深、5 米宽的 3 条洪水大流槽，还夹杂五六条小流槽。天上下雨不等下渗，就汇成溪流刮着表土注入流槽直下深沟。

公社一把手李忠贤同志负责这个战区。他性格直、视野宽、豁达大度，说话做事总能抓住要害。搞规划倾向于宏伟大方，加之这个坡面整体较缓，地物相对单一，所以规划的东、西两条机车道路比较端直，各个梯田田块的地埂也比较端直，地块平坦而四角方正。这样的规划，在地貌复杂处，往往要挖七八米高的崖势运走土方。这样挖高丘、填低洼、平流槽以后，治理出来的整个坡面，第一壮观，真正显示了人定胜天的真理，展示出社会主义大农业的气魄；第二实用，一个台田就是十几亩、几十亩，便于机耕，填方高，松土层厚，蓄水多，具有增产实效。

这一个坡面由下片 5 个大队苦战了一年半，方才拿了下来。李忠贤和下片各队的干部，以及下片的男女劳动力，真正是为此花费了苦心，流注了汗水，有的在安全事故中还流了血。

公社领导日夜和社员厮磨在劳动管理第一线，免不了与后进现象发生冲突。1976 年冬，会战人马给新庄生产队修地，但这个队的队长杨兴武却借空溜回家去，该队的施工现场无人管理，出现了塌方事故，塌伤了一名妇女。李忠贤叫杨来工地接受批评，怒火中烧打了他一拳。1978 年 9 月，专案组要李到村里向杨作检讨，杨坚持认为自己有错在先，死活都不让检讨，还硬要拉上李去看修过的地里丰收的庄稼，因为他想让当年的李书记去看看共同劳动带来的巨大变化，用成就感冲抵对李可能存在的压力和委屈。可惜这个坡今日只见新面貌，不见旧样子了，后人也可能永远无法知道共产党人领导公社农民们曾经创造过多么惊人的奇迹。

今天，在当年所修的这块梯田上，已经全是望不到边的苹果树，老年人谈起这块土地来，没有不赞颂当年公社干部的。

第二战区是公社副书记吕明负责，由北片武家堡、小峪子、恒安洲、文家川4个大队联战。

这个战区是给几个参战大队轮着修地，北片各坡咀的面积不大，一般可用一个季节会战修完。因为各坡咀的坡面较陡，高差较大，规划不强求大方，避免移土量过大，修成的田块面积较小，路埝也不强求端直。一般一块台田5～10亩，拖拉机能耕即可。但原畔缓坡处路埝还比较规则，台田面积也比较大。这个战区主要是搞了壮观台、东棚和岭南3个大的会战。

壮观台会战是1976年秋冬4个大队约520名劳力参与的会战，其中给武家堡大队留出一半劳力修筑他们队的岭南沟水库。会战坡咀属恒安洲二队土地，处在恒安洲下文家川的道路两旁，隔川与甘肃三甲原对峙，原名北咀。因站在该咀，越过支党河瞭望苍茫秦陇山河，很觉壮观，所以吕明将其取名为"壮观台"。后来因新修连片梯田，多来县内外社队干部参观，"壮观台"的名字也就叫出去了。

战区组织了几位有经验的队干和水保员与吕明共同商定规划。原规划只修原畔约350亩缓坡地，但计划时间才过半，原畔就修完了。这使大家深深惊奇群众力量的潜力。从11月初起，继续沿陡坡向下修了百多亩地。半坡规划中，遇到一块可以环视远处的高台，四周是几人深的胡同。问根底，原是40年代蒋帮封锁陕甘宁边区的一个碉堡座基。规划组建议在这个高台上修一座看树亭，周围新修土地栽上果树，便于看管。这面坡治完之后，时间还余半个月，当时不能撤兵，又决定修恒安洲走文家川的山路，扩宽路基，陡处改缓，使拖拉机和汽车可以通行。

乘壮观台会战之隙，吕明考察了恒安洲村的历史。据该村庙碑上记述，恒安洲在元代某时曾是州府所在，"文革"前吕明在老大队房台上见过此碑，但碑石已不知下落，派社员在涝池挖寻，在池边的沟渠挖寻都未找见，最后在沟底半塌的窑洞中却发现了 6 尊近 2 米高的石刻佛像，其形象是印度人模样，该是晋时石刻吧，因为隋唐以后的佛像已成华人模样。他想在村中找个房子把这些石像陈列起来，连同那通庙碑、村中古墓碑，再加些古老的石磨、风车、土车、木桶等搞个村庄博物馆，但计划未能实现，这应该也是一件十分遗憾的事。他把想法说给县文化馆的景凡，景把那些石佛搬进了县文化馆。

东棚会战在小峪子大队第四生产队的东棚咀展开。1977 年夏季农建，北片除武家堡以外的 3 个大队的劳力 500 多名，经一个半月修成梯田 400 多亩。

晚上还要应付各种文字材料，由于职田是省地县的点，各方面要材料相当频繁，数年来吕明白天到工地搞劳动管理把身体搞垮了，抵抗力极差，一感冒就是重感冒，一重感冒，头和骨节就疼得死去活来。东棚会战期间，吕明再次病倒，但战区领导工作无人替代，社员上地他还得上地。大伏天，他总感觉后心头发冷，在工地烈日下，还要用手背过去盖住后心。那么多社员冒汗水大干，他不能坐在工地上，只好拿上镢头去掘碰畔。晚上大家散工后，他照样得解决当日问题，研究明日工作。

东棚咀的治理工程完工之后，一看现场，他又来了兴趣，拟了一首《农建词》，用石灰写在收尾工程的墙壁上，算是对农田建设感悟的一种总结。诗中表达的思想是，治理黄土高原，只要把水、土、肥的"三跑"田，通过农田基建变成"三保"田，进而通过多施充足的有机肥变成"海绵"田，就一定能够把农业搞上去。实际上，不对农业生产关系作根本性调整，工业不从化肥、机械、资金上向农业反哺，纯抓农建解决不了全部问题。反过来，即使生产关系调顺了，如果不顺从黄土高原治理规律来抓水、田、林、路等农田基本建设，农业发展也会缺乏最为重要的物质基础。

岭南会战是给武家堡第四生产队修地。1977 年秋冬，集中全北片的

600 多名劳力来这里苦战。北片跟上修地受益最大的就是这个生产队。这个队的 450 亩耕地全是坡咀地，经这次会战，除把这些地全部修成连片梯田外，又把面朝西的一架荒沟两边的陡坡全部修成反坡林带，栽植了用材林。此前给他们大队留 100 多名劳力，在泉下打坝修水库，但坝未打成。会战队伍接着打成这个坝，在坝下还修了五六台大块梯田，引水种植蔬菜。当时县上答应供给抽水上原的机电和管道设备，所以组织劳力挖通了铺管道的山洞，并在岭南原畔修成了水塔。遗憾的是，1978 年秋推倒原公社领导班子以后，这个抽水工程再也无人过问。直到 23 年以后，吕明因怀旧从西安驱车来这里观看，水库和水塔依然存在，但因无抽水设备，抽水上原的目标一直未实现。

1976 年冬，武家堡大队有一半劳力留在这里打坝修库，从中抽出 10 名精壮劳力为抽水管道打山洞。有一天吕明路过检查时，发现打洞青年围了几圈打扑克，十多天了所挖洞深不足 5 米，他感到武家堡的队干太不负责任了，北片会战不抽你们的劳力，让给你们队自己干，却还在这里磨洋工。他随即叫来大队干部狠批了一顿，量了现有洞深，规定了后三天的挖掘深度，便离开这里去了壮观台会战区。三天之后他又来这里，前一次的打扑克场面又一次再现。一量挖掘进度，三天的任务完成了不到三分之一。这使吕明极为愤怒，认为队干和群众欺他手软，在狠批之后觉得光苦口婆心领导不了"大干快上"，联想到一些人，也包括县上领导，就曾认为自己有些"文人天真"，啃不动顽木头。觉得这次得另想办法，借鉴一下大寨"大批促大干"的经验，于是从会战区抽了几名年轻生产队长，交代了晚上到恒安洲大队部啃顽木头的任务，并指令武家堡大队副书记带领挖洞队员，晚上去恒安洲大队部接受教育。这一晚他在公社开会未去恒安洲。第二天工地上传出消息说，"昨晚把武家堡的挖洞队员教育美了，连掀带拥，吓得他们只是回话，表示今后一定好好干"。吕明听到后未置可否。后来再去检查掘洞队，队长确实负起了责任，队员也听使唤，掘洞进度明显加快。但从这以后，吕明以武力搞强迫命令的坏名声就传扬出去了。这是他最严重的一次强迫命令错误。

后来他也常常反思，在当时任务重、时间紧、压力大的环境下，他为什么会出此下策？为什么不冷静下来再想想其他办法？尽管如此，几十年里他一直怀念着职田农民。在城里凡听到谁骂"农民意识"，他便会立即纠正，说新中国的江山是农民打下的，工业化的积累是农民奉献的，新时期的城市大楼是农民盖下的，中国的农民应该是全世界最好的人民。

岭南治坡会战的实绩，是吕明在极其困难的政治环境中领导的。因为县上的派性斗争，一直有人向上级写告状信，希望以强迫命令罪赶刘书润下台，有的信一直从中央批下来。1977年冬，咸阳地委派员专门到刘书润发迹的职田调查，来职田后就专门进驻吕明所包的北片调查。人家一方面动员群众揭发他强迫命令的问题，另一方面不时找他对证。群众议论，吕明可能要受法，所以便对工地的领导工作产生一定抗阻。由于改造黄土高原的规划目标在头脑里太根深蒂固，吕明向自己下指令，即使明日坐牢，今日还得抓紧治坡工程。这次地委调查之后，出于平息各方意见的考虑，分别给了一把手李忠贤和副书记吕明严重警告和警告处分。接着，咸阳地委书记余明来岭南工作检查，看了工地现场以后，还是对吕明作了一些鼓励。

第三战区是公社副主任席永哲负责，由职田东片的青村、下墙、牙里河，后来加上马家堡4个大队联合作战。

牙里河大队在汃河川，人口较少，其余3个大队都规模较大。青村、马家堡都是7个生产队，下墙5个生产队。青村咀这面坡是职田公社最大的一面坡咀，坡上西侧有青村第五、六、七生产队的地，东侧有下墙第四、五队的地，该咀从北边原畔向南延伸到汃河川原畔，约5里长，东西也约5里长。坡面有5条大的流槽，六七条小流槽，中间还有一些凸起的小山包，席永哲是转业军人，中等个儿，黑红脸膛，明亮眼睛，说话简短而声高，性子耿直，除本职工作外，不过问公社其他一切事情。他所分包的青村大队，因队干较弱，他便当了书记当队长，天天处在抓工作的第一线，天天和后进现象搞摩擦，几年下来，也惹了不少社员。所以在后来的运动中，他也是审查重点之一，运动之后背了处分调离职田。

青村咀的规划骨架是，西侧一条机车道，东侧一条机车道直下堡岭寺，两头连成环形道。东边相邻的齐村咀，又有一条贯通南北的机车道，直下林菀山、牙里河。从东到西和道路夹直角的是梯田田埂。这面坡咀的治理，由东片千名劳力花了一年半工夫修筑完成。田块规划比较规整，由北至南一层一层落差较大的梯田一直垒迭到咀梢，由南向北遥望，极为雄伟。这是东片人民干出来的业绩，相信当年参战的东片农民，永远不会忘记席永哲的名字。1998 年秋，吕明重访这里时，地里忙活着的老相识一见面就有叙不完的话，假若席永哲同志能够到来，一定会是亲热空前。

1978 年，吕明上中学时的学校书记蒲忠贵作为县上工作组成员在青村住了一夜，回公社时给吕明叮咛，"吕明，你们工作真好，职田的农民真好，把地修得真好。早晨 5 点我听见工地指挥部吹号，即起床去大路上看，刚到 6 点，东片各村的男女劳力都拉上车子叮叮咣咣加紧脚步向工地赶，不到 7 点，全工地所有作业组都劳动开了。宁领千军，不领一社，你们把农民领导得像军队一样齐茬，真不简单。吕明，到此为止啊！再不能把弦往紧绷了，有张有弛，松弛也是大干的需要。"老师的话，说了优点，也指出缺点，"张"的年月太久了，"弛"的时间太少了。工作中的辩证法真是好说难操作啊。

全社治沟的林菀山大会战，就是接住这面坡的南茬，直向河川挖林带、植树木的。

第四战区是公社副主任刘林喜负责，由中片职田街、照庄、景家、旧杨村 4 个大队组成。

中片在公社中心，情况比较特殊，各队基本是分头作战多，集中会战少。照庄大队的沟坡治理任务因为先行一步试点，1974 年底就按照规划完成。但 1975 年春，咸阳地区农办主任来照庄，要求在沟底水库前面像大寨一样，搞个"人造小平原"，从此，地区派来工作组，包括地委副书记韩劲草也常驻照庄，督促搞这个"人造小平原"。

职田街大队，治理了他们的崖店沟，缓坡造梯田，陡坡植林带，导引泉水建起菜园子，抽水上原解决了人畜饮水。

旧杨村大队前期治理了他们的村前沟，主要是挖林带栽树，建设了抽泉水上原工程，后期则参加了景家的治坡会战。

景家大队原面治理完毕以后，从 1974 年开始治理他们的北坡，因为坡面陡而长，从 1976 年起，旧杨村大队也参加进来一起会战。这面坡和公社其他几个战区的面积相比是小一些，但修成水平梯田以后，对景家大队的意义却很重大，因为这个队的坡地占耕地的比重较大。几年间，咸阳地区办公室的闫志祥同志派下来锻炼，兼任职田公社党委副书记，也常驻景家协助指挥坡面治理。

六、坡咀治理会战中的钢筋铁骨

如果说职田的农田基建是在建设一座宏伟大厦，大小队干部就一定是大厦的钢筋铁骨，正是它们把大大小小的建设组件和水泥沙石支撑了起来。没有它们的牵拉聚合与协同支撑，再科学合理的规划设计都只能是空中楼阁。在农田基建工程持续推进的过程中，各大队和生产队的干部一直都是公社党委最为重要的参谋和助手，是联系全社农民群众最可靠的桥梁。各项工程的每一个方案都是由队干们结合各自的实际，提出修改完善的方案，并由他们去向群众宣传解读，引导群众理解和认同。在此基础上，才能调动起大家齐心协力、苦干实干的积极性。在农田基建的每一个重要阶段，都会涌现一批在全社产生重要影响的优秀队干。坡咀治理会战当然也是如此。

王德义，恒安洲的大队支部书记、公社党委委员。他在 20 世纪 70 年代已经年过五十，算是全社当农村干部时间较长的。他黑红脸，中等个儿，不识字，寡言语，当队干主要靠两点得人心：一是诚实公平；二是带头劳动。他当多年干部没有惹下一个死对头。村里人说，1967 年春节前，出于上头压力，恒安洲农民在团支书带领下组织了农民造反队，计划和村上最大的当权派王德义"拼刺刀"。大家约定腊月三十晚上在王德义家里集中。造反的年轻人，在一些老人的指导下，去王家时每人端了一碟菜，到家后大伙围成大圈连吃带喝地吵吵起来。造反队长向王说："主席老人家叫造当权派的反，我们不能不听。大伙也说不清你有啥错误，你干脆自我革一下命。"说毕吆喝大家"吃菜！"吃了一程，王德义说："我没文化，没能力，本来就当不了这个书记，大伙赶着鸭子上鸡架，结果把村子搞得这么穷，大伙跟着我受罪，我向主席请罪，给大伙赔罪！"他一说完，造反队长又吆喝大家"吃菜！"吃喝了个把钟头，"拼刺刀"的战斗结束。故事是否真实，无法考证。1969 年党支部恢复时，群众解放王德义却是很利索，他又被选为大队书记。

重新当书记后，他还是社员干啥他干啥，把当干部当捎带的活儿，把劳动当成自己的本分。在他的带动下，恒安洲大队 3 个生产队的干部都长年坚持和社员一起劳动。由于恒安洲的耕地分布在九沟十八弯，这次坡咀会战自然是重点治理区域。王德义既要带头劳动，坚持给其他干部和群众做出样子，还要不断协调处理一些突出的矛盾和问题，因此每天都是鸡叫三遍就出工，收工回家满天星。五六十岁的人这样拼命，村里的人们都感到于心不忍。虽然这个队地理条件不好，但社员们本来就有吃苦耐劳的传统，加上王德义这样率先垂范，这个大队的各项生产指标一直都位居北片前列。1972 年省委总结职田落实农村经济政策的经验时，专门把恒安洲干部参加集体劳动的事迹加以总结，编入《农村人民公社经营管理材料汇集（三）》印发全省。

2003年秋，吕明自西安出发去看王德义，他已是八十开外的老人了，大家帮他回忆了半晌，还是认不出来，但一说名字马上想了起来，边说话边流泪。由于一生劳苦，腿已不听使唤，吕明上前一搀他才站立起来，说起当年共同奋战的往事，大家都感慨万千。

王京合，恒安洲大队党支部副书记，第三生产队的队长。"文革"前吕明见王京合时，他二十三四岁，满村人对他是一片好评价。他中等个儿，方而大的黑红脸，一身瓷实肉，看起来一身劲儿，说话粗声壮气，该说的话总能抓住要害说透，除此不说多余的话。因为他领导得法，三队的牲口饲养管理得好，每年庄稼收成好，集体的粮食积累多，沟壑栽的树也管理得好，群众对他一直都很信赖和拥护。

"文革"后党支部一恢复，他即被发展为共产党员，不久成为恒安洲大队的副书记，仍兼任第三队的队长。全公社的赛牛、赛猪、麦秋田观摩等，他的生产队一直受奖，数年间，全社的村队干部光荣榜上一直都有他的名字。

吕明包北片工作以后，从治坡会战和其他各项工作的实践中对王京合有了更多的了解。他虽是小学文化，但肯动脑筋，能自觉地把治理黄土高原的大规律和农建田块的小规划恰当地结合起来，拿出令众人服气的治理方案，所以北片几次治坡会战的总体规划，吕明都指派他牵头。一个农建作业组的日定额如何定，才能使强、中、弱劳力都能拿下来，常常让他亲试定额心里才踏实。他看到安排的某些意见不切合实际，会后能据理据实向吕明做出解释，并请求纠正。由于他既能干重活，又有很精细的管理门道，所以恒安洲大队的劳力，在几次会战中总是遥遥走在全战区的前头。吕明也从来没有因为恒安洲的劳力出勤、质量进度而伤过脑筋、发过脾气。王京合对泥水活、木工活、电工活都肯揣摩动手，是样样都有几下子的农村大能人。

　　鉴于"大锅饭"管理在田块作务、牲畜饲养管理上暴露出的问题太多，社队干部因此而犯强迫命令的错误就无法彻底纠正。1976年秋，吕明开始思考在集体不散的大前提下，寻找改善管理的新出路。在和王德义、王京合等人谈到这个议题时，他俩都说办法有的是，"划小"和"户包"就能解决问题，但上边把这当资本主义复辟。吕明从中央《高级社条例》《六十条》和大庆《岗位责任制》中，找到"划小"和"户包"的政策依据，和他们先后讨论拟定了责任猪场、责任田块、责任山庄等管理制度，小范围暗地试行。根据试行中的观察，各方面功效都大幅提高。

　　1978年秋，原县、社领导被打倒以后，职田公社的新党委顺藤摸瓜，下队给王京合罗织了一堆罪状，开除了他的党籍，撤销了他的职务。当时的咸阳地区副专员王杰是恒安洲人，回村后听到王京合的冤案，曾向旬邑新县委建议给予纠正，县委推说是落实华主席指示在运动中定的，不好翻案。2003年秋，吕明去村里看望他，他正在盖房，说起往事也不胜悲哀。他说现在镇上的领导动员他当村长，他的回答是，不恢复党籍什么也不当。

　　张玉贤，小峪子大队副书记兼第四生产队（东棚村）队长。张是很有特点的农村干部，当时三十五六岁的年纪，不急不躁，总是面带笑容，善于拿执行制度管人，而不从语言上伤人。对于来自上头的压力，也当事也不当事，你批评他，他不紧张，不顶撞。等你批评结束了，他仍面带笑容地向你谈他的想法。当时的公社头儿在运动的重压下，就缺乏他那样的心理素质。他能把第四队的各项生产安排得有条有理，在全北片为东棚的修坡会战中，他总是带着感激之情，千方百计地抓好第四队的劳力，尽力地干在了全战区的最前边。

　　孙富汉，武家堡第四生产队（岭南村）队长。孙是个头脑忠诚、实在而工作卖力的年轻人。对于会战给他们修坡地特别感激。为脱产干部办伙食中，一再叮嘱炊事员要改善生活。吕明一发现这种情况便立即加以制止，怕因干部搞特殊而脱离群众，影响干群关系。要求炒些炒面，压些高粱饸饹，麦面也要白面和麸子一块儿吃。他听从了这个意见。其间，有一周吕明去地区开会，回来发现岭南村羊群里少了几只羊，一问，说是富汉杀了招待参加会战的其他队干部。吕明立即查明情况，让他当会检讨，并向被招待人收起赔款，补齐羊数。1978年秋，吕明的专案组下村来，想搜集吕大吃大喝的事例，听了他的如实汇报，便打消了这个念头。

队干中当然也有例外的。有个生产大队，长期无法选出一心谋公的好干部，村子也就落了多年的烂名声。这个大队的书记在坡咀会战的几年里，工作一紧张就称病告假，卧床不起，但大队权力却不放手，专门举荐了两个能力较弱的娃娃当副手，每晚到家里向他汇报，听他指示。由于两个副手拿不了主意，在群众中就没威信，样样工作都推不动，逼得公社领导经常到第一线代他处理种种难缠事。公社经常接到反映信，揭发他的经济和生活问题，说他怕劳累在家里装病。公社几次想改换，但苦于难以找到合适的人选。这也从反面说明，农田基本建设和其他事业一样，干部，特别是基层干部，任何时候都是最重要的因素。

吕明这一时期的相关诗歌，较为真实地反映了当年人们的思考、行动、奋斗和奉献：

（一）调查研究找新路

1976年10月23日于北片战区

以往功绩筑高丘，新问题需惊回首。

宜据社情作运筹，不只每事听上头。

领导本是大科学，不联实际何所收？

九牛莫只跑趟子，路子不明大事休。

灵活马列才管用，上合下情果方优。

劳动为何需强令？经济管理怎深究？

粮食增产何是路？化肥家肥何处搜？

农建收种怎兼顾？资金奇缺怎么求？

多少题目待调查，糊涂岂能指挥周。

人道"为政糊涂好，明白会为明白丢"。

我愿专责事调查，研究明白拓前路。

（二）北片雪中会战[①]

1976 年 11 月 7 日于壮观台

北风扫尽千里秋，

秦陇川原一望收。

天兵所到无穷变，

山河不平战不休。

（三）壮观台[②]

1976 年 11 月 9 日于看树亭

壮观台，多壮观，环顾茫茫是陕甘。

川流三县雪雨，山浮千载烽烟。

竿写世代历史，镢挖山河变迁。

---

① 天降头场雪，北风呼啸，坡面上劳动大军冒雪作业，感慨系之，遂用白灰在壮观台斩削的崖壁上写下此诗。

② 壮观台坡面修完之后，像欣赏巨型工艺品，爱恋至深，出于心底对于农民力量的崇敬，吟成此诗，手书于看树亭的墙壁上。

何人主沉浮？农民举车鞭。

指看当年旧战场，风流岂能胜今天。

社员胸怀马列毛，顺从规律治山川。

斩峰填沟随人意，筑坝削崖一挥间。

满眼是园田，粮林接蓝天。

老山变新山，土山变金山，尽人说壮观。

（四）东棚会战

1977年8月7日于东棚

会开了，

党委决议好，

全社开辟四战场，

分头去领导。

天将晓，

东棚遍坡跑，

翻越渠梁踏青草，

初绘规划槁。

通知送，

干群代表动，

召开北片诸葛会，

规划现场定。

传号令，
层层作鼓动，
数百战士上战场，
锅灶安土洞。

起床号，
干部首先到，
披星布阵有条理，
百车嚓嚓叫。

抓主要，
管理须得窍，
日晒雨击战三日，
骨架显初貌。

真艰苦，
日移万方土，
干群互学互激励，
队队猛如虎。

带队伍，
爱兵入肺腑，
关心吃住作奖评，
张弛相替补。

一月活，

两旬见成果，

主体工程展四化，

大壮人胆略。

心如火，

再干志不折，

东棚坡咀要修尽，

全胜最后决。

（五）农建词

1977 年 8 月 18 日于东棚

路咋走？

调查在前头，

管理政策要落实，

改革上层建基础，

立志贵长久。

莫动摇，

保土首一条，

苗需水肥气热光，

土壤结构定分毫，

农建要抓牢。

不可忘，

群众力难量，

按照大农做规划，

掌握规律怀治黄，

条件必改良。

同心干，

分步改旧面，

原坡沟都无"三跑"，

先成园林"三保"田，

逐步成"海绵"。

土为主，

别样莫轻视，

八字宪法辩证法，

水肥种管抓不止，

综合保粮食。

抓紧粮，

林牧副跟上，

原面坡咀办粮仓，

沟壑办成大银行，

何愁不富强。

（六）工地雨搅雪

1977 年 10 月 20 日于岭南会战区

渐渐落叶铺了路，

浓云西去，

当是黄昏后。

旋旋细雨旗湿透，

三坡大战歌依旧。

浩浩夜半北风怒，

将晓开门，

雪染清清宙。

战地铜角吹未够，

征人满布长岭右。

（七）掌握规律治高原[1]

1977年11月4日于岭南会战区

西北吹黄风，飞沙亿万年，

细砂再风化，黄土积高原，

积土本不平，起伏而巅连。

东南吹湿风，雨雪落纷繁，

滴水聚细流，朝低流向前，

部分在地面，汇合冲高原；

流槽冲成沟，沟间成山峦；

部分渗下地，形成沟中泉，

山泉汇大河，河淤川中原。

---

[1] 国务院黄河水利委员会派员来社总结职田依据规律，治理黄土高原的经验，以便向将于1978年3月召开的"全国科学大会"推荐。吕明在汇报中提供了专文与此诗。来员认真核实了各队农建及农林牧副发展的实绩。

海水天上来，落地又东还，
如此作循环，高原冲愈残。
认识高原史，助于治高原。
自有人类史，便在改自然，
相传禹治水，愚公移屋山，
成败千万次，认识次次添。
改造黄土原，规律摸在先，
顺从便可行，违抗便被淹。
要想知规律，与众同实践。
掌握辩证法，突破旧习惯，
现场勤勘测，学众好经验。
根据粗材料，用脑多思辨，
层层剥表象，内在规律见。
水土相矛盾，攻守两方面，
地平土蓄水，地斜水垮原。
矛盾能转化，相破变相圆。
仔细观水流，由流而到源，
探得水习性，改土知关键：
水往低处流，先从高处拦，
治原后治坡，再后治沟川；
支流汇主流，先把支流断，
支流没有水，主流便枯干；
同一流域内，治理联成片，
洪水分层蓄，联合工程坚；
土肥与水林，综合治莫偏，
植被能固土，丰粮又增钱。

规律作指导，规划少片面。

我社照规划，四年治了原，

二万八千亩，平整加深翻，

地平路埂端，大地已园田。

治坡九千亩，任务过大半。

干到七九年，坡坡是梯田。

沟壑植林带，打坝聚水泉，

待看八二年，荒沟尽治完。

十年规划落，找见旧貌难。

回顾前八载，仗仗动心弦，

大战见群力，移山等弹丸，

雄心永不退，越干越能干。

大干出人才，磨炼指战员，

粗中又有细，干中搞科研，

领导成内行，就有发言权，

避免瞎指挥，不叫挖了填。

认识无止境，改土无边沿，

科学加干劲，持续改条件，

年年产量增，队队多贡献。

生活节节高，社会快发展。

黄土高原改，新岁胜旧年。

（八）对天咏歌

1978年7月1日再看青村咀、车村咀治坡战绩而思

抗日战，解放战，

都靠农民千千万。

而今改穷山，更是农民流血汗。

红旗指处，强搏硬拼驰前线。

七架坡，八道壑。

九千愚公拉重车。

造就新山河，旧状后人见不着。

万亩梯田，对天咏唱英雄歌。

第九章

扎实推进沟壑治理

一、县水电局总结职田沟坡治理经验

职田的农田基建从一开始就确定了"规划在前，试点先行，原面、坡咀、沟壑梯次推进"的总体战略。因此，在原面治理启动不久，公社就安排了在照庄的沟坡治理试点。坡咀治理进入全面会战后，一些坡咀地相对较少，沟壑较多的队又进入了对沟壑的全面治理。由于全县各公社都存在原面、坡咀与沟壑治理相互交叉的情况，特别是沟坡治理因为地形复杂，要形成科学合理的方案需要考虑的因素较多，实施起来难度也大。根据县委领导的指示，县水电局派调查组于1976年初前往职田公社，和党委领导成员一起，深入照庄、恒安洲等大队，认真总结提炼了职田治沟治坡的经验。1976年2月24日，县革委会向全县转发了县水电局调查组《关于职田公社治沟治坡经验的调查》。

这个调查较为全面系统地反映了职田人民对于黄土高原沟坡治理的规律性认识。现将沟壑治理的部分内容全文引用如下。

在原面基本治理完成的情况下，公社党委不失时机，迅速组织领导、群众、技术人员三结合的调查组，对全部荒沟荒坡进行实地勘察，查出公社总土地面积72.6平方公里，其中沟壑面积为43.2平方公里，占全社总面积的60%，是耕地面积的1.5倍。在沟壑面积中分布着大小沟84条，真是沟壑纵横，支离破碎，下沟无有半里平。经过调查研究，将沟壑大体分为四种类型，即开花沟、夹渠沟、平底沟、尖底沟。根据不同类型制定出不同的治理方法，公社党委拟订了以下治理方案：

总则：全面规划，因地制宜，土与水林，综合治理，先易后难，连片修地，大平大整，质量第一。

坡咀：先修高处，逐层而低，大动土方，高打墙壁，合并田块，加高路基，水不下沟，远看如梯。

沟壑：陡坡林带缠，缓坡修梯田，泉外筑水库，库外造平原。

林业：原上搞园林，村庄搞密林，阴山用材林，阳山经济林。

规划实施：宣传鼓动，对资专政，干部带头，政策过硬。

在公社这个规划原则的指导下，全社各队根据地形特点，因地制宜制定自己的规划原则并进行治理，下面是几种不同地形的治理方法。

1. 平底沟的治理。它的特点是沟面宽阔，沟壁较陡，沟底平坦，且一般有水泉。像照庄大队的白杨沟，下墙大队的泉子沟均属此类。1973年，照庄大队打响了治理沟地的第一炮。他们提出了"大战白杨沟，造地100亩，原面办粮仓，沟底办银行"的战斗口号。治理的方法是：沟头封沟墙，沟沿护沟林，沟底造地坝，泉下修水库，库外造平原，陡坡鱼鳞带，缓坡条田化。经过两年苦战，已修地30多亩。四面修梯田50多亩，还有护沟林带20亩。

2. 尖底沟的治理。它的特点是沟面较宽，沟壁较缓，沟底窄而比降大，早池大队的小南沟就属此类。小南沟的方案是：沟头封沟墙，沟壁分层弓形坝，坝间高差要留小，坝坡比降必适宜，削壁填膛来平地，保住山皮是第一，从上到下来治理，"之"字道路绕坝缠，沟壁挖成反坡田，护壁防冲是关键。

3. 夹渠沟的治理。它的特点是沟面窄小，沟陡，沟底比降小且平坦，小峪子大队的小西沟就是此类。他们的治理方法是：沟头封沟墙，沟沿护沟林，沟壁要削齐，坡度留适宜，削壁来填底，修成长条地。这个大队经过两个冬天的苦战，已在沟底打土坝一座，造地30亩。

4. 开花沟的治理。开花沟的特点是以上三种沟形特点的综合。一般是沟形大，支沟多。所以在治理中采取三种沟型的综合治理方案。如职田公社专业队治理的反修沟等。

这样治理不仅是保原夺高产的主要措施，更重要的是给农林牧副渔全面发展创造了基础。所以在治理过程中，必须坚持全面规划，综合治理，把治沟与治原结合起来，把治沟与造地、治沟与造林、治沟与蓄水等密切结合起来。在施工中要坚持"原畔宜邦不宜垮，打坝造地宜短不宜长，山皮宜保不宜跑，宽筑坝高打墙，削平山梁紧填膛"的办法，水土保持工程措施与生物措施相结合。

上述治理沟壑的规律来自职田人民几年治理沟壑的大量亲身实践，覆盖了黄土高原沟壑的多种复杂地形，针对不同类别地形的多方面具体特点，提出不同目标、不同路径和不同方法的治理原则与措施，对职田后期大规模治理沟壑、对旬邑全县的农田基本建设，都具有不可低估的现实意义。特别是对具体沟坡治理规划和方案的制订，可以直接作为重要的依据和参考。

二、公社领导对沟坡治理六大矛盾的认识

职田公社根据摸索到的治理黄土高原的规律，做出比较符合实际的原坡沟的规划，在治完原面之后，1975年全社开始主攻坡咀，同时沟壑耕地占比较大的大队，陆续进入对沟壑的治理。实际上坡咀和沟壑在地形结构上有许多交叉和共性，因而治理规律和遇到的矛盾有很多也是共同的。吕明根据领导班子对沟坡治理主要问题的讨论情况，将必须正确处理的六对矛盾进行了系统梳理。

一是联片会战与作物倒茬的矛盾。联片会战有四方面好处：利于全面规划，遵从科学；利于加强领导，压实任务；利于联片成形，鼓舞人心；利于穷队先治，及早翻身。

从几年经验看，一个战区容纳400～700名劳力管理幅度较为适宜，即全社每四五个大队联合会战较好。比如，每年有夏、冬两大水利建设季度，每季度给一个大队修，两年大体可给每个大队轮修一次，两年平衡一次。第三年，先给前两年出工最多的队还工，还工以大队为单位进行平

衡。因为前几年治原面，沟坡多的生产队都给原面队去治地，现在给沟坡队会战修地，在一个大队范围讲，也是原面队给沟坡队还工，符合实际，符合政策。每修300～400亩地，早半年规划，早半年倒茬。倒这些面积的茬，在一两个生产队，完全有可能。

根据实际，战场若拉得过大，比如全社安排一个战区，会出现五方面问题：第一是还工周期相距太远，17个大队要八九年才能轮一遍；第二是一个坡沟往往属于一两个生产队，春秋两料庄稼的面积只有那么些，倒茬困难就很大，所有耕地倒成纯秋或纯麦，那也行不通；第三是给一个生产队修地，肥料不可能足够加上去，还不如给多个生产队修，保证新修地能够加足肥料，迅速充分地显示修地效果；第四是公社党委成员集中在一块儿，没有分包战区的对比性，担子就压不实；第五是战区过于集中，免不了有劳力离家更远的情况，本来分几个战区干，晚上回去可以备一些粮秣，管管孩子、家畜家禽及家庭安全。离家太远，家庭生活无法兼顾，就使能上地的劳力受拖累无法上地。

二是园田骨架方正与陡坡沟头延伸的矛盾。环坡路和梯田地边埂是坡咀园田的骨架。原面宽而平。原田划骨架容易画方正，但沟坡有两个因素影响画方，第一是坡太陡时，道路笔直，必然出现路面太陡，机车上下难行；第二是沟坡常有豁豁牙牙，有沟头的延伸，使道路常被隔成一截一截。在这种情况下，解决矛盾的原则就是因地制宜，沟坡必须有沟坡的园田化要求，沟坡中的梁、峁、湾、窝、掌，又各有不同要求，不能拿原面园田化的框子硬套。

环坡路在坡面两边的，路之间的梯田是主体工程，路外的小咀儿上的梯田就是辅助工程。不宜两边开环山路的，只宜在坡心开一条直路（路的底端要开辟回车的环形道）。直路两边是主体工程，主体工程以外的小咀梯田是辅助工程。一般要求主体工程力争方正，辅助工程可多讲因地制宜。主体工程要力争可以开拖拉机，辅助工程起码可以牛耕。辅助工程以外的齿咀子挖不成梯田，可以挖成林带。坡面较缓，主体工程的梯田可宽一些，较陡就要较窄一些。环山路的宽度，目前以 4～5 米为宜。梯田宽度和道路宽度要相称，地窄路过宽就越显地窄，很不雅观。道路设计要便于耕运收机械进入每块梯田。

路是大骨架，埂是小骨架。埂可以是直形、外弧形和内弧形。坡面两边和中间比较平缓的采取直埂，中高两侧低的梁形坡，宜用外弧形埂；中低两侧高的窝形坡，宜用内弧形埂；坡面并行几道梁的，又可用直形埂。比如梁形坡采用外弧形埂。挖方指向地边运，运距最长也长不过梯田的宽度。如果采用直埂，往往是挖方往一头运，最长运距往往是梯田畛子的长度。这样弧形埂能修 200 米的畛子，直行埂就只能修 100 米的畛子。弧形埂能修 20 亩大的田块。直行埂只能修 10 亩大的田块，反倒不利于机耕。同时，修地总面积的进度还会减半。这样的勉强要求端直，从修地实效上看划不来。美观不美观，也是以种植实效做基础的，直而无实效，干农业的行家看了心里不自在，就不以为美。况且修一面坡还有个全坡总体美和田块个别美相结合的问题。坡咀每个田块儿虽然方正，因为地形差异，不可能田块儿大小一律，所以和道路结合起来看全坡，参差不齐的穿出许多方角子，倒不如层层整齐的弧形梯田好看。一味求大、直、方，就有花架子的问题，农民不会欢迎。

坡上道路和梯田及田埂相互交叉，构成沟坡园田。每隔三四台梯田，过高的埂外低于埂顶一米或几米留一米多宽的平台，作为植树的林带，一方面可以起固埂的作用，另一方面道路两边植树，可和田埂形成直交或斜交，进而使坡面形成园田林网。

三是梯田田块要大和治理坡面总面积要大的矛盾。这也就是个体大与总体大的关系问题。以往为追求梯田田块大，挖运土方也就必然大，运距也远，这必然使治理沟坡梯田的总面积缩小。解决的办法，就是把个体大和整体大统一起来，不能形而上学地只求其一。

梯田田块大小的客观标准，就是能否适于机耕。根据观测，5 亩的田块机耕就显小，10 亩的田块不大不小，20 亩到 30 亩机耕起来会更好些。在这个问题上，也不能只求其一。田块过小不适宜机械操作，还可以考虑购买机型较小的拖拉机。这都必须从沟坡的具体实际出发。

田块大小也要考虑到治坡战役的时间要求。职田耕地面积的 60% 是沟坡地，所修田块的大小，起码要能够三五十年适用，更长时间以后科学的发展对田块大小怎么要求，当前的人们想象不来，这个任务宜留给后人。

田块大小还可以因队制宜。沟坡耕地面积大的队，若耕地足够，造林又较少，就可以多挖反坡林带来多植树，只要蓄住天上水，大田块、小田块栽树都是一样。往往小田块间高差大，还好解决密林的通风透光的矛盾。

职田属于黄河上游，还要从大处着眼，力求治理沟坡的总面积大一些。扩大沟坡"三保田"，就有利于使黄河之水尽早尽快减少泥沙。多一亩"三保田"，也还能多增产几百斤粮食。在处理这个矛盾的时候，既要有雄心壮志，又要脚踏实地；既要图大田块，又要图总面积；既要想到百年大计，又要想到早日见益。

四是土方大与运距大的矛盾。土方大和运距大往往同时出现，形成一对难以解决的矛盾，合理规划，矛盾也能恰当解决。

坡面往往不是很规整的一个斜面，而多是有峁、有渠、有梁、有沟头。地形越复杂，越需要反复调查，多动脑筋。地形越复杂，往往挖方和运距也越大。如果发动大家动脑筋合理规划，还可以取高垫低，减少挖方，缩短运距。

减少挖方和缩小运距的途径大体有下面几条：合理的缩小田块的长度和宽度，运 150 米可以，运 250 米至 300 米就太长。一个田块内的挖方刚够这个田块的填方用，不要出现余土；把坡间凸起的小山峁，尽量规划在田块中间，形成中间高周围低和北土南运的坡降，当然也可缩短运距。弧形埂、斜形埂（田块中挖方大的一头宽，挖方小的一头窄）挖方一面临沟的，可以短运距，让余土下沟，也可以缩小运距。挖方大和运距大相比，在运输工具不适应的条件下，运距大造成的浪费更多些，所以在缩短运土距离上要多找些渠道。

五是埂高与埂牢的矛盾。黄土高原上修坡绝大多数用黄土打地边埂。埂低不容易毁，埂高就比较容易毁。

职田的梯田有两种地边埂，一种是硬埂，即埂外下缘用锤子一层层捶上来；另一种是软埂，埂边和田内所填土是一样的实度，坡度由黄土自然流成，一般是每升高一米，向田里缩回一米。

从职田治理原坡的多次实践看，软埂、硬埂各有技术要求，各有特长，要因地制宜地加以采用。坡面主体工程多用硬埂，坡度小，占地面积少，迎雨面坚硬，不易冲出小渠。田块渗下水也不易透过硬埂打成水洞跑掉。埂面无草无树，对庄稼威胁小。同时，硬埂高过一米到几米的坡上光滑，人畜不能攀缘，踏不成豁口。过去打硬埂两面加橡，坡面坡度太小，有淋雨容易垮。以后改埂面用橡，埂内填土打宽捶实，埂面坡度留适当，每升高一米，向回收三分米。三米高以上的硬埂外边，留一米宽的平台，植成林带，既可构成园林，又可固埂，这类硬埂经历四五年不见倒塌。坡面辅助工程上的小块梯田，面临坡边林带一边的埂，可用软埂。那里用软埂离路远，人畜少去踩踏。软埂要一层层用脚踩上来，埂外用铁锨拍平，埂顶高出地面二分米，每升高一米，埋一些紫穗槐或柳条，把生物措施和软埂结合起来。

六是挖方填方高与两头保表土的矛盾。前面五个问题都是讲治理沟坡的规划质量，最后一个问题属于治理沟坡水的施工质量。但规划与施工有密切联系，最后一个问题事关"三保"总目的，所以不可不考虑。前五个问题讲如何通过田块结构，保水保土保肥，争取长远利益。最后一个问题讲如何通过施工，保住坡底原有的活土耕作层，争取当年利益。

按说搞田块规划时，就要想到有利于保表土。多年在搞一个一个田块的时候，坚持"高挖低填，定准开挖线，表土尺五高，起填两头保"。治理原面的时候，坚持倒栳子加深翻，栳子底下深挖七寸，上面铺上倒过来的活土层，这样凡修过的地深翻都达到尺五。

开挖线高低一定要测准，如果挖方已完，填方未起，这个田块就缺了土，重起两次就可能打乱活土层，保不住原来的表土。挖方如果余土，把土在已填平的地面铺二层死土，把倒栳子倒在地面的活土压在底下，也保不住原来的表土。

在施工过程中，规划人员要经常算起填方的虚土和供土账，随时纠偏。同时，指导挖方填方保持地面水平，不能斜下去或者仰起来，挖方若斜下去，这个田块就可能余土，填方如果仰起来，这个田块就可能缺土。

挖方填方高过两米，表土就不好保，但是过硬要求还是可以保住的。填方下面的表土铲上新地面有困难，可以用笼担。另外，坡地修过后山洼子，老硷畔上的活土可以铲下来，在新地面上铺上一层。挖方低，倒的栳子多，保表土有难的方面。挖方高，倒的栳子少，保表土有易的方面，要看到各自的难处和易处，正确指导，化难为易。

上述六对矛盾的正确处理，当然也和制定沟坡治理规划有密切关系，但劳动力组织与作物倒茬安排，治理田块与治成后总面积大小的关系，土方和运距的考虑，埂高与埂牢关系的处理，以及挖填方与保表土的矛盾等，更多是在组织工程实施时要重点考虑的。由于公社领导对六对矛盾关系分析得非常透彻，提出的对策又很有可操作性，因而可以作为组织实施沟坡治理工程的重要指导思想。

三、各队的沟壑治理

职田的沟壑治理虽然也有后面的大会战，但也一直与原面治理、坡咀治理穿插进行着。

1968 年成立公社革委会以后，每年春季全社都要安排近一个月的造林战役，大多是以大队为单位进行组织，在本队沟坡挖反坡林带、植树造林。除公社南北沟畔植防风林带，原面实行园田林网化外，更多时间是在沟坡植树，围绕各大队林场，不断扩大连片造林的规模。每次造林战役之后，公社组织也都组织验收评比。沟坡造林一直先进的大队有青村、恒安洲、新杨村、旧杨村、照庄、寺坡等。尽管原面、沟坡有 10 多年树龄的树，但截止到 1978 年上半年，制度规定一律不准许采伐。80 年代，农村兴起盖房热之后，这些林木才或有序或无序地被采伐，多数农民群众还是赞扬当年抓植树的一代干部，认为是他们给群众创下了家业。应该说，这实际上也是对沟坡的治理。

职田沟壑的形状相当复杂，各大类别的规划原则，前文已有归纳总结。将治沟规划最早变成治理现实的，就是 1973—1974 年的照庄试点。

照庄沟的主沟道上通马家堡职田街的北沟（时名反修沟），北沟的源头是后掌公社原面加职田以东原面上的一条雨水大流槽。后来人们堵住北沟沟头，不让其继续延伸崩塌，使这个大流槽分为三个支流顺原心向西延伸，一条以照庄白杨沟的沟头下沟，一条顺原心伸向太峪公社，一条由职田南片的寺坡沟头下沟。整个职田原面经过治理实现园田林网化以后，再大的暴雨所降水分都被千万层台田拦蓄下渗，不再形成洪水流槽，这就给后来治沟规划的可行性、治理后的安全性创造了大的前提。

1973 年春，根据对白杨沟全面勘查调研提出的"沟头封沟墙，沟底造地坝，陡坡育林带，缓坡梯田化"的治理原则，照庄大队支部动员，上劳100 多名，全村上下齐心协力，原计划 4 个月的工程，只用了 82 天，就移动土方 6 万多方，打成底宽 105 米，高 15 米，库容 3 万立方米的大坝，终于将扬程 97 米的白杨沟水抽上了原。同年冬天，照庄人二战白杨沟，就是在零下 17 摄氏度又刮着寒风的天气里，社员们还在挥汗大干，有的人甚至脱掉棉衣，挽起袖子拼土方。全队上劳男女 180 多名，每人每天完成土方量平均都在 10 方以上，最高的纪录达到 15 方。单身老汉任生全已经到了吃"五保"的年龄，每天还干到天黑才回家，治沟期间没少上过一回工。在紧张的冬季苦战中，大家还总结出了冻土施工的规律：冻了地上，没冻地下，掏出软土，打墙筑坝，早战阳坡，午战背洼，晚上波土，覆盖地面。

经过全体社员齐心协力、共同苦战，到 1974 年底，全面完成了照庄白杨沟的治理任务，共打土坝 3 座，造地 50 亩，挖水平育林带 230 亩，形成了陡坡用材林，缓坡经济林，泉下筑水库，库里养着鱼，抽水上高原的全新面貌。一个系统治沟的鲜活样板摆在了人们面前，使全社人民看见了荒沟治理的路子与价值，也树起了治理荒沟的信心。

为了把照庄治沟的经验推向全公社，也为了向全社做转战动员，1973年底，吕明编写了一首《职田人民治沟坡》的歌，组织群众在 1974 年元旦的公社会演大会上做了表演。

职田街的敬德爷墩北侧的沟叫北沟，东西走向，平均深度约 60 米，沟底平均宽度约 80 米，东起马家堡，西接照庄，总长约 5 华里，底部东西高差约 60 米，沟的东头有一眼泉水。从 1976 年秋起，公社决定全社抽200 名劳力在这里搞治沟会战。会战由公社副主任唐兴文领导，抽调几名大队副职，组成战区领导班子，各大队都有领工人员。

这个沟道不深，总体形状比较规则。治理中，首先筑起东边沟头上的封沟坝，杜绝原面流槽的洪水下泄；然后在沟底自东到西一层一层、一节一节地打坝淤梯田，即形成所谓"人造小平原"。一侧筑排灌渠道。到1978 年夏，修造梯田约 220 亩，泉水灌溉旱涝保收，种上了蔬菜和稻子。适应当时的政治形势，这个沟开始治理时就被改称为反修沟。由于地形地势适宜，反修沟的"人造小平原"明显比照庄沟的省功、划算，实用面积也大得多。

由于是全社大会战，所以各大队出劳、上工总是很费神，害得唐兴文想了很多处治的办法，因而 1978 年秋，他也成为强迫命令的整治对象。

此外，按治沟规划系统治沟的还有职田街的崖店沟、旧杨村泉子沟、小峪子一队沟、马家堡老城沟、万寿身底沟、旱池一队沟等。武家堡大队大战拓嘴山，修地 450 亩，治理大小沟 7 条，填湖泉 11 个。马家堡大队大战老虎墩，平地 260 亩，修了三面坡、一架山和一道梁，把过去人们流传的"趔洼子、背搭子、犟犟牙牙鸡爪子"和"面积大，耕地少，有水四边跑，周围长杂草，无雨硷畔庄稼小，大雨硷畔倒"的地貌彻底予以改变，变"三跑田"为"三保田"。沟坡治理使山河面貌为之一新，形成了"路端埂直树成行，埝地块块田成方，梯田层层绕山转，水库座座映蓝天"的欣欣向荣新景象。

四、林菀山大会战

林菀山在职田东南方向，由东边芬弯的一条岭，中间白杨坡的一条岭，西边杨树岭的一条岭构成，岭中间夹了十多里多种形状的缓坡和陡坡。公社林场建在芬弯半坡的一个簸箕掌上。林菀山北接青村下墙大队，南接河川的牙里河大队，规划治理面积 5000 多亩。

研究林菀山治理的时候，一些同志也提出过质疑："改变荒山原样，是不是会破坏自然环境？"这种议论事关治理黄土高原的必要性，因而引起大家的共同深思。经过查阅资料并请教有经验的老农，最后的结论是，林菀山今天的无树少草、水冲山崩的现状，实际上是多年来人为破坏天然林草的结果。我们今天治理荒沟，植树种草，蓄水保土，正是为了恢复原本就有的优良天然生态。大家于是形成共识：对于"损于滥获"的天然生态，人类绝不能消极等待，任其进一步恶化，而必须积极作为，努力促其尽快恢复。

1976 年 5 月初，公社抽调人员上山勘查，逐岭、逐坡、逐沟、逐川分段搞规划。规划分成两大部分，一部分是山坡治理，另一部分是河川治理。山坡治理规划中，骨架是开通三条机车路，其中一条是下墙通牙里河的山坡路，一条是青村通堡岭寺的山坡路，一条是公社林场横通西边各岭的山坡路。这既为山区各村队方便了交通，也为将来山林经营带来方便。大道中间根据经营和管理需要，规划了十多条架子车道。道路以外都规划了梯田林带。河川治理规划中，重点规划了牙里河到堡岭寺这一段，连接了川前的城关公社桑村地界。河川改造任务主要是拓宽道路，便于行驶机车，分别引水、抽水浇灌川道台地，将川道的台坡田平整为水平梯田。

堡岭寺山形奇特，历史上是旬邑一大景观，一是汃河从北山伸出的一条石岭根底穿洞而过，形成一架可观的天然石桥。二是古时堡岭寺建在南山伸出的一条岭梢的石峰之巅，岭中低陷，根梢两头高扬，自古就以虹吸管原理将南坡高处的泉水导引上北峰庙中。庙虽早毁，但留有多通石碑记载当年香火盛况和修葺史实。在治理规划中，考虑通过修路、引泉、栽树、修地，逐步恢复文化历史和自然风貌，恢复旬邑这一古代景观。

会战指挥部设在芬弯的公社林场。5 月 16 日规划告一段落后，便给指挥部拉线安装了电话。由于林菟山是全社治理沟壑的最大工程，任务极其艰巨，为了争工期，赶在封冻前大体完成当年的主要治理任务，7 月中旬，各大队的麦收上场正在打碾，公社几位主要领导就商量确定，全社 1500 名会战劳力要准备好锅灶、粮食及被褥，按通知人数由大队一把手统一带队，提前上山启动工程实施。

当时正值 1976 年大地震前后，天雨很多。公社党委成员在青村一个碾麦场的防震棚里，研究了林菟山的总体规划，商量了全社四个会战片的地段划分和各战区领导干部及人员组织名单，明确了各大队上山劳力的夜宿地点，决定由青村、下墙大队腾出一些地方，住不下的人铺麦草住在山上废弃的老旧窑洞。同时安排了在家劳力做好麦子打碾、交粮和秋田管理等事项。会毕已是深夜 1 点，同志们在棚中未脱衣合了一眼，到黎明 4 点即动身，各赴林菀山指定地段熟悉情况，进一步为各大队划分修山地点。

天亮以后，领导们放眼张望几架山岭，到处都是社员一组一组挥舞起镢头铁锨在劳动。原来担心启动突然，初上山混乱窝工的状况并没有出现，大家都从内心深处感谢各队的干部和社员。

林菀山会战的突出特点，在当时的战报中有反映：

规划原则——峰岭为基础，道路为骨干，环山反坡田，上下连成片。

林带标准——反坡田质量为先，因地制宜确定长宽，带宽适当，外高内陷，边要砸实，里要刨软，埂宽一尺，高七寸半，石块要捡，表土铺面，见树必留，杂草必铲。

大兵团小分队——千军作战，大而不乱，任务到排，责任到人。

大战区小田块——兵布三岭，施工统一，田块较小，畦畦合格。

大美化小园艺——改造荒山，美化自然，因地造形，小巧玲珑。

作息时间：以号为令，广播报点，八点早饭，九点上工，两点半午饭，四点上工，八点收工。

竞赛内容：赛纪律、赛规划、赛质量、赛进度、赛政治宣传。

很快，各战区都办起了宣传专栏，山野里红旗招展，广播声、号子声此起彼伏，人们热气腾腾、你追我赶地在努力抢工期、完任务，并相互挑战、互相竞赛。动工激战三天，就挖反坡梯田 1000 多亩。

旬邑县革委会农林局 1977 年 7 月 19 日编写的第十三期植树造林专刊报道，"职田公社党委在今秋的植树造林运动中，决心把 1977 年的荒山绿化任务完成好，向高标准园林化进军。7 月 13 日，他们召开了生产队长以上干部会作了动员。由于思想发动充分，会战上劳快、上劳齐。14 日，全社 17 个大队 1500 多名劳动大军，早上 7 点钟就开赴林苑山会战阵地，投入了紧张的战斗。会战中实行岗位责任制，干部分头把关。会战大军以大兵团小分队和小作业组组织作业，任务落实到队，质量落实到人，层层检查验收，坚持把好挖窝、换土浇水和栽植三个关口，当天验收评比不过夜，从而使会战形成了大而不乱，团结、紧张，你追我赶的大好局面。经过苦战，一举完成整片造林 4500 多亩，绿化道路 45 华里，同时改造整修了南林苑。目前全社荒山会战已基本结束，大兵团转入四旁植树造林运动"。

经过全社抽调劳力、组织机关干部和学校师生，用两个秋冬、两个春天的会战，到 1978 年夏天，经济林、用材林全都丰茂起来，树冠基本遮住了山岭沟坡。

对于恢复堡岭古寺的文化建设部分，一是怕落"复辟"之名未敢动手，二是从规划上也列到了下一步。当时只让修地社员挖出古寺遗址上的几座石碑，刮去泥土辨了字迹。从而知道一座是清康熙年间的石碑，记叙了堡岭寺的来龙去脉，说是古来有位道术高妙的舟泽仙人云游华夏山水，最后选定此处结庐建庙，师徒世代相传。有几座石碑记载着历代修葺庙宇的经过及捐助者的村庄、人名。

后来使人们深感怅惜的是，全社人民几年间花去那么多的心血，却因环境变化和人事更替而未能持续发展并保护下来。1978 年夏秋，许多村兴起了自由化浪潮，把本村沟坡所造林木随意砍下来当柴烧，把羊只吆进幼林任其乱啃，把树叶采回家做猪饲料。对于这些，大小队干部虽知原来有严明的处罚制度，但谁也不敢再去执行。当时的许多干部就担心林菀山幼林恐难保得住。

1995 年春，吕明因公从咸阳回旬邑，驱车专程去林菀山看望。这里的沟坡梁峁上的梯田林带还坚固如初，岿然存在，没有被水冲毁，但上边栽的树木已全不见踪影，几条岭又回到未治理前的光秃样子。看见许多梁峁沟渠，心底浮现出当年治理中的故事，浮现出当年治理后诗一般的美景。眼前此景，却使他产生极深沉的失落感。后来看见堡岭寺对面于近年建起的抽水站，心中才稍觉宽慰。这倒是当年规划到而未及实施的利民工程，它把汃河水抽上来输送到几个公社，解决了高原农村的人畜饮水问题。后来刘书润从吕明的诗集中看到了关于林菀山的诗作，关切地问："林菀山的林木现在咋样？"吕明说了所见之后，他惋惜地说道，"我们还是真的让老百姓白折腾了啊！"吕明说："梯田和林带还在，只能盼望现在的干部把林菀山免费划给东片各户，并指导大家把林木再发展起来。"但这些想法只能是已经成为外人、却有着浓浓职田情结的他们的一种美好的期盼了。

五、水利与种草试点

一般而言，黄土高原上是沟就有泉，就有小溪或小河，因而治理沟壑总是和兴修水利密切相关。

1969 年 5 月 27 日的《职田公社农业学大寨规划（1970—1973 年）》提出，我社现有水地 200 亩，从 1969 年起要充分发挥泉水作用，扩大水浇地超过 100 亩，并装好两台水轮泵，实现两个川 340 亩水浇田。旱原要打机井一眼，灌溉耕地 100 亩，实现 1971 年全社每人半亩水浇田。目前采取蓄、引、提的办法，发动群众更直流向，固定河岸，向河滩要地，向河滩要粮，实现五年内全社每人一亩水浇田。1969 年 6 月 12 日的《职田公社 1969 年夏季农田基建安排意见》也提出，"牙里河、文家川等大队，要按照'蓄、小、群'的水利建设方针，完成今年的水利建设任务。"

1970 年 5 月出台的《职田公社"四五"发展规划（草案）》更进一步指出，"全社可打灌溉井的 7 个生产大队，共 33 个生产队，今年打井 32 眼，扩大灌溉面积 1240 亩。到 1975 年共打井 99 眼，扩大灌溉面积 6930 亩，保证每个生产队都有小型水利工程。今年除集中力量修成文家川、牙里河两个大队比较大的小型水利，保证扩灌 500 亩以外，其他大队都有一些可兴修的比较小的小型水利，今明两年全部修成，扩灌 250 多亩，到

1975 年平均每人达到半亩水浇田"。

1973 年 5 月，文家川 90 多名男女全、半劳力，在党支部的带领下，大战川口河，根治川台地，挖渠改河修造水浇地。社员文相荣是个失去右手的残疾人，为修渠引水，他自告奋勇带领打埝班子，坚持高质量、高速度地打埝，再苦再累也不下火线。女青年马慧莲人小干劲大，和男社员一样，坚持挖渠打埝，从未缺勤一次。经过 50 多天奋战，修成一条 6 华里长的引水灌渠，架起了两座过沟渡槽，建起三处小型抽水站，移动土方 18000 多方，修成水浇地 200 多亩，实现了每个劳力二亩五分水浇田。

由于每年的农田基建都有兴修水利工程的任务，到 1976 年底，全社建成抽水上原的人饮工程 11 处，包括马家堡、照庄、寺坡、旧杨村、新杨村、武家堡、恒安洲、万寿咀、下墙和小峪子等村。照庄、寺坡、武家堡和新杨村在沟底筑起 4 个水库。1975 年以后，先后有 7 个大队打了辐射井，10 个大队打了深机井，并于 1978 年上半年之前，全部配套了电机设施，主要解决原面试验田的浇地用水，有的也解决一些人畜用水。到 20 世纪 80 年代之后，据说因为集体经济空虚，对深沟抽水和机井抽水设施，都未能及时找到好的管理办法，费用没有来源，绝大部分便被闲置损坏。每每想起当年的巨大付出，这种结局总让人们不胜唏嘘。

关于沟坡种草，则缘于省农科专家的建议。1977 年夏天，县委书记刘书润收到西北农科所驻清原公社南壕大队的几位老专家写的《大队综合规划》之后，就种草轮作批字让吕明在职田选点实施。吕反复阅读，感到专家们的规划建立在深厚的理论、亲经的实例和对南壕村地情深入考察的基础之上，这个规划使他很快信服。他考察了职田北片的荒沟，提出每个人半亩草的目标，把种植试点放在小峪子大队。全片指定干部按 2000 亩的荒沟面积，外出联系购足了苜蓿种子，在这年种麦前的一个月里，动员劳力和耕畜专门落实这件事。小峪子面朝东边的大沟坡，从一队到四队有 5 里之长，其间分布许多荒台和几个簸箕掌，是种苜蓿的好地方。赶种麦开始，这件任务圆满完成。后来吕还下沟察看了几次出苗状况。这实际上是把护坡、养山、养畜、肥田、赚钱兼顾起来的一项连环工程，吕明当时对它寄予很大的企望。

1978 年吕明被撤销党内外一切职务之后，本想留在北片继续这个种草的连环试验，但后来的经历证明，这个愿望其实是非常天真的。

六、又一个好的带头人

由于林菀山的综合治理工程，包括了牙里河大队的部分沟坡耕地和汃河川的部分道路，牙里河大队革委会主任王天森就成了大会战中最忙碌的人之一。

王天森，当时 30 多岁，中等偏高个儿，圆脸秃头，身体壮实，和人一碰面，总要找个茬儿以粗话骂仗，从中取乐，公社领导和各队干部也都爱和他开玩笑。虽然他当时年龄不算大，却是多年的大队主要干部。大队书记由腿脚不好的老游击队员何永成担任。

由于王天森总是一副诙谐随性的娃娃调儿，因而很容易打交道，但办起事来却很实在、靠得住。公社领导凡涉及牙里河的繁重工作，总是不找何永成而直接找王天森。牙里河地处汃河上游的深山中，特别僻静，夏天晚上坐在河畔，看着月光，沐浴着川风，耳听着虫鸣鸟叫，顿觉心旷神怡，特别舒心。"文革"前后，公社干部们，特别是喜欢安心写东西的人，都愿意去牙里河下乡。每有公社干部前来，天森总要亲自关照他们的吃住，陪同去各家串门作调研。如果到了他的家里，一家老少都会把客人当亲人招呼，端来枣儿或核桃。天森会诱捕野生动物，几次还夹了狗獾子煮熟招待客人。那个年代，牙里河这样的偏僻山沟，天森会默许各户偷着挖荒种粮，因此这里的人们吃粮都不紧张。

1968 年之后，职田一直处在治理黄土高原的紧张战斗中，牙里河人主要是修川台地，搞引河灌溉工程。但原上的会战工程牙里河也必须派人参加，几年会战都是王天森领上劳力给别的大队修地栽树。由于天森身体壮实，肯出大力，脑子又灵活，什么顽难事情只要交给他，总能处理得较为妥帖，所以公社一些大的活动常喜欢抽他参加。这次林菀山会战，由于战区覆盖了牙里河的部分地域，他更成了总指挥部的常客和重要骨干。可以说，他为全社的农田基建，特别是林菀山会战，做出了非常重要的贡献，当年的公社干部回忆起这段往事，王天森的形象总会浮现在眼前。

但是，当 1977 年林菀山会战结束，1978 年打算给牙里河大队修河还工时，那批公社领导便被集体打倒，欠他们的账也就永无偿还之日了。这也是当年的领导们后来见面议论起来都感到心里非常遗憾的事。

七、妇女最苦

从 1968 年公社革委会成立之后，到 1978 年上半年，应该说职田的社员群众一直都非常紧张、非常辛苦。但回忆起当年的各种鏖战场景，大家深感最苦的还是要数妇女们。他们白天在工地与男人一样劳动，晚上回家还要熬夜做饭、缝衣、管孩子。那时候吃粮、缝衣、用钱、烧柴样样都困难，妇女要拼凑着让一家人尽量地吃饱穿暖，还要应付生产队的各种活路。当时各级干部都一门心思完成劳动任务，极少想到和提及照顾妇女的生理特点，后来才听说确实有的妇女累得流产、绝经，甚至子宫脱垂。

职田的各种会战场合，妇女劳力经常占到 70%。这是因为县上筑库、治河、植树、修路，以及生产队外出搞集体副业，包括队里的大家畜饲养，场里地里的技术活路，几乎全要抽男劳力，所以治原、治坡、治沟、收割、碾场、运肥、挖石、运料的劳动大军中，一眼望去基本都是妇女。

妇女是最听指挥，也最不知惜力的战士。那时为推动运动，常搞"大批促大干"，但妇女很少因不听指挥或惜力而成为"大批判"的对象。一个劳动日只值几分或一毛钱，男人往往把挣工分看得淡，妇女为了一家老小的生计，总是拼死玩命地挣工分。治原战役中，打埂是最重的活，但这支队伍中多是中青年妇女，公社年年奖励一大批"铁梅""一曼"和"木兰"打埂班。

工地利用间歇开群众大会的时候，男人们蹲下抽烟，女人们手中的针线活就开始了，有的甚至趴在地上装棉衣。为了提高开会效果，干部讲话间，得不断纠正只做针线不听讲话的问题，但不管你咋说，她们还是忙她们手里的活，至多把讲话人多望几眼。

妇女的心多半都挂牵在孩子身上。许多怀孕妇女临产前还参加推磨、担水、养猪、做饭等较重的家务劳动。坐月子中间，抢机会把全家一年的衣服缝好，出月子一二十天就又争着参加集体劳动。半岁以内的小娃哺乳期间的管护是个很大的难题，一些生产队组织老太太建立工地幼儿园加以解决。过半岁的孩子还跑不了路，就用带子拦腰一捆，拴在窗桄上锁在家里。这种管法，使得妇女人在地里心却老是在家里，地里一休息，她们就往回跑，一看娃好着，哄一哄又跑回地里。

妇女是文盲占比最多的人群，当时青年妇女半数是文盲，1971 年春，新杨村办了个扫盲夜校，规定晚上 8 点开始学两个钟头的文化，早上 6 点开始学半个钟头的歌。青年妇女热情最高，每早不到 5 点，人们还没睡醒，她们就打开大队部的门，并喊："群众起来了，干部怎么办？"

治理原面时各村去工地基本都是平路，治理沟坡多数村子要上坡下沟，这对需要有空就回家照顾家里活路的妇女们来说，就平添了许多不便。另外为了出工方便，林菀山会战时，很多妇女和男劳一样，要住在废弃的破窑洞里，上厕所也只能在山沟的隐蔽处自找方便。但是妇女们并没有因为这些不便而影响出工，影响完成任务。人们多年后每每想起这些往事，总觉得中国的劳动妇女最具献身精神，因而也最可敬、最伟大。

公社党委成员后来见面时，议论起来都感到那时抓"大干"真的是有点儿残忍，觉得太对不起当年的社员们。但想到自己与社员们一起受苦，也就稍觉宽慰。那时党叫干部与群众"同吃、同住、同劳动"，公社干部们就尽量做到最好。在倒桃子深翻时，干部们也都是陪着社员一桃子一桃子挖。送饭到工地，社员吃五个馍，他们也大多能吃五个。社员每早不洗脸，干部们也顾不上洗脸。在当年大干的几年里，有三分之二的晚上，大家都是睡在各大队的土炕上。大队的办公室是小组长以上干部的会场，大队的炕是支部的小会场。晚上开支委会，大家把鞋一脱，泥脚就塞进被窝里，会散后群众一走，干部们卧倒就睡。就这，常常每晚也只能睡五六个钟头，现在还蛮留恋这些土炕。大队的被子长年不拆洗，泥多虱子多，所以公社干部们常年是一身虱子。在领导联片会战期间，干部们也大都和队干部一起，每晚陪着最后完成日土方任务的社员劳动，社员下地回家，他们才能进入山间小洞的麦草铺入睡。

吕明在治理沟壑期间的诗作，能大体反映当年的劳动场景和人们的思考、感悟和情感。

（一）清明照庄沟

适逢清明紧耕耘，新塬肥土香袭人。
展臂流泉成水库，翻掌荒坡垒鱼鳞。

俯瞰深谷柳芽雾，仰顾高台杏花云。
喜看山河增颜色，满目诗画美绝伦。

（二）深冬夜战

前半月，英雄迟睡治沟坡。

治沟坡，夜风催号，四面归歌。

挥旗大战后半月，鸡鸣人起唱晓歌。①

唱晓歌，镢落山崩，飞霜如雪。

（三）职田人民治沟坡

学习大寨英雄多，

职田人民艰苦奋斗改造旧山河，

治完了原面继续治沟坡。

千百年的荒沟坡换上新容颜，

要为社会主义革命作出大贡献。

十二月里腊冬天，

冰冻三尺地硬如铁北风正怒卷，

社员挥镢锨满身流热汗。

为了革命治沟坡哪知苦和难，

起早睡晚争上游只觉心里甜。

沟头筑起挡水闸，

劈倒山峰填沟造地层层连环坝，

陡坡育林带，缓坡梯田化。

泉水聚成大水库抽水上高原，

---

① 前半月是暮后有月光可借，后半月是晓前有月光可借。

库前荒坡造成了片片水浇田。

泉水上原粮高产，

沟底变成林圃菜园渭北出稻田，

阴坡用材林阳坡水果山。

水库鱼儿长又长，鸭子肥又壮，

荒沟变成金银沟变成大银行。

（四）改造自然与"四态平衡"

于物取利，"常善救物"；"益之而损"，损于滥攫。[①]

上古高原，植被厚博，草丰林茂，护原护坡。

水蓄土固，鸟欢兽乐。智人一出，滥伐滥割。

山秃原破，水失土脱；报之予人，山穷水恶。

改造本意，改人救物；欲取先投，制止滥攫。

土保原修，渠建库设；植被恢复，林草交错；

雨水蕴蓄，土肥住脚；古原回春，地绿天阔。

物态生态，平衡优越；世态心态，方无大波。

（五）春山赋

高峰长岭远近山，历尽沧桑亿万年。

雨水冲泥风吹沙，人毁林木鸟兽迁。

---

① "常善救物""益之而损"，语出《道德经》27 章和 42 章。中国古哲学早已讲明
了人类对于天然资源的攫取与投入的辩证关系。

竟有奇石比峻峭，于人无益也枉然。

一从满天起春风，千山万壑始郁葱。

日照汭川紫烟薄，改山队伍勇出征。

铁锨铲旧貌，镢头画新容。

高路入云端，林带层压层。

冬去燕子随春来，不解山出何神灵。

踏阶直上堡岭脊，老寺翻新碑石立，

峰头落成花果亭，清泉喷出甘凉液。

丈余泡桐如站哨，杨柳排东又列西。

苹果台接台，桃花梯连梯，

南腰布椿槐，北峰立松柏。

五月日艳虽无雨，喷灌枝叶泛翠色。

莫道新树三五岁，比过老枝生命力。

君不见堡岭对岸林菀里，桃梨柿子千层级，

红花与白花，紫色与绿色。

林场园丁正出没，科学管树创奇迹。

俯瞰"隔水位"，天然桥足奇，

汭水一线下川来，直入新凿堡岭底。

河湾腾地几百亩，水肥条件满可以。

块块菜花黄，条条麦垅碧。

林路渠埂划方田，电杆侧响各样机。

好一派渭北江南地，谁道北山穷无益？！

（六）重访林菀山

廿年黄尘飞到今，堡岭几阅浮沉。

林菀回来旧时人，修造梯田在，护林不可云。

会战声涛犹可闻，指挥故址觅寻。

抽水新图施工紧，上原足人饮，终可利村民。

（七）苦斗

春夏与秋冬，风雪与霜露，披星戴月顶日头。

治理残原坡与沟，筋骨钝，人黑瘦。

园林与埂路，植林与造湫，关心粪土猪羊牛。

诚惶诚恐务黍豆，抗住灾，夺丰收。

第十章

职田只是旬邑的一个缩影

一、从学大寨运动开始的农田基建

职田是因为农田基建成为全省先进典型而名扬天下的。其实，职田之所以能够在农田基建上做出一番成就，一度取得很高荣誉，主要是因为旬邑县从"农业学大寨"运动一开始，就把农田基建当作了全县工作的重中之重。

旬邑县档案馆所存（2014 年专题）《旬邑县"农业学大寨"运动》记载：

1965 年，旬邑结合制订"三五"规划，要求领导干部以及基层领导干部大抓粮食增产，号召广大社员深入学习"大寨精神"，发扬自力更生、艰苦创业的精神，大力开展农田基本建设、落实增产措施及水土保持等工作。

全县总人口约 16 万，全县劳力 6 万多人，经过县级部门、领导深入基层蹲点调研动员，基层领导干部耐心宣传，全县 3 万多人力参与农田基本建设，在平整土地、兴修水利、治山治沟、植树造林等方面取得成绩，修建汃惠南渠并顺利通水，建成小塔自来水工程，太峪公社文家大队打成旬邑第一眼锅锥井。各生产大队集体育苗，在经营成片造林和林业生产等方面得到进一步发展，年造林 1 万余亩等，并取得了农业大丰收，粮食作物总产量 10731 万斤，比上年增长 56%，农业学大寨运动初见成效。

1966—1969 年，由于"文化大革命"干扰，党政工作基本处于瘫痪状态，农田基建被迫停滞，农业生产发展缓慢，粮食作物连年减产。

1970 年 8 月 25 日至 10 月 5 日，在以周恩来为组长的国务院业务组领导下，北方地区农业会议在山西昔阳召开。会议提出要坚持"农业学大寨"，促进粮食生产上"纲要"，彻底改变南粮北调的局面。当年 10 月，旬邑县革委会召开"农业学大寨"会议，传达了北方地区农业会议精神，强调要以昔阳和大寨为榜样，狠抓两条路线斗争，以批修整风为纲，通过"揭矛盾，找差距"，提高各级领导班子学大寨的自觉性，深入开展"农业学大寨"运动。

从 1970 年冬到 1971 年 9 月，经过全县人民共同努力，全县完成"四田"（水平梯田、水平埝地、坝地和河滩造地）面积 13000 亩，比 1969 年度多了一倍，修成小型水利工程 30 处，打成机井 90 眼，扩大灌溉面积 15000 亩，大体等于过去 20 年的总和。

从 1971 年到 1978 年，县委每年都要召开关于"农业学大寨"运动的会议，检查工作进展，总结成就和经验，明确新的目标和任务。每年的"农业学大寨"会议都是由县委书记作报告，动员全县人民要同心同德地投入"农业学大寨"运动。每年县革委会还都要下发关于农田基本建设的安排意见，提出具体的奋斗任务和工作措施。这一时期，每年"农业学大寨"工作都要安排几场硬仗，其中农田基建毫无例外的都是硬中之硬。

职田公社 1968 年成立革委会，在经过一段时间的治理整顿之后，1969 年 5 月就制定了《职田公社农业学大寨规划》，每年夏季和秋冬两季又分别印发"农田基建安排意见"，该社的农田基建一直能够按照规划顺利推进。公社革委会 1970 年 11 月 13 日给县革命委员会、生产组、农业局农田水利建设指挥部上报的《关于冬季农田基建开展大检查情况的报告》表明，在省、县农业会议和地区永寿现场会议之后，全社"农业学大寨"的群众运动有了新的发展，出现一个队队人人学大寨、干部带头学大寨的生动局面。这推动了冬季农田水利建设飞速发展，全社从原到坡，从坡到川，到处呈现一片改天换地、治山治水的战斗场面，形势十分鼓舞人心。全社农田水利基本建设上劳 2858 名，占全社总劳力的 60% 以上。已经修好竣工的大寨田 498 亩，6 处提水上原工程正在凿洞打坝，日夜施工。抓得比较紧的 4 个大队已接近完工，正式完工的机井 1 眼，开旱洞 4 眼。

在 1971 年 11 月上旬召开的全县"农业学大寨"会议上，职田公社党委第一次在全县会议上介绍了抓点带面，推动"农业学大寨"运动深入开展的经验。之后，1972 年 9 月中旬，省委书记李瑞山在职田考察调研；同月，职田在全省"农业学大寨"会议上介绍经验；当年底，陕西省革委会在旬邑召开落实农村经济政策和农田基本建设现场会，旬邑县委在会上介绍了落实党的农村经济政策的经验。从此，旬邑县和职田公社都成为全省农田基本建设的先进典型。

二、被点燃的大干快上激情

虽然旬邑县在 1970 年重启"农业学大寨"运动之后，也提出过"狠抓两条路线斗争，以批修整风为纲""举旗抓纲牢记线""大批促大干"等口号，每年的学大寨会议讲话和报告中，"大批资本主义""大批修正主义"方面的内容也占比不少，但这些内容大多是空对空，许多文字属于照抄照搬，这是当时的政治形势下所不得不为的，在实际推动农田基本建设的奋战中，县委、公社和生产队各级党委真正下实功夫抓的，还是共产党人所擅长的紧密配合主要任务的政治宣传和干部带头。

首先是宣传毛主席和党中央关于农业发展和粮食生产的重要思想与相关政策，解读"八字宪法"的科学含义，特别是联系本地农业和农民生产实际，强调改土、增肥、保水对于粮食生产的重要性。这样的宣传紧贴农田基本建设需要，农民听得懂、信得过，也能和自己的劳动实践联系起来去落实。

其次是宣传大寨的自力更生、艰苦奋斗精神，介绍大寨人在自然环境恶劣的太行山土石山区，如何通过艰苦奋斗、治山治水，在七沟八梁一面坡上建设层层梯田，夺得粮食稳定高产，改变靠天吃饭落后面貌的生动故事；介绍陈永贵、郭凤莲等典型人物的先进事迹。宣传中大多还同革命战争时期老区军民在大生产运动中，自己动手，丰衣足食，实现"耕三余一"的光荣传统结合起来，为群众的苦干实干树立学习榜样和追赶目标。

再次是宣传农田基建中不断涌现出来的好人好事和先进典型。我们党政治宣传工作一条重要的经验或称传统，就是在实现伟大目标的斗争实践中培养典型、发现典型、宣传典型，依靠典型引路，推动工作深入发展。全县农田基建中一直开展着劳动竞赛和先进评比，因而各地会不断涌现一些表现突出的人和事，大力宣传这些人们身边的好人好事和先进典型，最能产生直接的引领和带动作用。

最后是宣传党的农村经济政策。1972 年以后，落实党的农村经济政策成了全县一项重要工作。由于生产责任制和农村分配等经济政策和群众的切身利益直接相关，宣传和解读党的政策，介绍落实政策实践中的成功做法和先进典型，也就成了调动群众劳动生产积极性的重要抓手。

有过当年经历的人们，都还能记得起旬邑县各公社"农业学大寨"运动曾经的场景，只要是行走在当时的农村，原野山川常会看到路旁田埂上用白石灰刷写的标语口号，在人们聚集劳动的农建工地上，红旗猎猎，号子声声，高音喇叭不时播送着农建意义、方案、进展和好人好事的宣传稿，架子车往来穿梭，镢头铁锨不时闪着银光，偶尔也会发出铁石撞击的铿锵声。工间休息时，大喇叭会播送轻松的歌曲、戏曲或其他文艺节目。有的公社或大队有工地文艺宣传队或能吹拉弹唱专长的文艺人才，工休时也会表演一些反映身边人和事的快板、说唱或戏曲唱段，既活跃气氛，也能鼓舞士气。

在全县农田基建任务最紧张的一段时间，县级机关各单位都以不同形式投入大会战。县革委会办公室的工作人员张文彦、李有民、李国政、雷艳明等，也被抽出来搞农田基建的宣传工作。他们乘坐一辆解放牌大卡车，装上大喇叭，每天在各公社的会战工地巡回宣传。张文彦、李有民和李国政负责采访和编写宣传稿，张文彦和雷艳明兼做广播员，后来成为

《中国青年报》陕西记者站站长、西安市文联副主席的张文彦才思敏捷，下车去和工地上的干部群众聊上一圈，回来很快就写成一篇宣传报道稿。由于宣传的是自己工地上的新人新事，现场播送后立即产生很强的宣传效果。他们这个小组每天还要给县广播站提供宣传稿件。由于是革委会办公室的宣传车，稿子写得快且水平较高，各社各村的会战工地都非常欢迎，他们只好每天早出晚归连轴转。

在这样的环境中，人们很难不受到感染，精神上很自然地会融入劳动大军改天换地的集体奋斗之中。

干部带头，主要是公社和大队、生产队干部带头参加劳动，这是农田基建一个非常突出的时代特色。当时的公社干部，不论是书记、主任，还是普通干事，大家都有自己的蹲点村队。平时除非公社在机关开会，大家白天黑夜都在自己蹲点的村子里。由于要协助大队和生产队干部组织劳力、商量工程推进措施，检查验收施工质量，常常还要比群众上工更早、收工更晚，晚上不是各方面的会议就是各类学习。社员们是"三出勤，两加班"，公社干部大多数也是"三晌变五晌"，和群众一起废寝忘食地为农田基建操心费力。大队和生产队干部更是带领群众干，苦活累活冲在前。

有宣传工作打下的思想基础，各级干部又能带头蹚出路子，并持久地干出样子，群众长期坚持大干苦干的激情和干劲就容易被点燃、被激发。

三、不断涌现的先进典型

在全县学大寨运动中，职田公社起步较早、规划科学、政策措施到位，工作力度较大，而较早地呈现令人感到震撼的园田林网化成效，一骑绝尘地成为全省农田基建的先进典型。但就全县而言，职田的农建并不是一花独放，而是每年都有一批姹紫嫣红的鲜花，在各个公社的农建工地上灿烂开放，给人们带来满园春色。

这里仅以 1971—1977 年县委和县政府领导讲话及重要文件提到的职田公社以外的典型为例。

1971 年

1.《县委书记刘乃春在全县农业学大寨会议上的报告》："位于高寒山区的石门公社水沟口大队，三年学大寨，年年有变化，他们在征服灌木丛生、乱石横卧的荒河川战斗中又取得了新胜利。一年时间修筑高标准的水地 30 亩，试种成功高粱和水稻两种高产作物。东方红供销社的广大革命职工组织修配组巡回修配农机具，积极参加集体生产劳动，亲自挑担拉车，把化肥送到生产第一线，群众称他们是支援农业的红色后勤兵。"

2. 旬邑县委《我县一年来农业学大寨的情况报告》："第界公社只有1200 多个劳力就集中了 650 多人，连续作战三个月，建成一座坝高 16 米，蓄水 11 万立方米，可灌溉 3900 多亩地的向阳沟水库。""湫坡公社党委书记郭应文同志经过蹲点调查发现，农田建设上不去与劳力发动不充分，工具严重缺乏关系极大，便自己蹲点具体解决这个问题，取得良好效果。制造手推车 600 多辆，解决了这个具体问题，全社上劳达到 70% 以上，1970 年度修成'四田'4288 亩，今冬以来，已修地 1516 亩，占到冬季任务的 43%。"

1972 年

旬邑县委《我县开展农业学大寨工作的情况介绍》："太峪、郑家、东方红等公社按照职田公社的经验，搭好骨架再修地，大大加快了步伐。由于层层搞了规划，实施中又有了正确的方法，广大群众的积极性很高，农田建设的速度和质量都大大超过了往年，真正起到了增产作用。"

1973 年

《县委书记刘乃春在学大寨会议上的报告》："马栏公社党委狠抓路线教育，认真落实毛主席'关于养猪的一封信'，带动群众大办猪场，大养母猪，积极发展集体养猪，继续鼓励社员养猪，1971 年和 1972 年连续实现一人一猪，粮食亩产由 1970 年的 138 斤提高到 333 斤，秋田一季上纲要。

"城关公社党委坚持实事求是、群众路线的革命作风，抓住主要矛盾，大搞改河治川的群众运动，共修筑河堤 22000 多米，新开河道 7500 米，移动土石方 32 万立方米，初步控制了汃河水害。同时狠抓农业生产，全社秋田亩产达纲要，有 15 个生产队秋田亩产过黄河，4 个生产队跨长江，1 个生产队超千斤。崔家河大队开展劈山改河工程，已完成改河任务的 50%，共可造出河川水浇地 300 多亩。

"原底公社下西头大队党支部书记李德忠同志坚持和社员群众一起苦干，每年实际参加劳动都在 300 天以上。在他的带动下，下西头大队的贫下中农改变面貌的决心大、信心足，两年来修平土地 960 多亩，打机井三眼，大家畜净增 42 头，养猪户均 3.2 头。多种经营收入 5 万多元，购置农业机械 9 台，胶轮大车 4 辆。去年秋田亩产达纲要。"

1974 年

《县委书记刘乃春在学大寨会议上的报告》："庄里大队三年来坚持以粮为纲，全面发展的方针，在大抓粮食生产的同时，注意了养猪和大家畜发展，全大队大家畜净增 38 头，生猪饲养量户均达到 3.8 头，集体养猪从无到有，达到 166 头，有机肥料的增加，促进了粮食生产，连续三年粮食亩产一直稳定在 300 斤以上。

"黑牛窝大队地处马栏山区，农业生产条件较差，全大队三年来坚持改河治川修地改土，先后开挖河道两华里，造地 80 亩，新修水地 47 亩，扩大灌溉面积 100 亩。改修了生产路，使 95% 的土地都能机耕。养猪户均 4.8 头。生产条件的改进促进了粮食增产，1973 年与 1970 年相比，粮食总产增长了 60%，亩产翻了一番多。"

1975 年

《县委书记刘书润在学大寨群英会上的报告》："第界公社党委一班人安心山区建设山区，狠抓改水、改灶、改炕、改环境卫生，调动群众的积极性，在改造第界面貌方面迈出了可喜的步伐。庄里、南沟、牙里大队今年粮食产量过了黄河。林牧业方面也出现了排厦社办林场、阳坡头队办林场和王家大队等先进单位。各行各业支农工作取得一定成绩，县机械厂、东方红供销社、职田中学等单位围绕农业，为农业服务做出了榜样。"

1976 年

《旬邑县委排除干扰除"四害"坚定不移学大寨》："进入 10 月中旬以来，城关、湫坡头、后掌、原底等社农建上劳达到 60%～70%。张洪、郑家、土桥、东方红等公社工程进度和平整面积都比去年同期增长了 1/3 左右。

"郑家公社赵家大队有三个社员把自己的自行车卖掉，购买了架子车搞农建。王家大队有个铁匠，看到其他社员大干快上热情高，主动把铁匠炉搬到水利工地，在天寒地冻的情况下，给社员们打镢头、铁锤和钢钎，帮助修理工具。"

1977 年

《县委书记刘书润在学大寨会议上的报告》："县级机关干部坚持参加集体生产劳动，去年一年整片造林 120 亩，零星植树 13600 多株，挖反坡林带 880 多亩，整修'立志田'60 亩，给生产队搜集运肥 2100 多车，割青草沤肥 85000 多斤，支援割麦 1500 多亩，参加铺筑旬转公路、治理西河、修建招待所大楼和服务大楼等项工程的劳动，共移动土方 28800 多方，拉运沙石 3500 多方，拉运青砖 83 万多块，总计投入劳动日 5 万多个。仅治西河、修楼两项劳动，就给国家节约开支 5 万余元。

"马栏公社大打农业翻身仗取得显著成绩，粮食产量大幅增长，全社 7 个大队除杨家店受冰雹袭击减产外，其余 6 个大队都增产。1976 年全社总产达到 2758141 斤，比 1975 年的 2225423 斤增长 24%。张山大队 1976 年粮食总产比 1975 年增加了一倍半，亩产达到 248 斤。

"学大寨宣传队不少同志下到农村，风里来，雨里去，同社员群众一起加班加点，苦干实干，干出了很大的成绩。有14个宣传队和15名宣传队员被评为先进集体和模范个人。宣传队突出的有驻职田街、马家堡、甘家店、文家、太峪街、张洪街和庄里等大队的宣传队。模范宣传队员突出的有文志祥、傅世芳、苏万珍、李继旺、李俊喜、吴旬凤等同志。这些同志在建设大寨县运动中出了力、立了功，为全县干部树立了学习的榜样。"

从上述几年县上领导讲话和县委文件中提到的这些典型的人和事，就可以大体看到旬邑全县学大寨搞农建的运动是多么扎实而又深入。

除上述先进单位和先进个人外，在治理黄土高原的连年大干中，全县还涌现了一批很有影响的指挥人员，如县领导中的李志忠、周金玉等；公社领导中除职田外，太峪的秦永超、魏生玉，郑家的何崇俭、刘书贤，张洪的罗俊儒、王伯全，原底的苏万珍、李应斌，湫坡的郭应文，马栏的李永孝，土桥的郑志茂、姚宗信，排厦的文三才、张定会，清塬的曹国保、第俊学，后掌的第五均乐等。县机关抓农业或进村蹲点的王效贤、罗效秀、刘兴西、陈杰山、张克修、王一帆、何进义、于瑞祥、赵国玺、王春贵等，他们都是旬邑发展历史上应该永远铭记的。

在部分地罗列了旬邑改天换地中涌现的这些先进典型、这些优秀的战斗员和指挥员之后，人们不禁要问，他们当年的劳动积极性到底来自哪里？

只要深入地研究旬邑人民治理山水田林路村的恢宏历史，你就一定会发现，当年这些大干、苦干、拼命干的先进典型，他们的劳动积极性和创造性绝不是被"批"出来的，也绝不仅仅是被"压"出来的。他们的积极性和创造性源自心底深处，对党中央和毛主席系列决策的真诚信任，来自旬邑这块革命老区的前辈们为了人民利益甘愿抛头颅洒热血的革命英雄精神的持续激励，来自对不改变农业生产基本条件就无法让人民群众过上好日子这一道理的深刻理解，来自对治理黄土高原客观规律的科学认识，也来自大干中不断涌现的其他先进典型动人事迹的感染和激励。

四、大干苦干带来的发展

旬邑县的"农业学大寨"运动一直以农田基本建设为主攻方向，着眼于从根本上改变农业生产的基本条件。

1971 年底，全县在持续推进"农业学大寨"的运动中，总结推广了职田公社"全面规划，因地制宜，集中连片，综合治理，治原为主，兼治沟坡，原护坡，坡固沟，沟坡固原，从上到下，分段拦截，做到治一片成一片"的经验，各公社和生产大队都因地制宜，切实加强了农田基建的全面规划工作。全县 17 个公社，位于川道的城关、第界两社主攻整治河道修堤造田。土桥、红卫、排厦 3 个引七里川河水上原工程的灌区公社，主攻维修配套渠道工程，抓紧灌区土地平整。其余 12 个公社都是以修地改土为重点，扩大稳产高产田面积，同时在有条件的地方打井、修库，增加灌溉面积。

1972 年，县委副书记王伟章带队深入职田多个大队、生产队，对职田公社关于农村经济政策落实的实践和探索进行了调研总结。在此基础上，全县在职田召开各社队一把手参加的落实农村经济政策现场会，用职田公社来典型引路，整顿思想，制定措施，实行劳动生产定额管理和岗位责任制，推进社队财务管理整顿，全面落实按劳分配等各项农村经济政策，极大地调动了社员群众大搞农田基本建设，推动农业生产更快发展的积极性。

在旬邑农田基建不断推进的历程中，职田公社一直扮演着先遣队和探路者的角色，他们在斗争实践中不断深化着对黄土高原治理规律的认识，不断梳理总结着对农村和农业生产治理规律的认识，他们的这些认识通过相关会议、文件和媒体报道，不断对全县的农田基本建设产生着不同程度的影响。

经过几年努力，到 1977 年 1 月，全县 3 个公社、68 个大队被评为学大寨先进，旬邑县被评为陕西省"农业学大寨"先进典型。

2014 年版的《旬邑县志》第九编"水利水保"的"综合治理"一节

中，对这一时期的反映比较客观详实，这里原文摘录：

1968 年 4 月，职田公社革委会成立后，公社党委书记、革委会主任刘书润带领领导班子成员上原下沟，走遍职田的坡沟峁梁，对全社的自然现状进行深入调查，决定把改土治水作为改变农业生产条件的主攻方向，并做出了详细的规划。1970 年春，职田公社在全县率先实施农田水利基本建设，先治原、后治坡、再治沟。刘书润把职田大队作为他的工作点，1971年县委副书记王伟章也以职田公社照庄大队为点推动全县农田基建工作。1971 年全国北方农业会议和黄河中游水土保持工作会议后，全县又掀起第二次农田基本建设热潮。1972 年 8 月，陕西省革命委员会在职田公社召开农田基本建设现场会，更加推动了全县的农田基建工作。每年除夏秋大忙季节外，其余时间大都用于平整土地、拦河打坝，各公社还组织常年专业队建水库、修陂塘、打水井，出现了男女老少齐参战、各行各业齐支援的局面，并创造出"前后保表土，上下倒桃子，方椽打埝、埝端路直等经验"，涌现出职田公社园田化建设、土桥公社南沟大队和牙里大队连片治理等先进典型。1975 年，刘书润担任旬邑县委书记、县革命委员会主任后，更加重视农田水利基本建设，全县农田基建工作取得了优异成绩。至1976 年，全县累计平整土地 11667 公顷。刘书润出席了第二次全国农业学大寨会议，旬邑县受到国务院的嘉奖。中共陕西省委第一书记李瑞山四次来旬邑县检查指导，要求各县"要像职田那样搞园田化建设"。各县以职田公社为榜样，提出"学职田人、修职田地、打职田埝、走职田路"。全省各县及山西、河南省一些县纷纷来旬邑参观学习。

1976 年后，全县又一次掀起"以土为首，土、水、田、林、路综合治理"的农田基本建设群众运动，坚持连片治理，地、埝、路、渠、村通盘规划，机耕、灌溉、运输合理布局，达到地平、埝端、路端、树端。在此期间，男女社员"三出勤、两加班，24 小时连身转""日战太阳夜战星、没有月亮提马灯"，吃在工地、住在工地。各公社都成立了"铁姑娘"战斗队、"老黄忠"战斗队、"杨宗保"战斗队，打擂台、夺红旗，给落后社队插白旗。县委、县革命委员会机关搬到农建工地办公，17 个公社机关关门停灶，2500 多名机关干部与两万多名农民并肩修地，一直坚持到腊月二十九，正月初三又奔赴工地。广大干部群众凭着铁锨、镢头、架子车和钢钎、铁锤等简陋工具，斗酷暑、战严寒，苦干实干，顽强拼搏，终于把全县 90% 的跑水、跑土、跑肥的"三跑田"修成水平台田或梯田，把小块地修并成可以机耕的大块地。至 1978 年，旬邑县的所有原面基本得到治理，共兴修水平梯田两万多公顷，人均 0.1 公顷。修筑汃河堤 12.2 千米，河滩地 40 多公顷。全县粮食平均亩产由 1965 年的 96 千克，提高到 1978 年的 175 千克。

这段文字给人以历史的厚重感和史实的画面感。除将在旬邑职田召开的陕西省革命委员会农田基本建设现场会的具体时间由 1972 年 12 月误为 8 月外，所有内容都是对旬邑人民十年农田基本建设奋斗史的真实再现和客观评价。

从这部县志和县档案馆的相关历史文件还可以查知，旬邑十年农田基建所取得的其他成就如下。

全县修成灌溉面积 20220 亩，人均水浇地面积 0.33 亩。全县打机井 285 眼，修小型水利工程（塘、库、渠、抽水站）104 处。全县水土流失面积 103 万亩，综合治理完成 70%。平整土地完成超过 60%。全县共有宜林面积 31 万亩，绿化面积超过 70%。

截止到 1978 年底，各公社的原面基本治完，实现了原田林网化，部分大队进入坡咀治理。"文革"前的所谓修地，都是"填窝窝、补壑壑"，很少修真正意义上的水平梯田。据专家估算，按旬邑的年降雨量，全县修过的原坡沟川，年增加渗蓄雨水 1 亿多立方米，相当于汃河的年流量，也相当于把汃河引上各条高原，长年轮流浇灌。原面洪水基本只蓄不排以后，全县原面沟坡年投入泾河的泥沙，比 60 年代末减少三分之二。

旬邑的职田、张洪这条原面上分布着 8 个公社，是咸阳地区北部五县最大的平原，实际是两头高差约 400 米的一扇缓坡，中间分布着众多的流槽丘洼。土桥、清塬这些原面的坡度就更大了。所以在渭北高原上，原面、坡咀仅有个相对界线。按照规划从上到下连片治理，实现了一战多功：修筑了水平梯田，防止了水土流失，增加了土壤蓄水，根治了洪水流槽，封住了沟头延伸。抓治原面是小流域治理的根本，也是治理黄土高原值得大书特书的最大成就。"文革"前每逢暴雨，不少村的住户便惨遭水淹，现在各条大小原面上一律没有了流槽，因而也就杜绝了洪灾。

荒沟治理主要是植树造林。1977 年到 1978 年全县动员 5000 多名劳力在石门、马栏帮助林场造林就达 1.1 万亩。整个 20 世纪 70 年代，每年春秋都安排植树战役，有大队会战、公社会战等。由于坚持连片造林，全县年均造林都在数万亩。1976 年、1977 年两年，全县合计造林 139770 亩，零星植树 1887 万株。两年造林面积相当于过去累计造林的 44%。当时的特色还不只在栽树，更在于以明确的制度保树，结束了"春满山，秋不见"的历史。

此外，由于汃河筑堤与河滩造地，川道上下共保护农田几千亩，动员县机关干部修筑了县城西河堤和东河堤。三条河堤疏导了洪水，保障了县城的安全。2003 年秋，汃河洪水量达到历史最高，但县城安然无恙。全县还修了七里川、乔儿沟、马坊沟等多处水库，建成多处抽水引水工程。

全县结合原面和沟坡治理，按照现代交通工具的行驶要求，扩宽、拉直、平整了彬旬、三旬、旬耀、旬转、旬底等县际和省际公路的旬邑段。有的铺筑了油面，有的铺筑了砂石。全县整修三级道路 1090 华里，新修地方公路 1068 华里，铺筑油路 16 华里，共拉运土石 406728 方。通乡通村道路和农田生产路普遍进行了大规模改造，对乡镇和村队街道也进行了硬化改造。千百年来雨水冲刷形成的流槽和胡同遍布，很多村庄汽车和拖拉机无法进村，人们行路晴天一身土，雨天一身泥的面貌得到很大改观。由于数年间公路建设和养护抓得好，1978 年曾受到交通部嘉奖。

粮食产量是农业发展的硬指标，全县一直努力通过改土、保水、增肥、选用良种和加强管理等多种措施抓粮食增产。在抓粮的同时，也千方百计地抓了多种经营。当年硬性推行建苹果园，职田公社 63 个生产队每队要求必须栽 5～10 亩苹果园，且要打土墙围起来。但当时不但苹果卖不出去，就是桃、梨和核桃、枣儿也常常难以卖出。实际上，当年的乡村和城市人口普遍缺粮，大家收入都低，有点儿余钱便急着买粮，根本没有闲钱买果品，而发展果业必须有城乡良好循环的大环境。有城市买才能促动农村种，靠农村种来满足城市的买。旬邑当时还由小片试种到大面积推广，栽植了烤烟、甜菜和黄芪等，都获得了一定的规模效益，为后来烤烟和甜菜等经济作物的更大规模发展打下了较好的基础。

全县四级科研网普遍建立，科研队伍由 1975 年的 3400 多人，发展到 1977 年的 4273 人。科学种田项目不断增加，水平不断提高。由于农业生产条件改善和科研措施跟进，大大增强了抗御自然灾害的能力，在遭受低温、干旱和严重冰雹等多种自然灾害的情况下，粮食作物仍然获得较好收成，出现了不少高产单位，有 8 个生产队亩产超过纲要，一个大队亩产过了黄河，8 个生产队亩产跨过长江。

第十一章

回顾与凝思

一、职田问题的特殊性

职田的农田基建是在"农业学大寨"的口号声中起步，在学大寨的大潮中不断深化和推进的，对生产责任制的不断探索和实践，大胆试行的"田块管理责任制""责任山庄""责任猪场""责任牛圈"等，实际上是探索和实践了家庭联产承包责任制。这些都和大寨"左"的经验格格不入，甚至完全对立。

不可否认的是，受当时大的政治环境影响，他们也随着大潮，走出了一些违背规律，与群众意愿相悖的错棋。

首先，顾得了顺民心却忽视了惜民力。通过系统调研认清社情，确定了对农业生产基本条件进行大规模改造的目标，这确实是顺民心之举。因为没有这样的目标和相应行动，农业生产就很难发展，老百姓较快过上好日子的期盼就不可能变为现实。但要实现这个目标，则应该对可利用资源进行认真评估，特别需要正确测算可组织的劳力以及群众最大限度内可以承受的劳动负荷。在此基础上，再制订较为科学的综合治理总体规划，然后才是有计划、分步骤地推进实施。由于对群众能承受的最大限度内劳动负荷缺乏科学分析和精准估计，确定的规划完成时间周期便过于急促，再加上很快成为全省先进典型，各方面压力陡增，各年度目标对应的任务就更加艰巨，最突出体现在全国普及大寨县会议之后，职田提出的农建和产粮目标更高，步子更急，时间更紧，明显远超出客观可能。在连续大干苦战数年的情况下，还要不断给干部群众加压，持续实施三出工、两加班等组织措施，实际就是忘记了爱惜民力。虽然他们也曾讨论过应该张弛有度，但为了抢时间、赶任务，并没有采取足够的调整措施。不爱惜民力，必然会造成民怨聚集。

其次，泛化了斗争哲学。对于所谓"大批促大干"，他们也有过不少抵制和敷衍。但在工作中还是对私养牲口、个人外出务工、小商小贩行为、集体劳动中的偷工减料等，本该批评教育或按制度适当处罚的行为上纲上线，按照资本主义倾向或阶级敌人破坏等性质，组织进行了大批判。这必然伤害部分群众的感情，造成事实上的干群对立。

再次，固化了自己或外地的某些经验。对于自己在实践中总结形成的一些做法，面上推广的一些外地经验，虽然也有过因地制宜，按照职田实际组织实施的要求，但在工作推动中，为了赶进度、凑数字，往往会采取简单化的统一要求，造成了额外的人力空耗与资源浪费。如搜积肥运动中的换炕、换灶、换三墙，沟坡改造中有时过于追求划一和美观等。

最后，在任务重压下出现强迫命令。由于干部们长期处于抢时间、赶任务的紧张之中，遇有群众抵触或工作推不动、局面打不开的情况，便会对群众出言不逊、讥讽谩骂，或与群众发生肢体冲突。有的甚至控制不住自己的情绪，采取了出手打人的不智行为，如前文中所举的典型事例。

上述问题时间长了，日积月累，量变发展成质变，社会舆论就会发生偏移，干部工作作风问题就会逐渐上升成为必须面对的主要矛盾。

事实上，1973年职田成为全省先进后不久，外界就传出职田有打骂、扣罚和浮夸的"三风"。公社党委了解情况后，在端正工作作风方面也先后采取了一系列措施，但随着建设大寨县、大寨社的风潮涌起，目标更加超常、任务更加紧急。工作作风问题又逐渐变得突出起来。

特别是刘书润从县革委会副主任、职田公社党委书记被提拔为县委书记之后，职田的问题与全县的问题就更加紧密地联系在一起。全县更大范围内干部作风问题造成的干群对立，就容易积聚起更多的民怨，而民怨的反复集聚和叠加，也就必然会以社情民意和群众向上信访等不同形式，较为集中地表现出来。

1977年上半年，省委领导先后接到旬邑县反映干部强迫命令的告状信。这年10月，咸阳地委派员来刘书润起步和继续抓点的职田公社，主要调查了公社党委成员的强迫命令问题，赶在年底前，给了一把手李忠贤以严重警告处分，并调往汃河治理工程处工作，其余几人分别给予警告处分。原二把手傅世芳提任公社党委书记，副书记吕明变为二把手。吕明当时考虑自己在职田工作已十多年，抓工作留下的把柄可能比较多，找到刘书润请求调离职田。刘认为职田工作担子重，领导干部一下子不大好配，未采纳吕的意见。

由于这次查处被认为是"丢车保帅"，事态并未平息。《人民日报》内参以来信选登的方式，将反映旬邑问题的告状信报送给中央领导。1978年10月，刘书润免去党内外一切职务，赴陕西省委党校学习。半年后被降职任命为咸阳地区水电局副局长。职田公社领导班子成员除吕明给予撤销党内外一切职务处分，调往旬邑县农行做具体工作外，其他班子成员都不同程度地受了党纪处分并全部调离职田。

轰轰烈烈的职田农建潮由此彻底平静了下来，职田的历史走进了另具风格的新一页。

二、个人的反思

忠诚地贯彻落实党中央的部署，心里总装着人民群众的长远利益和当前利益，辛辛苦苦奋斗十几年，常比群众起得早、睡得迟，操心费神、出力流汗，家庭顾不上，身体顾不了，现在却被组织处分，刘书润和职田公社党委的成员们不可能没有抱怨、没有困惑。但冷静下来之后，他们更多的是对过往工作深沉的追问和反思。

其实，当年的职田公社党委成员们很早就开始了对大干中一些具体做法的深入反思，比如对搜肥实效、会战规模、农建与日常生产的关系、集体劳动与社员家务劳动兼顾等重要问题，在多次会议上都有过质疑和争论。特别是对干部工作作风粗暴，工作中的强迫命令问题，包括极个别干部打人骂人的问题，从 1973 年起，刘书润就有过多次提醒，党委也先后几次在改进作风的相关规定里有过禁止。但在当时，农建就是压倒一切的任务，只要能推动工作，只要能实现公社确定的奋斗目标，什么不同的声音都可能被当作耳旁风。

旬邑籍军旅作家刘振民在《旬邑人民怀念刘书润》一文中介绍，1988 年他见到刘书润，谈起被处分的往事，刘书润说，"我痛苦的不是个人背上了处分，而是在旬邑的事没有完全干成，园林化的目标没有全面实现，工业富县的路子没有真正走好。"

谈到被处分的原因，刘书润说，"当时我们把各公社农田基本建设的任务确实压得太重，各公社的一把手和县委领导班子成员一样，都坚持在各自的点上以身作则，带头没黑没明地给群众做表率。干部不撂手中工具，群众也就不好意思收工。因为劳动强度太大，群众普遍有情绪，这一点我们很清楚，但我们还是通过广播等宣传工具，反复给群众把为什么要拼命大干的道理讲清楚。其实大家都知道"农业学大寨"对于我们贫穷落后小县的意义。当时也出现了许许多多劳动英雄和劳动模范。但不管你怎样树立劳动标兵和劳动模范进行正面引导，也免不了有一部分群众有抵触情绪。对群众，我们采取了赶毛驴的办法，就是前面引领，中间力推，后面'鞭打'，在当时就是批评和批判。""在基层，干部打骂、强迫群众的事情的确有，我们也不是没有制止和处理过，但当时整天考虑更多的是推动工作，对这一问题确实还是重视程度不够。"

上面的语言是否是刘书润的原话，现在已经无从考证，但据同刘书润接触较多的当年的职田干部分析，这些话大体符合刘当时的心态。

吕明被处分以后，多次从哲学思维的角度，分析自己之所以跌跤的原因。1979 年 2 月 11 日，他将没有处理好的关系梳理为十对矛盾。

一是哲学家和实行家的矛盾。哲学家更侧重认识世界，而实行家则着眼于改造世界。把认识世界抬高到否定改造世界的高度就成了谬论。虽然是在按毛主席的教导抓"农业学大寨",但行动上时不时就会把政治提高到离开经济的空处,把帅重视到不要千军万马的孤处,把灵魂强调到不要肉体的虚处,这就必然会走偏方向。现在更需要的是大讲实践是检验真理的标准,要从实行中探索真理,而不能仅从书本上推导真理。当然,决不能否定理论认识,不能宣扬盲目的实行家。实际上,批评容易,实行起来却非常难。

二是长官意志和民心民意的矛盾。长官意志是客观存在的,有对的,也有错的。实践中群众意志基础上形成的长官意志必须尊重、遵从,但过于崇尚长官意志,唯长官意志是听,就必然会走错道路。从群众中来到群众中去的公式必须大讲,一味简单地反对长官意志,不摇头、不点头、不起头的惜神、惜力、惜身的长官就会多起来。

三是精神刺激与经济手段的矛盾。对物质生产,最基础的鼓励应该是经济手段,精神鼓励只能是辅助手段。正如 100 斤小麦,必须有 3 斤氮、6 两磷、4 两钾,以及其他许多微量元素和大量水才能构成。否则,光有气壮如牛的精神,永远得不到 100 斤小麦,但精神的作用也永远不可一概否定,人没有志气,没有精神,即使一加一等于二的规律也无从认识。

四是发展生产和改善生活的矛盾。过去我们是生产讲多了,生活讲少了。主要原因有四点:认为个人问题个人会力争,公共利益的代表者当然要争取公共利益;过去曾发生过只争个人物质福利的倾向;生产差,产品少,要想多分配就得多生产;最后就是"左"的压力和干扰。现在看,生产是要多讲,生产上不去,分配无从谈起。但在生产逐步发展的前提下,必须按照科学比例,多分点儿,少留点儿,力争不断改善群众生活。

五是宣传目标与展示实绩的矛盾。工作目标,如设想、指标、规划等当然要搞,但也必须让大家都知道、都讨论,以便研究确定之后,作为发展愿景和努力方向,绝不能把可能实现的构想当作已经实现的实绩来宣扬、来吹捧。宣传歌颂的应该是已经取得的实绩。

　　六是抓得很紧与抓而不死的矛盾。抓得很紧有两重性，既有可以推动工作的一面，也有搞"一刀切"，以领导的积极性代替和限制群众积极性的一面。我们过去总是站在公社的角度，管得太多、太死、太具体，赶得太紧、太急、太匆忙，以少数人的劳劳碌碌，限制了广大群众的积极性和创造性。怎样抓得很紧又抓而不死，谁也无法定出硬杠杠、死刻度，只能靠领导者掌握辩证法，深入调查研究，集中群众智慧，从而掌握好相对准确的分寸。不把握分寸，总是急于行动，必然会以失败告终。

　　七是广纳众意与兼听异议的矛盾。职田的工作很多都是基于深入的调查研究，广泛听取干部和群众的意见。但问题更多的处在兼听异议不够，对反对的意见常常难以真正听得进去，这个教训极其沉痛。

　　八是反对坏人和保护好人的矛盾。好与坏、先进与落后永远是客观存在的。一方面应当反对坏人，保护好人，另一方面又必须注意好坏本是可以转化的，把人固化，对所谓的坏人批得过头，不仅会把坏人彻底推到对立面，还会让好人也心生顾忌，从而离心离德。

　　九是将来不容与当前必须的矛盾。自留地、贫富不均、官民不均等等，共产主义社会肯定不容，但当前却决不能取消，谁试图当前取消这些，谁就会自我毁灭。很多当前和长远的关系问题都必须科学对待，审慎处理。

　　十是求是与纠非的矛盾。求是往往求而不得，其中少不了走弯路。求是过程中要敢于和勇于纠非，要把纠非当作求是的重要途径之一。

　　总之，一个事物的两个方面，实践证明是大是大非问题。背离特定的时间和空间，无针对性地只讲一个方面，整个事业就必然会走入歧路。应当向左的时候却坚持向右，必然会阻碍事业发展，反之亦然。作为领导者就必须看清路、驾好辕。职田的问题，说到底就是没有科学合理地处理好相关矛盾。

三、对农业农村发展规律的思考

刘书润和职田公社党委的领导们，他们为职田的农业农村发展殚精竭虑地奋斗了十几年，虽然以不同形式离开了指挥农业生产的第一线，但农业农村情结却一直深存心底，对农业农村发展的关注关切一直萦绕在心头。即使是在将要被处分和被处分之后，他们心心念念的还常常是对农业农村发展规律的思考与探寻。

吕明在 1978 年元月全县四干会上关于《处理好集体农业中的十大关系》的发言就很有代表性。在这个发言中，他结合职田的经验教训，对农田建设与治原规律的关系、长远建设与当前生产的关系、粮食生产与多种经营的关系、传统农业与科技农业的关系、艰苦奋斗与群众生活的关系、农业出路与农民素质的关系、经济政策与抓点试验的关系、知道真理与齐心来做的关系、上级精神与本社实际的关系、先进典型与后进方面的关系等十个方面的关系，进行了较为系统而辩证的分析论证，提出了应有的思路和对策。如果认识能够付诸实施，职田的工作一定会有新的面貌。

先后离开职田和旬邑以后，这些曾经的奋斗者们，对影响他们命运最大的这一段历程的回忆和思考也一直难以中断。他们的思考一方面集中在农村和农业的治理上，另一方面集中在黄土高原治理规律上。

1978 年底，吕明以被撤职之后蹲点的湫坡公社西洼大队几个山坡生产队的管理形式变迁为例，写了《包产到户的历史回顾与现实需要》。此文是按照县上安排，为本来要在下半年召开的四干会准备的发言稿。文章回顾了山坡队管理形势变化对农业生产带来的影响，具体分析了管理权限上收之后产生的突出问题：集中劳动，跑路白费时间；养用分家，不利牲畜发展；人畜上原，土地越种越薄；权力集中，干部管不过来；援外抽劳过多，耕作缺乏劳力。针对这些问题，在同社员深入讨论后，他提出的解决方案，上策是"包产到户"，土地、牲畜分户经营，年末交够国家的，剩多剩少都是各户的。中策是"包产到组",三至五户就近编成一个组,土地牲畜定责到组,分户经营为主,季节性搭帮互助,以工还工,相当于互助组。下策则是现状不变。虽然文章针对的只是山坡队,但他在 1978 年的政治氛围里,就敢于提出这样的农业生产管理形式,一方面同他们在职田搞的生产责任制密切相关,另一方面也实在是一种十分大胆的思想突破。

1984 年,刘书润所写的《略论建设黄土高原的十个问题》反映了他自称为"一个长期生活和工作在渭北黄土高原的农村干部",对黄土高原建设规律冷静而深刻的系统思考。该文的主要观点是,建设基本农田是建设黄土高原的一个基础;要按照水流规律做好保水的工作;做好培肥工作黄土高原也能高产;要排除阻力大力开展植树活动;水利化是黄土高原建设的长远之计;黄土高原畜牧业(包括家禽、家兔、养牛羊等"十二养")发展的基础是草、林、粮;便利交通是建设黄土高原的脉络;黄土高原发展多种经营门路非常广阔;要逐步遏制高原的自然灾害;建设黄土高原要有艰苦奋斗的人在实践中去大干。

2001 年,吕明开始全面回忆职田治理山水田林路村的十年奋斗史,并启动撰写《十年苦战》的书稿。撰稿过程中,和刘书润有过多次深度交流。2004 年初稿形成后,本想请刘审阅并作序,不料同年 8 月 7 日他忽然病重,8 月 8 日即溘然长逝。

四、尾声

刘书润,职田人民把这个名字与职田联结在一起,旬邑人民把这个名字与旬邑联结在一起,特别是与职田、旬邑的农田基本建设联结在一起。

旬邑老百姓之所以总是不忘刘书润,就是因为职田改造山河的所有大思路都由他设计，大战役都由他组织实施。在旬邑县委书记任上，他又把职田的经验推广到全县，按照自然规律，充分利用集体农业的红利，带领全县人民治理原面沟壑，为旬邑农业的长远发展打下了坚实的基础。旬邑自然面貌的巨大变化，从根本上讲，当然归功于那一时期的十多万农民群众，但人民群众却永远忘不了刘书润的功绩。

旬邑人民怀念刘书润，还因为他有着崇高的精神境界。

在刘书润长期领导下工作过的吕明，对刘书润的人格特点有着较多的了解。

他首先是个读书人。马列主义的政治、经济、哲学、历史、文学、农业、地理之类的书他无所不读。在职田期间，白天下村工作，晚上挑灯读书，每天晚上只有他房子的灯熄得最迟，每天早上也只有他房子的灯亮得最早。他的房子里到处都是书。1967 年冬，党政机关瘫痪，他回了农村的家。吕明路过去他家看望，见只有约 15 平方米的低小瓦房，主要设施就是一个大土炕和一方用短木板支起来的小案子。案子上堆满书本，土炕的栏槛上也从头至尾垒着几层书。当时他什么事也干不成，就是站着看书，坐着看书，躺下也看书。那时他心情不好，但一说起话来，很快就进入书的世界，谈得意趣横生，手舞足蹈。后来重当公社领导之后，知识有了用武之地，读书的劲头更足了。由于头脑里不断充电，他抓工作见事灵敏，部署超前，有始有终，直到看见成效。他讲话有理论有实际，有古今有中外，有中央的大政方针，也有当地的民情民意，因而往往有着较强的感召力、亲和力和动员力。

他也是一个研究者。1965 年初，他上职田的几个月间，每天的主要日程就是下村队了解人情、地情，跑沟、跑川、跑原面，好、中、差队轮流跑。他写了一个调查报告叫吕明帮助誊抄，吕才知道他是要通过调查研究，探讨改变职田贫穷面貌的总体思路。吕因为到职田比他早半年，誊抄中就个别观点提了点儿小意见，从此，他写调研文章便总喜欢拉吕明做帮手。这使吕有机会跟他学习实事求是的具体操作方法。接着，他又把下村队面对面布置工作、检查工作和调查研究结合起来，带三五名肯动脑筋的村队干部，一起走原、走山、走沟川，多方面、多渠道验证他的初步想法的合理性与可行性。"文革"一过，他重做领导之后，又进一步部署了公社党委班子的调研工作，较快地形成了山水田林路村综合治理的总体规划，并立即组织实施。这与他坚持求实精神，重视调查研究，善于开拓创新的综合素质有着直接的关系。

他是地道的实干家。按照从群众中来到群众中去的原则，确定奋斗目标、形成工作规划或方案之后，他很重视组织干部群众认真研究落实措施，尽力使落实工作合实情，顺民意，具有较强的可操作性。他不仅善于做指挥员，还乐于当战斗员，凡是要求群众干的事，他一定会带领干部率先垂范，尽力干在群众前头，为群众蹚出一条路子。他不怕矛盾，不畏困难，遇有曲折和困难，总能临危不乱，沉着应对，靠集中群众智慧，很快拿出解决办法。

他是敢于担当的人。邓小平说过，看你选择当官还是选择做事，选择了做事就少不了要冒个人风险。刘书润在"文革"中就被打倒过。"文革"后，一些领导干部总结出的教训是，少出头，少惹人，坚持跟着群众走，这样就不会再栽大的跟头。职田因为农田基建中进行了政策探索和集体会战，工作的力度一直较大。一些老朋友听闻后，多次劝刘不要刚好了伤疤就忘了疼，但他却坚信，尽快改变职田面貌的规划和行动符合老百姓的利益，只要工作方法得当，就一定能得到群众的认同和支持。这是他毫不动摇地日夜和群众奋斗在一起的重要思想基础。如果刘书润当初只是为了当官，就绝不会在旬邑干出那么多有长远意义的基本建设。有人说刘书润官迷心窍，踩着梯田一级一级往上爬。这实际上是一种以己之心度人之腹的信口雌黄。为"官"者把为人民大众谋利益同个人的价值实现联系起来何错之有？真正费尽心血，用智慧、经验和汗水为老百姓的美好生活而奋斗的人，哪个老百姓不希望他的"官"能做得更大些、更长久些？

对吕明和更年轻一些的同事们来说，刘书润还是一位待人诚恳、循循善诱的良师和兄长。吕明到现在还存有刘书润给他的关于如何写材料的一张纸条。

吕明同志：所送材料看过，提出以下修改意见。

1. 许多问题要从理论高度加以说明，必要时引用马列和毛主席语录。

2. 许多重大斗争要注意说明事情的本质。比如席永哲同志带领民兵抓赌的问题，表面看仅仅是禁止赌博，但在当时的条件下说明了什么问题，需要思考。

3. 要说明总结历史经验的好处。总结历史经验是为了什么？这应该说清楚。既不是为了评功摆好，也不是为了炫耀自己。主要为了啥要说清楚，不能让人产生错觉。

4. 有些提法要准确，例如"党权是政权的核心"这句话是否准确？如果要讲，也要讲党是领导一切的。党权和政权的概念一定要弄清楚。

5. 凡涉及马列主义基本观点的东西，一定要准确，要注意翻阅有关资料。

刘书润

1976 年 2 月 22 日

这张纸条是关于写材料的，实际上它也反映了刘书润教育和引导下级和年轻干部如何培养良好的学风和工作作风。

1979 年，刘书润再次从零起步，先后被党组织任命为咸阳市水电局干事、副局长，市交通局局长，市政府秘书长，市人大常委会主持工作的副主任等领导职务，说明党和人民充分认同和肯定了他的忠心、能力、业绩和贡献。

刘书润还有一个特质就是他的清廉自守，这突出表现在他调离旬邑时，只有自雇的汽车拉了家属和几纸箱的书。联系到他在工作和生活中时时处处严格要求自己的一桩桩、一件件实事，人们都被他廉洁奉公的公仆形象深深感动。

1979 年春吕明离开职田，调往旬邑县农业银行做信贷业务工作。年底即调往咸阳市农行，先后任行员、信合科长、办公室主任、副行长，随后全面主持工作。1996 年春，调陕西省农行任国际部总经理，并且曾被中国农业银行总行聘为经济系列高级专业技术职务评审委员会委员。

不仅刘书润和吕明，1978 年调离职田的公社党委成员们，后来在各自新的工作岗位上，都为党和人民做出许多重要的新贡献。多少年来，职田当年一起奋斗过的村队干部和普通社员总是不时地记起他们，因为职田的人们知道，虽然这些干部确实有过这样或那样的缺点和错误，但他们全心全意为职田老百姓谋利益的心一直是鲜红的，他们为职田农田基本建设付出的心血、流下的汗水，已经化作职田原野每年的麦浪和果香。

20 世纪 70 年代旬邑人民对山水田林路进行综合治理，对旬邑山河进行重新安排，实现了大地园林化，70% 的荒坡荒沟得到绿化。对原面沟坡的大规模综合治理，使旬邑全境每年排入黄河的泥沙量比 60 年代末减少三分之二，对黄河治理也做出了不可磨灭的伟大贡献。这些成绩的取得是干出来、拼出来的，是用命换来的。在这一伟大斗争中，旬邑人民所表现出来的自力更生、艰苦奋斗、尊重科学、团结奉献的红色革命精神，是对延安精神的传承和弘扬，是中国共产党精神谱系的红旗渠精神的重要组成部分。

一方水土养一方人，但这里的"养"，绝不是简单与单向的给予和索取，而是在相互作用中的互动共生。生于斯、长于斯、葬于斯的世代黄土高原人，正是在持续探究和认识水土运行与相互作用规律的基础上，不断地对黄土高原的水文分布和山川沟壑进行着顺应规律的改造，不同程度地实现着人与自然相互适应、和谐共生的阶段性目标。正是在这一过程中，与黄土高原相关的中华文明也逐渐孕育、萌生和发展，并不断走向繁荣和辉煌。黄土高原上时能见到的秦汉时期古台田，分布于各处、功能各异的历代水利设施等，就是这一历史事实的物质见证。认识规律、顺应规律，利用规律对黄土高原进行符合人们愿望和需求的必要改造，这就是黄土高原上人与自然永续和谐共生的精神内核，是我们应该永远传承弘扬的黄土魂。在新的历史条件下，中国共产党领导下的人民群众，把红色的革命精神熔铸进历久弥新的黄土魂，让它的内涵更加丰富，精神更加浑厚博大。

在实现中国梦的伟大进军中，传承、弘扬包括延安精神、红旗渠精神在内的伟大民族精神，赓续和光大先辈们不断丰富和发展着的黄土魂魄，将永远是我们必须坚持的伟大道路。

刘书润的几首小诗，反映了他离开旬邑后的情怀与感悟：

（一）贺新郎·离乡（1978 年）

离乡从兹去。
更怀那人间激情，
重展鹏翼。
过眼烟云何须怨，
恋故泪目收住。
寻常事削山造地。
人去政声让民说，
功过是非存世。
做大事，
孰无误？

足下有路四方开，

蹈飞舟心潮几重，

风高浪急。

五洲来去游子意，

心宽信步天际。

快割断愁丝恨缕。

一腔义气步人寰，

又岂敢偷生终抱恨。

和鹰飞，

翔云域。

（二）高原林网（1978 年）

青纱绿幢盖古原，

地平林方道路端。

沟畔槐柳绕林带，

坡上苹梨罩梯田。

能积天雨沃野润，

不扬沙尘广天蓝。

风吹麦黍千顷浪，

燕舞鹊鸣迎客还。

（三）抒怀（1998 年）

故园今昔论精英，

谪郎一去图未空。

改山造田艰难甚，

植林治水周折同。

燕京秋风悲汗马，

豳山落日染哀鸿。

几时痛饮招魂酒，

揽月石门吊扶翁。

（四）思汃水（2000 年）

难忘汃河万缕情，

祸福相转几遭逢。

山洪滚滚卷恶浪，

川水涛涛泛黄龙。

筑堤浚渠移故道，

填沼造田扩新城。

万民辛勤奠基后，

迎得小康慰刘公。

吕明的两首小诗则反映了对职田工作的回顾和反思：

（一）自我常纠偏
1978 年 3 月 18 日于万寿检讨命令主义

东风送春暖，春暖碧原回。

桃柳脱冬衣，新羽燕子来，

此时当珍重，最应畅胸怀。

远虑做规划，深谋尽其才。

轻装投春耕，暮气应早排。

教训要总结，官气不可抬。

身先于士卒，向下常施爱。

交谈知人心，出言贵和蔼。

即向后进者，以理正要害。

霸气上谁身，是谁无能耐。

事越激人怒，越须冷静待。

趁怒作判断，十有九个坏。

冷静做调查，十行九不败。

用心学管理，政策落实在。

亲身试定额，强度莫越外。

群众已出力，歇缓理应该。

劳力上工地，家务要连带。

既会抓生产，又管米油柴。

两者巧兼顾，劳效无所赛。

抓一不兼二，两者同出卖。

路子未确定，步子且莫迈。

即使路子正，欲速则难快。

方法不对头，说明观点坏。

谁若轻民众，必露剥削态。

失道皆寡助，当权也要败。

尊重辩证法，成功日可待。

取胜勿侥幸，摔跤不奇怪。

自我常纠偏，前行不淘汰。

（二）农事难

1977年9月17日于烽火大队

君不见黄河之水山上来，奔流到海天上还，铿岸穿岩自开路，浩荡谷川亿万年。又不见，后稷教民知稼穑，到今天下遍庄田。农业生灭有过程，过程不完认不全。

比如说人民公社管农业，至今尚在摸索间。产粮工厂露天里，丰歉因素杂且繁。专就管理办法说，宜统宜分道理艰，过"统"劳力不主动，过"分"公益难体现。只抓收种误长远，基建过长失当前。分寸掌握有偏差，即给群众造苦难，只奖不罚邪风起，罚面扩大起怨言。队干社员务庄田，劳心劳力眼望穿。干对自如众人愿，干错也在情理间。因有教训与经验，才使人类行不断。闲客过路品评易，担起实担上坡难。

说实在，谁与农民同心肝，便觉农事不简单。社会主义农业路，有待反复作试探，遵循唯物认识论，学习群众好经验，为民当拜民为师，才能纠偏就其全，增产之道何处是？指导者亲抓粪土去种田，实干数年方知晓，得一温饱非弹丸。

承认难，不怕难，勇敢实践苦攀缘，可以变难为不难。黄河横隔万重山，终入渤海东溟间；农科之迷深如渊，终可探知粮过关。

略论建设黄土高原的十个问题

最近报纸上陆续发表了一些关于治理黄土高原的文章，看了对人启示颇深。自己作为一个长期生活和工作在渭北黄土高原的农村干部，也想谈一些自己的看法和想法，也可以说是一些体会吧！想从十个方面探讨一些问题。

一、建设基本农田是建设黄土高原的一个基础。没有这个基础，其他一切都往往成为纸上谈兵。因为建设基本农田是涉及这里千百万人民吃饭问题的大事。我们常讲"民以食为天"。古语讲："食为政首。""饥者不顾千金。""寒者不贪尺玉。"古来把解除人民饥寒定为治国之术，也可以说是中国几千年来治国安民的经验总结吧。像渭北、陇东、晋南等黄土高原，古来也是出谷之地。这里的人民之所以能一代一代生息繁衍下来，证明了它不独是草木生长的地方。这里的原坡梁峁就有几千年来遗留下来的古代劳动人民和水害作斗争的旧式台田（据说起于周秦时代）。正因为这样，我国黄河流域的黄土高原还在继续发展，它的寿命远远超过了尼罗河流域和两河流域。这是世界公认的事实。如果没有种植粮食这千百万人民赖以生存的基础，黄河流域也可能像尼罗河流域和两河流域一样衰退了。这就是说，这里的人民保护了它，它又养育了这里的人民。生物的原始生态是相互制约，但又相互矛盾的。只要人认识了它的矛盾的方面，就可以利用人力（智力和体力）改造它，促进自然生态之间的平衡。例如，劳动人民通过几千年的实践，认识了黄土高原保土的重要性，因此千方百计筑埝修梯田，既保了土，又蓄了水（或叫治理了水），这样就遏制了水土流失，遏制了黄河流域黄土高原的过早衰退。正因为有了这个土的基础，才给这里的人民提供了衣食住行的必需品。古代留了这样几句话形容土的重要性："五行土德厚，三才地道深。""土能生万物，地可产黄金。"这是这里的劳动人民在旧社会供奉所谓土地神的两副对联。这也寓意深刻地说明了保土、重土的道理，这个道理恐怕也是这里的劳动人民千百年来亲身体会的经验总结吧。

正因为这里的劳动人民懂得了这个道理，在实践中千方百计保土理水，修梯田，修地，既保存了黄土高原，又养活了自己。试问，如果不修田理水，在黄土高原这样旱象严重、风狂雨骤的自然条件下，这块土地早不知变成了什么样子，也可能是不见天日的基岩大白于光天化日之下，这里的人群可能早已移居他乡了。

就拿现实考察的科学资料来说，陕西的山原丘陵区每年流失土壤厚度为 0.5～2 厘米，若按 1 厘米的厚度计算，每平方公里的土壤流失量为 1.2 万吨，每吨土壤中含氮 0.8～1.5 公斤，磷 1.5 公斤，钾 20 公斤。这样山原耕地每年就白白流走氮、磷、钾 700 万～880 万吨，数字十分惊人。若让年产 10 万吨的化肥厂生产，至少也得 70 年。这充分说明了保土的本身既保了自己，也治理了水。现在有些山坡由于农田水土保持工作做得不好，结果经洪水切割冲刷变成了不毛之地，群众形容其是"斜洼子，光梁子，壑壑牙牙鸡爪子"，即使硬种上几棵庄稼，也是"水来见龙王，旱临火烧焦"，修过的标准梯田就不是那样的情况了。例如，旬邑县职田镇恒安洲村修过的梯田，旱年高粱亩产 400 多斤，平年还有产量达 800 斤的田块。由 1970 年以前的缺粮队变成了余粮队。职田镇通过平整加深翻，产量由 1970 年以前的 200 多斤，提高到 1978 年的近 500 斤。照庄村 1970 年以前亩产不到 200 斤，1978 年达到了 400 斤。因此，解决黄土高原的建设方针问题，着眼点首先要考虑到解决群众吃饭问题。

历史的经验教训和现实的人心所愿都是值得考虑的。一定要把科学的设想和现实的可能性紧密结合起来考虑问题。我们不要忘记美国 930 多平方公里的土地上只养育着 3 亿多人口，我们祖国 960 万平方公里的土地却养育着十几亿多人口。如果美国人口达到 8 亿，他们现在生产的粮食不要说出口，恐怕勉强度日也难。况且我国南方人稠地狭，古代称之为"三山六水一分田"，我国北方虽系地广人稀的地方，但自然条件是有目共睹的，既有辽阔的黄土高原，也有漠野沙海。就拿黄河中游地区来说，国家确定的 138 个水土流失重点县，陕西就有 46 个。如果这些县不加强基本农田建设，吃粮靠进口、外调，那账就不敢算了。拿旬邑县来说，20 万人口，每人每年按 400 斤毛粮算，就得 8000 万斤，光调运汽车就得 8000 车次（每车以 5.5 吨计算），运费是非常惊人的。1970 年以来，这个县由于大搞农田基本建设（平整土地 86 万多亩），1975 年粮食产量达到 1.8 亿多斤，给国家贡献 1600 多万元，因旱歉收年总产没下过 1 亿斤。八年来除自用外给国家贡献大于自主返销粮数量。这就说明这个县如果按八年来的总产来计算，达到自足以外，还略有剩余给国家作了支援。因此，我觉得像渭北、陇东、晋南等这样的黄土高原，还要大力发展基本农田。有些人说："四个现代化不需要搞农田建设了。""南方产量高了，可以供北方人吃粮。"甚至有草木化粮的想法，这是不现实的，也是没有根据的。

二、掌握水流规律，正确做好保水，是建设黄土高原的一项重要工作。黄土高原本来是旱象严重的地区，是缺水的地方，但是水害造成的损失也是不可估量的。据科学家考察，黄土高原水土流失约 20 万平方公里，平均年流量 100 多亿立方米，带出去的泥沙 16 亿吨。陕西 46 个水土流失重点县，每年输入黄河泥沙占三门峡以上输沙总量的一半。陕南土石山区虽属长江流域，水土流失也很严重，每年输入长江泥沙 1 亿多吨，全省水土流失面积占总面积的 70% 以上。这些都说明黄土高原的理水（治水）问题确实是一个重要问题。这个问题处理好了好处很多，一可以增加农田，二可以增加土壤的蓄水量，三可以减少肥土的散失，四可以改变干燥的气候（大地也有蒸发量），五可以提高地下水位，六可以解决人畜用水问题，七可以促进作物（庄稼、草木）发育，八可以解决黄河泥沙问题，九可以保护居住、道路、桥梁安全，十可以防止原面耕地塌陷。因为黄土高原的气候特点和地理面貌，决定了必须做好理水的工作。就雨量来说，每年 500 多毫米，但往往不是集中在 7 月、8 月、9 月三个月，就是暴雨骤下。所谓五日一风，十日一雨，和风细雨的年头是不多的。群众说："十年九旱，不是狂风，便是暴雨。"这个气候特点，根据科学家考察，并不是现在才这样，黄土高原形成后 100 万年以来，其气候变化的总趋势一直是在干燥与湿润中不断波动，而地势特点又是沟壑纵横，蜿蜒起伏，山高坡陡，高低不平，逢水最易径流，减少了渗透能力。这样既危害农田，又危害人畜安全。1969 年 7 月间，旬邑县职田公社一场暴雨，淹没窑洞百十个，牲畜和人员生命也遭到一些损失。社员曹德来一家六口，被洪水冲走了四口。这个公社 1970 年以来大力平地保水，使原面 28000 亩耕地条田化，8000 亩坡地梯田化。八年来水害大大减少，过去最易受冲击的武家堡（人们大部分沿沟畔水路而居），每逢大雨，人心惶惶。经过治理后，八年来，再未受过一次洪水冲击。块块条田绕村庄，因为分散了径流，使水就地下渗，地面水变成了地下水。因此，根据多年来和洪水斗争的实践，黄土高原人民完全有能力变水害为水利。

人是可以改造自然的，办法就是掌握水流规律这个特点，下功夫去分散径流，遏制径流集中。平整土地，消灭流槽，按流域理水。这就要做到认真规划，自上而下，上下联片，上堵下截，左右呼应，宜划方的划方，大方套小方，方方结成网。先灭小流槽，再灭大流槽。如果真正做到原面条田化，缓坡梯田化，陡坡林带化，这就基本做到了分散径流，变水害为水利。群众讲的"水不下原，泥不出沟"，就是指分散径流，节节蓄水，就地渗透，让地面水变成地下水，让大循环变成小循环，并不是改变水的物理性质。实践证明，黄土高原一些水土保持工作做得好的社队，都已做到了这一步。群众已从实践中懂得了这个道理。

三、努力做好黄土高原培肥工作也能高产。黄土高原的土壤总的来讲还是一种好土，是生长庄稼的土壤。这里群众有几句谚语："人勤地富，人懒地恓惶。""人哄地皮，地哄肚皮。""庄稼一枝花，全靠粪当家。"老农实践出来的这些经验，说明了黄土高原的土壤是长庄稼的，而且是能改造的。当然黄土高原的土壤化学成分那是需要进一步研究的，但是实践检验证明，只要肥料上饱，风调雨顺，还是能够五谷丰登的。黄土首先是土，不是沙石，我在海拔 1300 米的职田街大队搞过十年（1968—1978）的试验田，十年的产量平均在 800 斤（大概），最高有 1100 斤的，而小麦平均不下 400 斤，最高的田块也有 500 斤的，而且完全是旱地。促进粮食增产的办法一是平整深翻，二是多施有机肥，三是改良品种，四是精耕细作。这个队旱原地每人只有 1 亩 4 分地，且海拔高，霜冻、冰雹几乎年年有，十年来粮食却基本达到自足，公购粮年平均超额完成。因此，我觉得黄土高原就土壤来说，是有高产的基础的，虽然含有较多碳酸钙，易于侵蚀，有机质少（据有关科学资料说只有 0.5%），本身颗粒轻细，抗风能力差，或者由于多年水土流失造成的某些微量元素少等，但是实践说明，有了这一个良好的基础，只要进一步了解各地土壤的酸碱、粗细、肥力高低性状以后，在一定程度上人是可以改造土壤的。因此，黄土高原的农耕地要适应四个现代化，土壤的培肥工作要赶上去，有些搞过农田基本建设的田块，增产不显著，甚至还有减产的，这不怪农田建设的本身，而是我们工作中的问题，一是可能破坏了表土（熟化土壤），二是土壤培肥工作未赶上去。况且黄土高原土壤既缺乏有机物，又少氮、磷、钾，更需要不断地做好培肥工作。通讨总结十多年的经验教训，我觉得黄土高原土壤培肥工作可以从以下几方面着手：①大力增施农家肥，把猪、羊、牛三者并重发展，牲畜确实是黄土高原的有机粪肥厂，提高有机肥的熟化率，增加肥效。②现在有些地方用肥是鸡屁股掏蛋，用生肥多，家畜人便皆是这样，肥力不高，可以搞圈粪回炉（用土或泥封闭），可以搞沼气池让其熟化发酵，一斤可以顶二斤用。③大田可带天然固氮豆科作物，如玉米、高粱地不一定独种，带些豆科作物，既有根瘤菌，本身肥地，另一方面收获后豆蔓满地，深翻压埋，腐烂肥地。④秸秆还田，以地养地，过去一些地方，秸秆还田方法不当，影响了出苗（未腐烂），这是我们工作上的问题，不是秸秆还田本身的罪过，因此鉴于黄土高原的气候特点，不一定当年搞当年上，可以隔年上，即头年秋季秸秆，第二年种秋时未腐烂可以放在第三年上，效力会更好。⑤土地广的队可以搞轮歇压青。土地少的队可以割草沤肥和树叶沤肥，我曾搞过 10 亩玉米青草沤肥种玉米试验，亩产 800 斤。⑥黄土高原土地比较多，可以大种紫穗槐，道路两旁、树行间、水渠沟畔都可培植紫穗槐。紫穗槐嫩枝叶含有丰富的氮、磷、钾，据有关科学分析，1000 斤紫穗槐中含有约 15 斤过磷酸钙，15.8 斤硫酸钾，根部又有根瘤菌，栽植在荒坡，既有益水土保持，又可以改良土壤。总之，这样既经济，降低了生产成本，又改造了黄土高原土壤，提高了土壤肥力。如果土壤有机质多了，团粒结构好了，土地的涵水量，渗透力就大大加强。有人讲，一个土壤良好的团粒就是一个小水库，群众把这叫作以肥调水。同时也增加土壤的热量，从一定程度上讲，还可降低霜冻灾害。这在旱原冻灾地区实践已经得到证明。总之，土壤肥沃了既可抗冻，又可抗旱。

四、排除一切阻力，大力开展植树活动。植树造林在黄土高原的重要意义，有关报纸谈论相当多。黄土高原确实有着植树造林的许多有利条件，有着广阔的沟壑山坡。有些地区就宜林的面积来讲，几乎大于农田面积。如果全部造林接近于先进国家造林面积率（芬兰占 72%，日本占 64%），就拿旬邑县来说，总耕地不到 58 万亩，而宜林面积将近 200 万亩，大于农耕面积两倍多。当然有一部分天然林区，就围绕原区的沟壑宜林区来说，大约 40 万亩。如果全部造林占原区土地总面积的 40%（美国占 32%，苏联占 84%），据有关资料介绍，一个地区的森林面积占到总土地面积的 80%，就可以适应农林自然生物生态关系。因此，从面积来讲，黄土高原确实是有着大力植树造林的广阔天地。黄土高原过去也号召农林牧副全面发展，毛主席也讲过"农林牧三者互相依赖，缺一不可，要把三者放在同等地位。"多年来的实践证明，森林确实有增加雨量，调节气候，保护农田，防风固沙，美化环境，淡化污染，保证"四料"（木料、燃料、饲料、肥料）的好处。

例如，旬邑县地处或接近子午岭和乔山林区的 5 个公社，每年的雨量就比西部公社多。根据我在黄土高原造林十几年的经验教训，我觉得有几个实际问题要解决：①要有一个统一的认识，植树造林本来是富国富民的好事，而有些人由于调查研究不够，总是看法不一，有人认为以粮为纲，好像就不需要植树了，不切实际地批评指责。②要有个切合实际的规划，整片造林也罢，千里林带也罢，都要实际调查规划，在实践中研究一些实际问题，如土壤情况、海拔高度、年均气温、年日照长短、霜期长短等调查清了，适宜种什么，下决心就有把握了。③苗木的繁育建设十分重要，一般宜林面积大的地区必须有总耕地面积 2% 的土地做好育苗繁种工作。④加强管护，保证质量。多年来的实践证明，栽树不讲质量，确实是劳民伤财。过去出现过这样的情况："春满山，夏一半，秋零落，冬不见。"群众叫"野鸡下蛋，只下不管"。这样植树，不管你千亩林带也好，万亩片林也罢，都要以失败告终。三分造，七分管，的确是这样。⑤大力推广反坡梯田。反坡梯田确实是黄土高原绿化荒山的一个好办法，旬邑县这几年通过反坡梯田绿化的 20 多万亩原区沟壑，成活率很高。树木发育成材比没有搞反坡梯田的地区快一倍。⑥平原四旁水边、渠岸路旁，植树尤要计划周到，诸如品种之搭配，乔灌果林之结合，成活率之高低等都应该认真研究，付诸实施。⑦树无成林而滥伐，木无成材而夭折，栽无发叶而干枯，活无管护而早损，这是植树造林的大弊也，不采取得力措施，虽数量很多，但其收效甚微。

五、水利化是黄土高原长远之计。研究黄土高原之建设大事，宜把当前和长远结合起来，切勿顾了当前而忽视长远。郑国渠虽初建于秦，至今还惠河益民，因此在抓当前的同时也得考虑黄土高原农区的水利化问题。多年来的旱象教训了我们，不论种草、植树、育五谷，水都是命脉。而黄土高原有没有水利资源？看来大有潜力可挖。从广义上来讲，据说黄土高原有 2000 万人，水土流失约 20 万平方公里，平均年流量 100 多亿立方米，如果长蓄短用，一亩地按500方用水计算，就可扩大2000万亩水浇地，这就是说一人有了一亩保收田。就拿旬邑县为例，年流量大体一亿到一亿三千万，如长蓄成库，按旬邑县气候特点可灌溉25万到80万亩。一人能造一亩水地，况且黄土高原的地下水，也不像有些人讲的是所谓"无水区"。旬邑县底庙公社店子河大队1978年在沟底深钻260多米，还打出了一个喷泉，说明这里地下深处是有水的，根据自己多年在黄土高原的考察，我觉得这里的水利化途径有四：①打坝拦水，在一个地区主要流域区设计打坝常年蓄水，例如，旬邑县汃河流域设计的木咀水库，就可蓄水8000万方。②沟壑蓄水，从渭北、陇东这些地区看，虽然沟壑纵横，但沟河有水（大小不一），只要有积涓水成库塘的精神，是可以搞出一些水地的。例如，职田公社照庄大队就在白杨沟打了一个三万方的小库塘，可灌100多亩。如果坝再升高一二米，就可蓄水6万方，坝前还造了50亩水地。1978年秋季，光这个白杨沟，就为当地增收粮食30000多斤。③原面合理布局辐射井群。实践证明，陇东、渭北这样的黄土高原都可打辐射井，水量还不弱，像职田街大队1976年试验打一个辐射井，结果不但解决了人畜用水问题，还可以同时灌溉上百亩地，这说明旱原地下并不旱。④沟壑造地大有可为。根据实际考察，像渭北这样的黄土高原沟壑区，大部分地方有大小不一的泉或渗水，一般在离原面80米到100米深处流出，而这里的沟壑既宽且深，一般比原面土地海拔低100多米。由于长期大小不一的洪水冲刷，形成了四种形式的沟（夹渠沟、开花沟、平底沟、尖底沟），像平底沟造地就比较容易。一般有沟的大队，只要花工，一般都可造十亩地。沟底造地的特点：一是水地，能自流灌溉；二是海拔低；三是避北风；四是便于多种经营。总之，我认为只要对黄土高原水流规律有了认识，对水的资源规律有了认识，将保原面水和蓄洪水结合起来，把拦地下水和拦河水结合起来，广开水源，旱原的水利化是指日可待的。塞北的理想不单纯是"风吹草低见牛羊"，也有可能变成"稻花香里说丰年"的塞北江南。

六、黄土高原畜牧业（包括家禽、家兔、养牛、养羊等"十二养"）发展的基础是草、林、粮，这三大基础发展了，畜牧业就可随之发展。黄土高原不是四季如春的江南，许多地方是高寒气候，且无霜期短（一般为150天，有的仅有130天），这就使植物生长期受到了严格的时间限制。牲畜食干草的时间长于食青草的时间，因此没有一定精饲料是不行的。如猪、羊、驴、骡、马、鸡等的发展，是农、林、牧三者互相依赖，缺一不可。我调查过恒安洲大队第三队农、牧、林的情况，1970年以前这里确实很穷，人称三穷：村穷、地穷、人穷。1970年以来，这个队实现了每人有二亩基本农田，沟壑草木兼种，种了一条苜蓿沟（9100亩），到1977年这个队粮食比1970年翻了一番，猪、羊大发展，社员生活有了显著变化。因而，我觉得任何事物发展并不是齐头并进的，是有主有次，有头有尾，有源有流之分的，是循序渐进的，而且是互相制约的。黄土高原牧业要大力发展，首先得把沟壑种草造林培养起来，把原面宜农地发展起来，把圈养和放牧结合起来。这就涉及在规划广阔的沟壑山坡时，宜乔灌结合，宜大力发展旱原苜蓿。紫花苜蓿多年生，起草高，耐旱、耐冻、抗逆性强，青饲干饲均可，鲜叶青美人畜皆可食用，营养价值高。苜蓿本身有固氮肥地作用，群众说："苜蓿是个宝，丰年荒年离不了。"它的花可养蜂，叶秆可饲养家畜家禽，根可肥地，因此在旱原沟壑区，下大力气发展苜蓿的确是一本万利的好事。

七、便利的交通是建设黄土高原的脉络。道路问题为什么要成为治理黄土高原的一项重要内容呢？这个问题这里的农民也是有深切体会的。如果用心把陇东高原、渭北高原小农经济时期传下来的道路考察一下，就可以得出如下几个结论：一是低凹。道路就是水路，这里的人民习惯叫胡同，并形成了高原的大流槽，每逢暴雨，原面洪水倾泻满路，道路顶端通沟头，年复一年，不少道路变成了大胡同，大胡同又变成了小沟，因此有些胡同就是小沟的前身。要彻底消灭原面大小流槽，就必须改路理水。二是弯曲。由于过去历代的小农经济影响，造成了黄土高原道路弯曲复杂，斜路太多，道路多变，时而通向街心，时而沿沟延伸，遇雨塌陷，遭雪阻塞，线路长而不方便，雪雨来临，交通往往中断。三是小斜路甚多。浪费土地，践踏庄稼。由于大道往往线长加之暴雨淤泥阻塞，形成乱路斜路，浪费土地。四是狭窄。由于道路狭窄，不要说汽车，拖拉机也通行不了，就是架子车有些地方也行不通。特别是偏僻村庄，真是羊肠小道，正如唐人贾岛说的"只堪图画不堪行"。要适应近代交通工具实在不行。这样就使得这里物资交流、经济交流、文化交流很不方便，土特产运不出去，国家支农物资不能及时供应，弊病非常多。随着黄土高原的建设，不论是农区、牧区、林区，都要规划好道路，逐步修筑。像旬邑县有个马栏公社（山区）距县城100多华里，过去是泥泞山路，群众生产和生活都受到影响，1976年开通了这条公路（石子路），山区就活跃多了。1978年虽说夏田遭到严重冻害，但全年每人还平均产粮1000多斤。劳动日值全社平均0.6元以上。因此，我觉得发展黄土高原的交通并不是形式，可是有些人对此责难过多，我想这是不合理的。明察事理，还得深入研究，不要道听途说。况且古来都把修桥、补路传颂为利国益民的好事。利国益民的好事为何不可为呢？三国时魏国人皇甫隆任敦煌太守时，看见当地群众不会做耧、犁这样的播种工具，花的人工、牛力很多，收获很小，皇甫隆就帮助群众大力推广耧和犁，结果工夫省了一半，粮食均增加了五成。他看见当地妇女做裙子，皱褶像羊肠子一样盘曲，用布很多，便令改进，结果省下来很多布匹（均见贾思勰《齐民要术》）。这该是很古的事了，但读起来对人颇有启示。

因此，在规划建设黄土高原时，也必须因地制宜，便利生产，便利交通，节约土地。干路、支路、生产路先规划出来，先近后远，先易后难，逐步修建。过去讲的"土、水、林、路综合治理"是符合实际情况的。看准的就干，下决心落实，因为这是符合事物本来目的的。

八、黄土高原多种经营门路广阔，有着发展多种经营的许多有利条件。一是土地辽阔，二是有原、有川、有沟，适应发展多种作物，三是地下也有不少矿藏，如煤、陶瓷原料等。因此这里门路是比较广的。就种植业来说，果树几十种，大枣、苹果、梨、柿子、杏、桃等；药材能繁殖近百种，如黄芪产量高，质量好；甜菜含糖量高；养殖业除大家畜外，羊、鸡、兔、蜂都利于发展。总之，这里有着许多农副产品生产条件，设想这些原料大量增加，就地加工成产品，这里的人民在经济上是会翻身的。现在的问题是要深化改革，抓好发展，合理分配，做出样子。农民得到益处，积极性就会起来。例如，1977年职田公社青村大队在木家岭山地办的药厂就收入80000多元。还是那句话说得好："事在人为。"

九、逐步遏制高原的自然灾害。对黄土高原的自然灾害要有一个乐观抗逆的态度。目前这里霜冻、冰雹等大灾害是非常频繁的，但我们只要善于认识和掌握规律，就能逐步战胜或者减轻它们的危害。①冰雹问题。从旬邑多年来的考察可知，冰雹云层往往是从少林的广阔红崖、荒坡一带骤然而起（这里的空气强烈变化），研究冰雹人员的实践是搞防雹林带，使陇东高原和渭北高原的荒山秃岭彻底绿化，达到调节温度的作用，就可减少冰雹危害。②霜冻问题。大搞沟畔、坡畔防风护田林带，也可以减轻霜害。随着农耕地有机质增加，地的热量增加也可以减少霜害。有人有这样的说法，像陇东、渭北这样的高原，只要把所有沟坡绿化了，大地林网化了，既可以防雹也可以防霜，这是有道理的。

十、建设黄土高原要有艰苦奋斗的人在实践中去大干，苦条件要有吃苦的人去改变。"千里之行，始于足下""万丈高楼平地起"，既要有科学的设想和符合实际的蓝图，也要面对现实条件从基础做起，艰苦奋斗、奋发图强的精神要发扬，镬头、铁锨现在还不能丢。四个现代化要在苦干中实现，怕吃苦、图享受、走捷径、等条件、靠投资等，都不太现实。因为我国是一个大国，底子也薄，国家合理支援是需要的，但坐等待援，这就浪费了时间。同时，过去在建设黄土高原中做出成绩的也要实事求是总结，缺点或是成绩，不能好了一切都好，坏了一切都坏。要一分为二地看。抓典型仍然是我们建设黄土高原的好办法，有了好典型，就能得胜，少花学费。当然典型不是十全十美的，都是在实践中不断完善的。一下子要求一个完美无缺的典型，就等于否定典型。

刘书润

1984 年 4 月

处理好集体农业中的十大关系

本次汇报，是省地检查后，我们对职田公社党委近五年来抓农业的经验教训的回顾。

一、农田建设与治原规律的关系。自 1968 年以来，我社把农田建设与治理黄土高原的大目标结合起来，一次规划，分年实施。通过理论研究与实地考察，探索治理黄土高原的规律。海水变云雨，云雨变地水，地水变河水，河水变海水，这是海陆水分大循环的规律。黄土高原的水流规律是：落雨聚细流，细流汇洪流，连土冲下沟，投河入海中。其中存在水和土在一定条件下相互制约的矛盾斗争，即"地平土蓄水，地斜水垮原"。根据这个水土矛盾规律，我们总结出了治理黄土高原的四条规律：其一，水往低处流，先从高处治；其二，支流汇主流，先从支流治；其三，同一流域内，坚持联片治；其四，土肥与水林，坚持综合治。依据这些规律，平整土地坚持"先原后坡再沟"的顺序，造林、种草、聚泉穿插进行。顺从规律，是农田建设成功的根源。

通过近十年艰苦奋战，取得的效果：1. 平整过的原坡农田，积蓄了较充足的水分；2. 原坡沟植树种草，蕴蓄了天上水，形成防风屏障；3. 修库聚泉水，解决了人畜用水和种菜用水；4. 为根治黄河中上游作出了贡献；5. 增强淡水利用率，减少其向大海白流。治理黄土高原是千年大计，改造治理中，虽然一次性投入人工巨大，但取得了永久的低成本淡水，开拓了解决西部缺水问题的重要渠道。

二、长远建设与当前生产的关系。长远建设指农田建设，水利工程和植树造林。当前生产指麦秋粮食生产的种、收、碾、藏。前些年，我们在实施治原规划上急于求成，在处理二者关系上往往顾此失彼，农建上劳多，时间拖得久，工具占用多，战线拉得长，加上造林、修路、筑库、治河有县工程、社会战、片治，使得粮食生产不时有违误农时的状况。去春以来，我们下决心从制度上来保证粮食生产：其一，社队都指定领导长年抓粮食生产；其二，适度压缩农建用劳比例；其三，冬夏农建各缩至一月，春秋造林各缩至半月；其四，凡该队有公社规划小工程的，县社会战不抽劳；其五，因客观原因使得粮食生产未收尾的队，农建上劳推后顺延；其六，加强农建与造林的劳动管理，尽力少欠原计划任务。这样调整以后，农田建设与粮食生产的矛盾得到缓解。

三、粮食生产与多种经营的关系。粮食生产与多种经营是相辅相成的关系。我社最紧迫的是农田建设和粮食生产的资金问题，没有多种经营，资金无从解决。近年以来，我社允许铁、木、皮、编织匠人在家或外出做活，向队交钱；各村普办集体砖瓦场、建筑队、运输队，原面普栽苹果，普种烤烟、甜菜、洋芋，沟川发展传统的核桃、大枣、桃、梨；学习本社旧杨村榜样，每大队抽20~50人赴外县揽包修林、修路、修渠工程，赚取生产资金。这样一来，机耕、肥料、农药的资金基本得到满足，一些队除给社员分配现金外，还清还了旧欠贷款。据县银行统计，职田是全县人均旧欠贷款最少的社。

四、传统农业与科技农业的关系。社会主义大农业的内涵应理解为科技化农业、规模化农业、商品化农业、合作化农业。不光传统的人工投入能增加产量，肥料和水分、农药、种子、温度、空气、光照的科学投入，更能增加产量和质量。传统的人工投入，应逐步以技术投入取代。我们注意抓了技术培训，如杂交育种、肥料配制、农药使用、苹果修剪、绿肥沤制、烤烟育苗和烘烤等，抓了社队领导的科技试验田；抓了夜校农技学习，在提高文化的基础上，提高农民科技素质。

五、艰苦奋斗与群众生活的关系。我们正处在各类帝国主义封锁的国际环境中，处在为工业化搞原始积累的时期，处于发展农业机电的起步阶段，处在农用工业品奇缺的状况下，完成改造农业基本条件的繁重任务，只能凭"一不怕苦、二不怕死"的精神，靠赤裸裸的体力和原始工具来艰苦奋斗。一方面组织突击队、攻坚队、专业队打先锋，另一方面组织大队伍脱皮掉肉地追随战斗。同时，社员体力消耗大，粮食产量又不过关。

全社人民已经连续苦战将近十年了，在这种情况下，要特别关心社员生活，处理好张与弛、劳动强度与民力极限的关系。农建挖方、运方量适度调整，让中等劳力八小时以内能拿下来；妇女全天允许迟到、早退各半小时；会战工地，办稀饭灶，并为社员馏馍；县社工程所抽劳力，生产队用储备粮给予补贴；节日组织文艺活动。

六、农业出路与农民素质的关系。农民素质提高是现代农业的根本出路。这个结论是从农科骨干难找、基层干部难选、贫困农户难扶、计划生育难抓的问题中认识到的。农民的精神素质和文化素质提升不了，这几个问题就解决不了，这几个问题解决不好，农业的出路就有问题。农户中3%～5%的贫困户，家庭生活要生产队全包，经调查，这些户的贫困原因，天灾人祸占不到三分之一，精神文化素质差占三分之二以上。这使我们看到，只讲贫下中农从政治权力上翻身，不抓从经济上翻身等于没有翻身；要从政治经济上彻底翻身，必须从精神文化上翻身。所以，公社党委花大力气抓文化教育，首先抓农民子弟百分之百的入学率，抓普及初中文化，抓青年妇女扫盲。这个长远建设和农田基本建设相比，更具长远性、根本性。

七、经济政策与抓点试验的关系。1972年，我社通过调查研究，拟定办法，在落实以中央《六十条》为中心的农村经济政策方面，取得显著实效，在全省产生一定影响。但形势发展之后，在农田耕作和畜牧管理方面出现许多新问题。我社农田建设为什么实绩突出，因为责任制落实得彻底，划分土方到劳到户，且当天验收质量、数量，据此计酬。相比之下，农田耕作、畜牧养殖的管理在思想上有禁忌，怕包产包畜到户受批判，使责任制没有落实。我们参照中央关于高级农业社《示范章程》和大庆《岗位责任制办法》，选队进行了管理责任制试点。在小峪子一队试行了《猪场责任制办法》，将百头猪场划分为五个小场，每场由一名饲养员包干，季初交任务，季末称猪的总斤两，按总斤两增加量给饲养员记工分。牛驴也照此搞"大圈划小圈,建立责任圈"。在恒安洲三队试行了《田块责任制办法》,麦秋田块划分到户,犁、耧、割、碾由队里统一进行,运家肥、施化肥、锄草松土由各户实施,收割前逐块测产,按产量计工到户。这样改善以后,省了干部许多心,加强了社员责任心,牲畜膘情、庄稼长势迅速改观。点上证明有效以后,先在北片,后在全社逐步推广。省委副书记章泽、李澄赢来社看了现场,听了汇报之后,将汇报稿带回去刊于《陕西农情》。

八、知道真理与齐心来做的关系。毛主席有句名言:"群众知道了真理,就会齐心来做。"作为党委领导,我们深深感到由"知道真理"到"齐心来做",中间要经许多风浪,流许多汗水。其一,领导应当首先找到真理;其二,教群众用事实证明你领的路子通向真理;其三,确定为真理而奋斗的阶段性目标时,要斟酌干部群众的承受力。比如,按治理黄土高原规律改造山、水、田、林、路、村,起先职田的社员群众不认为是真理,有反感情绪,苦战三五年后,事实证明是真理,干起来自觉性逐渐提高。后来又在县、地、省内引起议论,认为不是真理,风波迭起,说什么修梯田是"修上爬的阶梯",坚持先原后坡的治理顺序是"图表面",植树造林是"摆花架子",改造社级、村级道路和生产路是"修升官之路"等,可见找寻真理,实施真理,不但要冒老百姓的风险,还要冒上级的风险,所以要仔细掂量与审慎操作。前述三条,哪一条都马虎不得。

九、上级精神与本社实际的关系。上级精神,贵在领会根本目的;本社实际,贵在调查达到目的的路径。上级精神,分为经济建设、政治建设两大类,经济建设规律性强,目标比较稳定,无非发展二字。政治建设可塑性强,目标虽然多变,却要服务经济。所以领会上级精神,宜着重领会经济建设精神;领会政治建设精神,宜着重思考如何服务于经济建设。所以落实上级精神应着重寻找五年、十年内能从根本上发展本社经济的路子。路子一经找到,规划一成不变,群众连年奋战,直到完成规划,改变经济面貌。这个为官一任的思路体系，是为民一方的认识保证。职田的领导成员，十多年基本未调动，正好成为思路稳定的组织保证。这个"适应治原规律，改造基本条件抓紧粮食生产，发展多种经营"的思路体系，之所以经得起实践考验，是因为从开头确定，到实施完善，都是理论结合实际调查研究的过程。所以说，调查研究是上级精神与当地实际结合的桥梁，调查研究是创造性工作的唯一途径。

十、先进典型与后进方面的关系。职田公社自 1968 年春建立革委会，一些工作便成为县上、地区的典型。1971 年夏，省委研究室主任朱平带领省地调研组考察总结职田以纠"左"为核心的落实农村经济政策情况之后，该年秋省委书记李瑞山考察全社农田建设"整体规划，综合治理"的状况之后，两大项工作树为全省的典型。这样长期当典型，已然带来不少方面的失衡：思路失衡，听上边多，听下边少；项目失衡，抓基建多，抓粮钱少；管理失衡，想统一多，想分散少；方法失衡，靠命令多，靠思政少；心理失衡，看成绩多，看失误少；声誉失衡，上级宣传过度，听者心理逆反，我们骑上虎背却下不来。但还是要努力自我调节这几种失衡，以便减少工作损失。

存在的问题不少，说主要几条：其一，麦秋田投入人力多，投入物质少，省外高产队氮、磷、钾化肥亩投 200 多斤，我社分配氮肥才亩投一斤；其二，农田畜牧管理中的劳动组合统多分少，使劳动者的绩与酬联系模糊，责任心不强。和农田建设划土方到户到劳比，农、畜管理的责任制落得不实；其三，任务重，时间紧，制度死，心理急，使命令主义倾向难以纠正。

（注：此文选辑时删去了实例。）

吕明

1978 年 1 月在县四干会上的发言

后记

　　我对大半生的诸多朝风暮雨都已经完全淡忘，唯独对旬邑职田的十多年经历总是难以忘怀，甚至常常魂牵梦绕。这是因为治理黄土高原的目标太神圣，围绕目标进行的多方面规律探寻太珍贵，全县十数万农民十年艰苦奋斗造就的山河巨变太宏大，一大群为这一辉煌业绩而含辛茹苦，出大力、流大汗、抗死肩、拼死命的干部、党员和社员群众，铭刻在脑海中的形象太过生动鲜活。

　　治理旬邑黄土高原的农民大军，历经无数艰难曲折所收获的精神成果和物质成果，为通向治理黄土高原的新里程，筑造了一座精美的认识之桥；为这里的农业发展和乡村振兴，持续释放着永远的红利；也让中国共产党人精神谱系中的"红旗渠精神"的内涵更加丰富，更加异彩纷呈。

　　人们早已看不见昔日旬邑高原沟壑的旧貌。当离开旬邑这块给了我生命和梦想的红色热土之后，一直期望着能"录像"式地再现当年苦战的真实过程，期望历史和后人们能够永远记住那一代旬邑人所走过的十年不同凡响的伟大历程。退休之后，这种想法就更加强烈。

　　怀着这样时时被震撼着、激动着的心情，从2001年起，我开始搜集资料，走访相关人士，撰写《十年苦战》的书稿，2004年书稿完成后，特别邀请对旬邑的黄土高原治理工作有着深刻理解和同情的李佩成院士写了序言。但因为种种原因，书稿未能公开出版，只是自己少量印了一些，送请朋友们指正。

　　20年过去了，人类社会和我们的国家又发生了诸多变迁。特别是习近平总书记2019年视察黄河，专门召开了"黄河流域生态保护和高质量发展座谈会"。他在讲话中充分肯定了黄河中上游综合治理的伟大成果，强调今后要继续抓好综合治理、系统治理和源头治理。2021年以来，总书记又先后考察了陕西榆林高西沟和河南林州红旗渠，视察过程中多次强调，"社会主义是拼出来、是干出来、是拿命换来的，不仅过去如此，新时代也是如此"。这些重要讲话，让人们受到极大的教育、鞭策和鼓舞。当年旬邑人民苦干实干，拼命改变山河面貌，综合治理黄土高原的历史被许多人再度热议。一些朋友也和我联系，索要《十年苦战》的书稿。

我和胞弟明凯谈起上述情况，他极力劝我根据最新资料，对书稿进行修改并公开出版，但因我已年过八旬，视力不济，手也不大听使唤，加上不熟悉电脑操作，大幅修改实在不可能。明凯认为此事意义重大，值得共同努力，决定由他主笔修改。

非常感谢好友许东海和旬邑县档案馆党支部书记、馆长张延军同志，工作人员于亚妮、于美丽同志。他们舍弃许多休息时间，帮我们搜集、提供了20世纪六七十年代旬邑县委、旬邑县革委会与职田公社大量的相关文件和资料。这使我们能够更加全面、准确地反映当年的奋斗史实与场景。

从2022年12月底到2023年2月底，明凯弟利用在海南度假的两个月时间，披阅大量资料，研究相关政策，梳理时间脉络，核准相关史实，夜以继日地奋笔疾书，终于以全新的面貌完成了书稿，并以《黄土魂》命名此书。我也觉得这一书名与书稿内容非常契合。"黄土魂"就是旬邑革命老区人革命加拼命的红色精魂。20世纪70年代的旬邑人民，就是靠着这种伟大精神，完成了那一时期改造山河、综合治理黄土高原的一系列壮丽工程。

考虑到书稿完成过程中，缺乏对当年同在职田奋斗的社队干部及社员群众的实地采访，2023年4月底，在旬邑县交通局局长程峰同志的倾力支持下，县融媒体中心新媒体发布工作室主任张康、县交通局办公室主任刘明阳陪同我们用两天时间一一查看了当年农建大会战的各个主要战场，走访了职田镇共17个村子中的11个村子。多位年逾古稀的当年社队干部和骨干社员从不同侧面回忆起往事，谈了看法。他们对职田农建意义和影响的评价，对我们来说是又一次心灵震撼和洗礼。程峰局长又在县档案馆给我们找到一些新的资料和当年的照片。在此基础上，明凯弟利用工作的间隙，对书稿再次作了较大幅度的修改。

明凯弟每写完和修改完一章，就发来让我阅审，因为自己看手机和电脑都有困难，只好由夫人李梦云读稿，我边听边斟酌应该反馈的意见和建议。明凯对书稿的撰写非常严谨认真，我的意见多是一些文字问题。弟妹程金霞为明凯弟日夜撰稿提供了大量支持和周到的服务，这里也要表示由衷的感谢。

田润民、张向民、赵晖锋、许东海、王秦、雷艳明等几位朋友抽出宝贵时间，审阅了部分书稿，提出了一些非常中肯的意见。这里一并深表感谢！

我们的子女吕艳艳、吕斌、吕向东、吕向英、吕炜在搜集整理资料、文字校核以及陪同考察调研等方面也付出了许多劳动。

这里还要特别感谢中国文史出版社的编辑同志们，他们在书稿的结构调整、观点斟酌、文字推敲和校核等方面付出了大量心血，贡献了宝贵的智慧和经验。他们一丝不苟、热情而又严谨且高度负责的敬业精神，一直让我们深为感动。

吕明

2023 年 12 月 20 日